3.3.7 세계여행

① 요르단 페트라

② 페루 마추피추

③ 멕시코 치첸이트사

④ 이탈리아 콜로세움

⑤ 인도 타지마할

⑥ 브라질 예수상

⑦ 중국 만리장성

⑧ 미국·캐나다 나이아가라 폭포

⑨ 잠비아·짐바브웨 빅토리아 폭포

⑩ 브라질·아르헨티나 이과수 폭포

⑪ 오스트레일리아 시드니

⑫ 이탈리아 나폴리

⑬ 브라질 리오데자네이루

세계 新 7대 불가사의를 중심으로 한

세계여행 공식

3.3.7

세계여행

발명쟁이 여행박사 **김완수** 지음

가림출판사

세계 21대 불가사의를 완주한 여행 박사가 제안하는

3. 3. 7 세계 여행 공식

세계 여행 공식
한 번에 한 지역씩, 10회면 세계 여행 끝

		나 라	관 련 지 역	기 타
1	페트라	요르단	중동(이스라엘 外)	세계 新 7대 불가사의
2	마추픽추	페루	남미(칠레 外)	세계 新 7대 불가사의
3	치첸이트사	멕시코	중미(쿠바 外)	세계 新 7대 불가사의
4	타지마할	인도	서남아시아(네팔 外)	세계 新 7대 불가사의
5	콜로세움	이탈리아	유럽(스위스, 프랑스, 독일)	세계 新 7대 불가사의 나폴리(세계 3대 미항)
6	예수상	브라질	남미(아르헨티나 外)	세계 新 7대 불가사의 리오데자네이루(세계 3대 미항) 이과수 폭포(세계 3대 폭포)
7	만리장성	중국	아시아(베트남, 캄보디아)	세계 新 7대 불가사의
8	빅토리아 폭포	잠비아, 짐바브웨	아프리카(케냐, 탄자니아)	세계 3대 폭포
9	나이아가라 폭포	미국, 캐나다	북미	세계 3대 폭포
10	시드니	호주	오세아니아(호주, 뉴질랜드)	세계 3대 미항

*세계 신 7대 불가사의인 마추픽추, 예수상, 치첸이트사 등은 남미 여행시 일주할 수 있다.
*세계 신 7대 불가사의, 세계 3대 폭포, 세계 3대 미항을 여행하면 5대양 6대주 세계 여행을 끝낼 수 있다.

내가 알지 못하는 것을 경험한다는 것은 무척이나 흥분되고, 설레는 일일 것이다. 더군다나 그것이 내가 가지고 있는 문화 속의 것이 아닌 전혀 다른 것이라면 차라리 그는 더 경이롭고, 한 차원의 수준을 진보시키는 매우 행복한 일일 것이다.

더욱이 관광을 전공하며 후학들에게 학문으로서의 비전을 제시한다는 것은, 역사적 전개에 따라 이루어졌던 체계의 흐름을 지속적인 과정 속에서 이룩한 다른 영역의 학문이 아닌 눈 앞에서 펼쳐지는 현상에서 나타나는 이질적인 것들을 학문적으로 체계화 한다는 것은 더더욱 어려운 일이다.

그러기 위해서는 많은 발품을 팔아야 한다. 그 발품 속에서 내 것으로 체화시킬 수 있는 능력 또한 무한한 도전이요, 힘든 과정이다.

나 또한 관광을 연구하는 학자로서 적지 않은 여행의 경험이 있으나, 김완수 선생님이 탈고한 3. 3. 7 세계 여행을 보고 실로 놀라움을 금치 못했다. 관광을 전공한 분이 아닌 발명가이자 경영인이 모든 사람이 선망하는 세계의 미항과 폭포, 그리고 근자에 선정된 세계 7대 불가사의를 경험했다는 것 자체가 충격이었다.

비록 평생을 보내도록 아무리 경험하고 싶어도 그러지 못한다 하더라도 미지의 세계를 가보고 싶다는 기대와 희망은 우리 모두의 바람이다. 그것을 이루고자 준비하는 미래의 여행자에게 새로움에 대한 도전과 꿈의 정원으로 보랏빛 기대를 펼쳐보일 수 있는 지침서라 여겨져 감히 이 책을 추천하고자 한다.

2007년 7월
광교산 턱밑 교정에서 경영학 박사 이 재 곤
경기대학교 관광학부 관광경영전공

내 직업은 '돌아다니는 것'이다. 운명인지는 몰라도 역마살이 있는 말띠 인생이다. 그래서 폭포수를 거슬러 올라가는 저 연어처럼 거칠게 살다간 세계 여행의 개척자인 고(故) 김찬삼 교수와 백여 년 전에 일본 사찰단의 일원으로 일본과 미국 등 바깥 세계를 관찰한 해외 유학생 1호 유길준 선생을 존경한다. 이 분들의 공통점은 '세상 흐름의 맥'을 알았던 선지자들이라는 것이다.

기계를 만들어 파는 '쟁이'로 살아오면서 1985년부터 지금까지 20년 넘게 세계로 나가 돌아다녔다. 일과 관련해서 해외 박람회에 갈 일이 있으면 따로 일정을 잡아 다른 곳에 들르는 식으로 세계를 여행하고 있다.

여행하다 보면 길이 보인다

집 안에서만 크는 아이는 절대로 정상적으로 자랄 수 없다. 좁은 세계에 갇혀 살기에 생각이 좁고 시각이 협소해서 자신이 우물 안 개구리인 줄도 모르면서 고집쟁이가 된다. 세계로 나가 '세상 흐름의 맥'을 알아야만, 자신이 하는 일도 큰 그림에서 볼 수 있거니와 돈도 벌고 이웃과 더불어 재미있게 살아갈 수 있다.

그러므로 여행은 돈을 소비하는 것이 아니라, 돈 버는 기술을 배우게 되는 소중한 경험이기도 하다. 시냇가에서는 피라미를 잡지만, 먼 바다에서는 큰 고기를 잡을 수 있는 것과 같은 이치이다.

세상은 빠르게 변하고 있다. 외국 박람회에서 본 제품을 1주일 만에 변형, 개선해서 국내 박람회에 출품한 것을 본 적이 있다. 순식간에 모든 일이 이루어지고 있기 때문에 우리는 빠른 사고와 빠른 판단이 요구되는 시대에 살고 있다. 빠르게 변하는 세상을 따라잡기 위해선, 아니 한 발짝 먼저 나가서 세상을 리드하기 위해선 시간이 날 때마다 세계로 나가봐야 한다. 세계로 나가 '세상 흐름의 맥'을 알아야 한다.

20여 년 전, 프랑스 센 강변에서 만난 23세의 홍콩 젊은이를 잊을 수가 없다.

"무엇 때문에 이곳에 왔느냐?"

내 물음에 그는 서슴없이 대답했다.

"사업 아이템을 찾기 위해 혼자 유럽 여행을 하고 있다."

그리고 최근에 아프리카 말리 여행에서 만난 프랑스 어, 영어 등 3개 국어에 능통한 스물한 살의 흑인 안내인은 '한국인을 대상으로 하는 아프리카 여행 사업'을 하자고 했다. 세상은 그렇게 번뜩이게 변하고 있다.

우리의 젊은이들은 과연 어떤가!

발상 전환의 길을 찾기 위해 시작한 세계 여행

내가 세계 여행을 시작한 것은 '발상 전환'의 길을 찾기 위해서였다.

'고여 있는 물은 썩기 마련이고, 흐르는 물은 이끼가 끼지 않는다.'라고 하지 않았는가!

세계의 각종 박람회를 다니면서 아이디어를 얻고 그 주변국을 여행하면서 아이디어를 정리하며 '책상 위에서의 발명'이 아닌, '세계 현장을 두루 살피면서 필드(field)에서 보고 느끼면서 하는 발명'. 이것이 특허가 되고 많은 유용한 상품을 내놓을 수 있다.

쓸모없는 사막을 사막 사파리로 특화시키고 세계적인 관광지로 만든 요르단의 와디럼. 죽음의 바다인 사해(死海), 짠물을 이용해서 류머티즘 환자를 치료하고 머드 팩을 상품화 해 성공한 이스라엘과 요르단. 세계는 그렇게 눈물겹도록 나쁜 상황에서도 '발상의 전환'을 통해 전화위복하고, 성공의 길을 달리고 있다.

모래 바람을 막으려고 키운 중동인의 콧수염, 뜨거운 날씨에 윗몸보다 아랫도리가 더 후덥지근해서 손을 씻듯 거시기(?)를 씻는 요르단인, 화장실에서 일을 보다가 등받이로 밸브를 누르면 물이 나오는 요르단의 등받이식 버튼 등 외국 문화에서 배울 것은 많고 많다. 그리고 나는 이것을 우리 것과 비교·분석해서 우리의 것으로 받아들이는 지혜를 여행을 하면서 배우고 있다.

그러다 보니 어느덧 '세계 신 7대 불가사의' 재단이 선정한 21곳을 완주했으며, '역마살이 있는 발명쟁이 여행가'란 닉네임이 붙어버렸다.

세계 여행의 꿈은 누구나 갖고 있을 것이다. 그러나 바쁘게 살고 있는 우리의 일상.

바빠서 세계를 다닐 시간이 없는 사람들, 특히 직장인들을 위해 나름대로 '3. 3. 7 세계 여행 공식'을 구상해 보았다.

세계 3대 미항, 세계 3대 폭포, 세계 신 7대 불가사의. 이렇게 3. 3. 7 세계 여행 공식을 따라 '한 번에 한 지역씩 10회 정도면 5대양 6대주 세계 여행'을 끝낼 수 있다.

3. 3. 7 세계 여행 공식은 세계 3대 미항, 세계 3대 폭포, 세계 신 7대 불가사의를 중심으로 잡은 것이지만, 그 주변 지역의 유명한 관광지들도 아울러 소개하였다. 가령 세계 3대 미항 중의 하나인 나폴리에 가면, 나폴리 주변의 폼페이, 나폴리에서 해안선을 따라 이어지는 산타마리아, 소렌토 등의 여행지를 소개하였으며, 세계 신 7대 불가사의의 하나인 페트라에 가면, 그 주변 지역인 와디럼, 암만, 예루살

렘 등을 다 여행할 수 있도록 곁들여 소개하였다.

　3. 3. 7 세계 여행 공식은 해외 여행객 수백만 명 시대에 체계적인 세계 여행을 원하는 이들을 위한 책이다.

　여행을 하면서 즐길 수 있는 것은 모두 즐기자! 그것이 나의 신조이다. 돈을 아끼다고 하루 한 끼를 먹거나 하루에 1달러만 쓰는 배낭객들, 그리고 피사의 사탑, 에펠탑 등을 외관만 구경하는 사람들은 여행의 묘미를 느낄 수 없다. 그것은 진정한 여행이 아니라 반쪽 여행이다.

　마지막으로 여행가, 기업인, 발명인으로서 나의 경험을 통해 젊은이들에게 해주고 싶은 말이 있다.

　세상은 착한 사람이 성공하는 것이 아니라, 활동적인 사람이 성공한다.

　여행 후에 직장을 잡아라. 무조건 기업에 입사하지 마라.

　세계가 나아가는 길, 세상의 흐름을 배워서 내가 좋아하는 일을 하라.

　사업하고 싶으면 여행을 하라. 세상 흐름의 맥이 보인다.

　그리고 무엇보다 여행은 젊어지게 해주는 것이다. 가슴 설레는 만남이 있고 꿈이 있다.

　여행은 아는 것만큼 보이고, 보이는 것만큼 느낄 수 있다.

　성공한 자가 여행하는 것이 아니라, 여행하는 자가 성공한다.

　여행은 '돈을 소비하는 것'이 아니라, '돈 버는 기술을 배우는 것'이다.

　사랑은 입술을 떨게 하지만, 여행은 가슴을 떨게 한다!

CONTENTS

⑦ 세계 新 7대 불가사의

세계 3대 폭포 ③

세계 3대 미항 ③

세계 新7대 불가사의

세계 新 7대 불가사의

2007년 7월 7일, 포르투갈의 리스본에서 최종 발표가 나오면서 마침내 21세기의 '세계 신 7대 불가사의'가 결정되었다.

이 선정 작업은 새로운 21세기를 기념하는 의미에서 1999년 스위스의 영화 제작자이자 탐험가인 베르나르 웨버에 의해 시작되었다. 또한 2200여 년 전에 정해진 '오리지널 7대 불가사의'가 이집트의 피라미드를 빼고는 현재 남아 있는 것이 하나도 없기에 현존하는 유적들로 새롭게 세계 7대 불가사의를 선정할 필요가 있었다.

2000년에 세계 각지의 유적 2백여 개를 대상으로 전문가 투표 등을 거쳐서 최종 후보로 21개지가 확정되었다. 그리고 2006년 1월부터 전 세계인을 대상으로 문자 메시지, 전화, 인터넷 등을 통해 투표가 이루어졌다.

21개 후보에는 만리장성(중국), 알함브라 궁전(스페인), 기자 피라미드(이집트), 아크로폴리스(그리스), 콜로세움(이탈리아), 마추픽추(페루), 에펠탑(프랑스), 스톤헨지(영국), 오페라 하우스(호주), 타지마할(인도), 자유의 여신상(미국), 하기아 소피아 성당(터키), 예수 석상(브라질), 앙코르와트(캄보디아), 치첸이트사(멕시코), 모아이 석상(칠레 이스터 아일랜드)

등 세계적으로 유명한 유적들이 올랐다.

그리고 투표함의 뚜껑이 열렸다. 결국 만리장성, 페트라, 예수상, 마추픽추, 치첸이트사, 콜로세움, 타지마할이 세계 신 7대 불가사의로 선정되었다.

● 세계 신 7대 불가사의, 왜 민감한가

최종 결과가 발표되기 전, 브라질, 캄보디아 등지에서는 투표를 독려하는 캠페인이 벌어졌다. 요르단에서는 고대 도시 페트라 유적을 세계 신 7대 불가사의에 포함시키기 위해 왕비가 직접 나서서 국민들의 표를 모았다. 이에 중국의 한 언론은 스위스의 민간 재단에서 진행하고 있는 세계 신 7대 불가사의 유적 선정 작업의 공정성을 놓고 논란을 제기했다.

투표 막바지, 이집트의 강한 반발로 기자 피라미드는 투표에서 제외되었다. 현존하는 세계 최고의 건축물인 피라미드를 놓고 새삼스럽게 세계 신 7대 불가사의로 지정할지를 놓고 결정하는 인기 투표 자체가 피라미드에 대한 모독이라며 이집트 측에서 투표 중단을 요구했다. 그래서 선정을 주관한 재단 측은 기자 피라미드를 세계 신 7대 불가사의 명예 건축물 후보

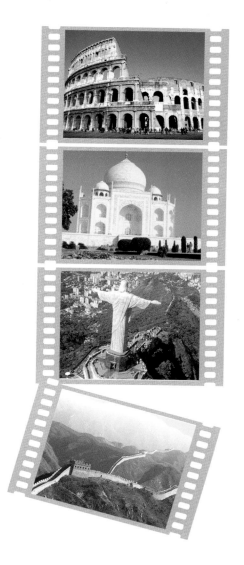

로 지정하였다.

이렇듯 세계 신 7대 불가사의 21개 최종 후보로 오른 나라들은 한바탕 난리굿을 쳤다. 자국의 유산이 세계 신 7대 불가사의에 포함되면 나라의 명예는 물론이요, 관광 수입까지 올릴 수 있기 때문이다.

세계 신 7대 불가사의는 고고학자나 인류학자 등의 전문가들에 의해서가 아니라, 일반인의 지지에 의해 선정되었다. '과연 직접 보니 정말 불가사의하더라.', '불가사의하다니 꼭 가봐야겠다.' 는 마음들이 모여서 선정된 것이다. 물론 자국의 이익과 연관되어 있으니 무조건 찍고 보자는 마음들도 있었을 것이다.

그래서 캄보디아와 그리스에서의 투표율이 적었는지, 앙코르와트와 아크로폴리스가 빠진 것은 무척 아쉽다. 어쨌거나 세계 신 7대 불가사의로 선정된 유적들은 앞으로 전 세계에서 관광객들을 더 많이 끌어들일 것이다. 당연히 세계 신 7대 불가사의를 보유한 나라들은 짭짤한 관광 수입과 함께 국가의 위상까지 높아질 것이다.

● 왜 세계 신 7대 불가사의인가

세계 신 7대 불가사의, 지구상에서 불가사의한 것으로 여겨지는 7가지 건축물.

그런데 왜 하필이면 7개일까? 럭키 세븐(lucky seven), 행운의 숫자여서? 하지만 그 안에는 좀 더 철학적인, 우주적인 의미가 있다. 기원전 2세기 무렵의 그리스인들은 7을 완벽하고 신성한 숫자로 여겼다.

오리지널 세계 7대 불가사의는 BC. 330년경 알렉산더 대왕의 동방 원정 이후 그리스 여행자들에게 관광 대상이 된 7가지 건축물이다. 오리지널 세계 7대 불가사의는 이집트 기자의 쿠푸 왕의 피라미드, 알렉산드리아의 파로서 등대, 메소포타미아 바빌론의 세미라미스 공중 정원, 에페소스의 아르테미스 신전, 올림피아의 제우스 신상, 할리카르나소스의 마우솔레움 영묘(靈廟), 로도스 항구의 크로이소스 거상(巨像)이다.

사실 그동안 오리지널 세계 7대 불가사의는 우리들의 호기심을 자극했지만, 실물을 볼 수 없어 그림의 떡이나 마찬가지였다. 떡이 아무리 먹음직스럽게 보여도 입 안에 들어가야 맛을 아는 것과 마찬가지로 세계 7대 불가사의도 직접 눈으로 보고 확인하고 검증도 해봐야만, 그 불가사의함에 감탄할 것이 아닌가?

그런 아쉬움 때문에 세계 신 7대 불가사의가 선정되었다. 이제 직접 찾아가서 감상하고 느낄 수 있게 되었다. 세계 신 7대 불가사의인 만리장성, 페트라, 예수상, 마추픽추, 치첸이트사, 콜로세움, 타지마할을 비롯하여 더 넓은 세계로 나가 본다면 우리는 더 많은 것을 배울 수 있을 것이다.

세계 新 7대 불가사의

페트라 레바논 트래킹 여행의 최고 하이라이트이자, 2천 년 역사의 장밋빛 도시, 헬레니즘 시대와 로마 제국 시대에 걸쳐서 아랍 왕국의 중심지였던 고대 도시 페트라의 유적은 요르단의 마안 주(무하파자)에 있다. 전체가 빨간색과 보라색의 사암 절벽으로 둘러싸여서 '빨간 장밋빛 도시'라는 별명이 붙었다. 미스터리한 고대 도시로 가보는(back to the past) 여행.

마추픽추 페루 중남부 안데스 산맥에 있던 고대 잉카 제국의 요새 도시. 13~16세기 잉카 제국의 수도였던 쿠스코 시에서 북서쪽으로 약 80킬로미터 떨어져 있다. 마추픽추 주위에는 높이 솟은 산과 절벽, 우루밤바 강을 따라 열대 우림이 무성한 정글이 펼쳐진다. 아래에서는 볼 수 없고 공중에서만 그 존재를 확인할 수 있어서 '공중 도시'라 불린다.

치첸이트사 멕시코 동부의 정글 속에서 마야 문명을 이루며 200여 년간 유카탄 반도의 정치·종교·경제의 중심지였던 곳. 이 밀림의 왕국은 6~10세기경에 최고의 전성기를 누리다가 13세기경 마야팡족의 공격으로 모습이 사라졌다. 치첸이트사의 상징은 엘 카스티요(Castillo). 91개 계단으로 쌓아올린 피라미드로, 한 면의 길이가 55.3미터, 높이가 30미터, 안에는 작은 피라미드가 들어 있는 특이한 구조이다.

콜로세움 '모든 길은 로마로, 로마의 길은 콜로세움으로!' 고대 로마의 이 원형 경기장에서는 로마 제국 시민들의 스트레스를 해소하기 위해 검투 시합, 인간과 맹수들의 혈투 등 피비린내 나는 경기가 3백 년 이상 벌어졌다. 2천 년 전, 기중기가 없던 시절에 고대 로마인들은 이 무거운 돌들을 어떻게 들어 올렸을까? 콜로세움의 미스터리 중 하나이다.

타지마할 인도 무굴 제국의 왕 샤자한은 39세에 죽은 황후의 유언대로 그녀를 위해 이 세상에서 가장 아름다운 무덤을 만들었다. 아름답기만 한 게 아니라 아주 웅대한 무덤을! 이 지상 최대의 영묘(靈廟), 그 사랑의 금자탑은 델리 남쪽, 약 100년 간 무굴 제국의 수도로서 번영과 영광을 누렸던 인도의 아그라(Agra) 교외의 아무나 강 남쪽 연안에 있다.

예수상 세계 3대 미항의 하나이자 삼바의 도시 브라질 리오데자네이루의 해발 710미터 코르코바두 언덕 꼭대기에 서 있다. 브라질 독립 백 주년을 기념하여 만든 거대한 석상으로, 리오의 상징이다. 1931년에 만들어졌으며 높이 38센티미터, 한 일(一)자로 벌린 양팔의 길이가 28미터이다. 전신에는 납석을 발랐으며 무게가 1,145톤이나 된다.

만리장성 총 길이가 6천 킬로미터가 넘어서 '달에서 유일하게 보이는 지구 상의 인공 건축물'이라는 영광(?)을 오랫동안 누렸다. 그러나 지구 상에서 가장 긴 건축물임에는 틀림없지만 달에서 보이지는 않는 것으로 확인되었다. 만리장성의 중요한 관문이자 관광의 중심은 팔달령장성과 거용관장성. 팔달령장성은 북경 시내에서 북서쪽으로 약 80킬로미터 떨어져 있으며 케이블카가 있어서 관광객이 많이 몰린다.

세계 新 7대 불가사의
페트라

그녀의 이름은 페트라, 밤에 선을 보러가다

요르단의 마안 주(무하파자)에 있는 2천 년 역사의 도시 페트라는 레바논 트래킹 여행의 최고 하이라이트다. 페트라는 그리스 어로 '바위' 라는 뜻으로, 전체가 빨간색과 보라색의 사암 절벽으로 둘러싸여서 '빨간 장밋빛 도시' 라는 닉네임이 붙어 있다.

높은 절벽과 동굴들로 이루어진 페트라는
대부분의 건물들을 암석을 깎아 만들었다.

낭만적인 페트라의 밤. 유적지의 입구인 좁은 시크(Siq) 계곡을 따라 카즈네 신전까지 약 1.2 킬로미터에 이르는 신비로운 길을 촛불로 밝히며 걸어갔다. 밤하늘에서는 반짝이는 별들이 환한 빛을 뿌려주면서 따뜻한 친구가 되어주고, 촛불이

2천년 역사의 장밋빛 도시, 헬레니즘 시대와 로마 제국 시대에 걸쳐서 아랍 왕국의 중심지였던 고대 도시 페트라의 유적은 전체가 빨간색과 보라색의 사암 절벽으로 둘러싸여 있다.

길동무가 되어 주었다. 밤에 만난 커다란 두 눈의 바위 얼굴이 나를 맞아주었다. 캄캄한 정적 속에서 두 손을 꼭 잡은 연인의 손목이 참으로 다정해 보였다.

시크 계곡에서 카즈네 신전까지 유적지는 밤에 개방된다. 촛불로 밝히는 길을 따라 이동하면, 카즈네 신전에서는 베두인의 전통 음악과 차 한잔이 서비스된다. 이 관람은 페트라 유적지 앞에 있는 비즈니스센터에서 신청하는데, 일주일에 월요일과 목요일 두 차례 이루어진다. 저녁 8시 30분에 출발하며 10시 30분까지 2시간 동안 진행된다.

페트라의 상징, 카즈네 신전. 전신을 보여주기 싫어서 비스듬히 일부분만 보여준다는 그녀. 대문을 조금만 열고 살며시 얼굴을 내민다고 하니, 옛날 옆집 처녀의 수줍어하던 모습을 보러 가는 것만 같았다. 그것도 촛불을 밝히며 별이 총총 빛나는 밤에 여신을 만나러……

산 넘고 강 건너 수만 리 길을 달려 왔는데, 과연 어떤 모습으로

그리스어로 '바위'를 뜻하는 페트라. 꼬마 장사꾼들이 돌을 팔고 있는 모습을 볼 수 있다.

반겨줄지 가슴이 설렌다. 수십 리 길의 깊은 계곡 속에서 촛불이 꺼지면 어떻게 찾아가나 걱정도 되었지만, 조심스럽게 처녀에게 접근하는 이방인의 마음은 기대 반, 우려 반 이었다.

문득 깊은 계곡의 절벽 사이로 밤의 여인 카네즈 신전이 비스듬히 보였다. 또렷하지 않은 형상이지만 어디선가 봄직한 그 모습, 그 형상이었다. 다시 한 번 옷매무새를 가다듬고 천천히 다가갔다.

그런데 웬일일까, 수백 개나 되는 촛불을 켜 놓고 그녀는 이방인을 기다리고 있지 않은가?

별세계가 이런 곳이구나……. 할 말을 잊었다. 문득 하늘을 올려다보니 북두칠성이 내려다보고 있었다. 촛불을 켜 놓고 기다린 듯한 그녀와 이방인과의 만남이 너무나도 아름답고 성스러웠다.

촛불 속에서 그녀의 피리 소리가 가냘프게 울려 퍼지는 것 같았다. 밤하늘의 피리 소리에, 그녀의 속삭임에, 그녀의 자장가 소리에, 그렇게 나는 그녀의 품 속에서 잠들어 가고 있었다.

꽁꽁 숨어라 페트라여! 눈을 떠보니 반쪽미인의 모습만

페트라가 좋아서 찾았다는 아리따운 영국인 간호사가 '장밋빛의 붉은 도시'에서 관광 안내자로 일하는 베두인(Bedouin) 청년을 만났다. 자기 집인 베두인 텐트에 가서 '별을 보며 커피 한잔 마시며 밤새워 이야기 하자.'는 청년의 초대에 이끌려 영원히 사막에서 나오지도 못하고 그곳에 정착하고 말았다. 그녀는 사막의 유목민인 베두인과, 그리고 페트라와 결혼한 것이다. 그리고 후에《나는 베두인과 결혼했다》라는 책을 펴냈다.

페트라에는 그와 비슷한 사연들과 함께 신화 같은 이야기들이 많다. 아마도 중동 지방에서 가장 아름다운 유적지라서 그렇지 않나 싶다.

BC. 5세기경에 고대 아랍 종족인 나바테아인은 이곳 페트라에, 동서 방향으로 모세 계곡(wadi msa)이 관통하고 있는 해안 단구 위에 수도를 건설했다. 모세 계곡은 연노란색으로 변해가는 빨간색과 보라색의 암맥을 가진 사암 절벽으로 둘러싸여 있는데, 전설에 의하면 이스라엘의 지도자 모세가 바위를 칠 때 물이 용솟음쳤다는 곳이다.

페트라는 나바테아인의 통치하에서 동서를 잇는 실크로드의 오아시스로서, 로마에서 중국으로 통하는 향료 교역의 중계지로서, 엄청난 부를 누렸다. 106년에 로마인들이 침입해서 나바테아인을

페트라의 로마 건물들. 기원전 6세기부터 나바테아인들이 문명을 이룩했던 페트라는 기원후 106년 로마에 점령당했다.

페트라 시크 계곡에 있는 코끼리 모양의 바위

몰아낸 뒤에도 페트라는 로마 제국 치하의 아라비아 지방에 편입되어 계속 번영했다. 그러나 무역로가 바뀌자 상업은 점차 쇠퇴하게 되었고, 7세기에 이슬람 제국의 침입과 지진으로 천여 년 간 지도상에서 사라졌다가 1812년에 스위스 작가 요한루트 비히부르크 하르트가 여행 중에 우연히 발견하면서 세상에 알려지게 되었다.

'바위'라는 뜻의 페트라는 바위 속을 깊이 파들어가지 않고 바위 정상에 건축물들을 지었다. 또한 요새화된 방어 진지들이 여러 개 있는데 이는 후세에 십자군들이 고쳐 만든 것으로 추측된다.

시크 계곡 입구에서부터 페트라로 들어가려면 길이 1.2킬로미터, 높이 100미터의 아찔한 절벽 사이로 난 길을 걸어야 하는데 그 폭은 3~16미터 정도다. 꼬불꼬불한 길을 따라가는데 폭이 좁아졌다 넓어졌다 해서 정신이 없었다. 도시를 요새화할 필요가 있었다는 것은 이해되지만, 이렇게 미로 같은 곳에다 도시를 만들다니! 세상 어디를 가도 이렇게 희한한 지형에 세워진 도시를 만나 보지 못했다.

페트라의 상징 카즈네 섭정, 사암 급조이기에 가능했다

베두인의 안내를 받으면서 수직 절벽 사이를 따라가며 수로(水路)에 대한 설명을 들었다. 물이 귀한 지역이라 물이 삶의 중심을 이룬다고 했다. 어느 정도 함께 길을 걸었을까? 갑자기 눈을 감으란다. 마치 어린아이처럼.

무슨 일인가 하고 두 눈을 감고서 그 베두인과 손을 잡고 천천히 걸었다. 얼마나 걸었을까? 눈을 뜨란다. 앗! 꽁꽁 숨어 있던 페트라의 카즈네 신전이 보이지 않는가!

카즈네 신전은 낮의 여인이 되어 본연의 아름답고도 수줍은 모습으로 삐죽 얼굴을 내보였다. 페트라의 상징이며 숨 막힐 정도로 아름다운 여인의 모습이었다.

페트라가 세계 신 7대 불가사의의 하나로 선정된 데에는 이 카즈네 신전이 한몫을 했을 것이다. 땅에다 건물을 세운 것이 아니라, 큰 바위산을 깎아서 웅장한 신전을 만들었으니 그것만으로도 불가사의할 수밖에 없다. 신전 조각 공정은 이렇다. 카즈네 신전은 사암 구조이다. 사암 구조는 가공이 용이하고, 갈수록 단단해진다. 즉 카즈네 신전은 사암이기에 존재가 가능했다.

카즈네 신전을 보고 나서 발길을 돌리니 야외 원형 극장이 나왔다. 로마 시대의 원형 극장 중 바위를 깎아서 만든 것으로는 유일하게 야외에 있는 것이다. 8천여 명을 수용할 수 있다는데, 너비는 40미터, 계단은 33개였다. AD.1세기경에 나바테아인이 건설한 것을

페트라의 압권이라 할 수 있는 카즈네 신전
200미터 높이의 바위산 전체를 하나의 신전으로 조각해 놓은 모습이다.

로마 시대의 원형 극장 중 바위를
깎아서 만든 것으로는
유일한 야외 원형 극장

로마 시대에 확충한 것이다.

왕족 무덤, 나바테아의 궁전, 옛날 도로, 시장터, 그리고 총 천연색의 아름다운 바위 동굴 등도 둘러봤다. 그것들은 핑크빛 페트라의 전체적인 분위기와 한데 어우러져서 '핑크 로즈 시티'로서의 면목을 뽐내고 있었다. 페트라에서 카즈네 신전과 더불어 가장 볼 만한 것은 무덤이다. 정교해 보이는 무덤들은 지금 살아 있는 후손들의 거주지로 쓰이고 있었다.

페트라에서의 낙타타기, 물병으로 물먹는 모습은 인간과 똑같아

낙타는 짐승들 중에서 가장 순하고 겸손한 동물인지 모른다. 언제나 인간에게 무릎 꿇고 순종의 미덕을 보여주는 듯하니 말이다. 어디서 배웠는지 물 마시는 모습도 인간과 흡사하다. 손을 대지 않고 물을 마시는 것은 오히려 인간의 능력보다 낫다.

그러나 낙타 등에 타고 일어날 때와 앉을 때는 주의가 필요하다. 낙타는 일어설 때 뒷다리를 먼저 세운다. 그때 낙타 등에 타고 있던 사람은 몸이 앞으로 쏠리기 때문에 잘못하면 떨어질 수가 있다. 그러므로 반드시 앞에 있는 지지대를 잡아야 한다. 반대로 낙타는 앉을 때에는 앞다리를 먼저 굽힌 다음에 뒷다리를 굽힌다.

페트라 유적지 입구의 비즈니스센터에서 계곡 입구인 시크까지는 약 500미터. 많은 사람들이 말을 이용해서 들어간다. 시크 계곡에서부터는 천천히 걸으면서 카즈네 신전, 왕족의 무덤(royal tomb), 로마 원형 극장, 비잔틴 교회, 박물관 등을 감상하며 걷는다. 그러나 햇볕이 너무 뜨겁다. 그런데 짐까지 있으면 힘이 드는 건 당연지사! 그래서 누군가 말했다.

"너무 힘이 들면 배낭 무게뿐만 아니라 머리카락 무게까지도 천근만근 무겁게 느껴진다."

그러나 뜨거운 사랑이

낙타로 이동하는 베두인족. 대부분 목축을 하고 있으며 겨울 우기에는 사막 지역으로 이동하며 다니다가 여름 건기에는 경작 지역으로 되돌아간다.

낙타가 손을 대지 않고 물을 먹는 사진

감질나듯, 페트라 여행도 뜨거운 태양과 사귀면서 해야 한다. 강렬하다 못해 불같이 내리쬐이는 사막의 햇볕은 뜨거운 걸 지나쳐 피부가 아리기까지 하지만 아린 만큼 피부에, 아니 가슴에 진하게 각인되었다. 그렇다고 짐까지 들고 가라는 얘기는 아니다.

또한 비잔틴 교회를 지나 고고학 박물관에 이르면 주요 코스는 섭렵한 셈이니, 시원한 맥주 한잔에 목을 축이고 기운을 재충전하는 것이 좋다. 맥주가 들어가니 낙타 타고 2천 년 전의 그 시대 사람으로 되돌아가고 싶은 충동이 일었다. 카즈네 신전까지 약 30분이 걸린다.

낙타를 타고 가면서 바라보는 페트라는 또 다른 모습으로 다가왔다. 낙타는 이제 콜로나데도 거리(Colononadedo St.)를 지난다. 지금은 관광객이 채우고 있지만, 그 전에는 수천 년 동안 현지인들이 이 거리를 누볐을 것이다. 나를 태운 낙타가 시장과 상점들이 있었다는 공간을 지나가자, 그 공간, 그 시간의 소리가 들리는 듯했다.

낙타는 햇볕이 뜨거운 오르막길을 느릿느릿 오르고 있었다.

"2천 년 전의 네 조상이 그렇듯 너도 사람을 위해 고생만 하는구나!"

세상에서 가장 아름다운 사막 도시 와디럼, 사막 사파리로 대박

핑크빛을 연상케 하는 붉은 사막. 요르단 와디럼(Wadi Rum)의 사막은 세상에서 가장 아름답고 매력적인 사막으로 이름이 나 있다.

"강에서의 산이라면 계림이고, 바다에서의 산이라면 하롱베이, 계곡 속의 산이라면 금강산인데, 사막 속의 산이라면 와디럼이 으뜸일 것이다."

사막 속에 산이 있다니, 그것도 기암 괴석이 이렇게 즐비하다니 신기할 따름이다. 폭 2킬로미터, 길이 19킬로미터의 사막 지대. 이곳 와디럼의 사막과 기암 괴석은 영화 〈아라비아의 로랜스(1962년)〉를 통해 세계인들에게 강렬한 인상을 남겼다. 해질 무렵, 노을에 비춰진 와디럼의 붉은 사막과 기암 괴석은 두고두고 기억에 남을 만큼 아름답고 황홀했다.

아름다운 것은 위험하다고 했던가? 사막이 딱 그러하다. 특히 와디럼의 모래 사막 길은 미로와도 같아서 이곳 토박이들이 아니라면 이 길이 저 길인지, 저 길이 그 길인지 영 구분이 가지 않는다. 그러니 사막에서 미아가 되지 않으려면 꼭 안내인의 지시를 따라야 한다.

안전을 위해서 나도 사막 사파리용 지프차를 타고 사막을 질주했다. 시원한 바람에 세상 시름 다 잊은 것만 같은데, 오르막길에서는 지프차가 허덕거리는 바람에 다시 세상으로 돌아왔다.

낑낑대고 오르막길을 오르고 계속 달려서 드디어 지프차는 천연 동굴 바위 앞에 멈췄다. 동굴 바위에 여러 동물을 그린 그림들. 2~3천 년 전에 그려진 것들이다. 요르단이 먼 옛날, 인류 문화의 발생지였음을 실감하면서 바위로 된 다리에서 생각에 잠겼다. 오래 살 것처

해질 무렵의 붉은 사막과 기암 괴석은 너무나도 아름답고 황홀하다.

영화 〈아라비아의 로렌스〉로 강렬한 인상을 심어준 와디럼 사막의 기암 괴석

와디럼 사막 속에 자연이 만든 돌다리에서 생각에 잠겼다.
시간과 자연 앞에서 인간은 한 점에 불과하지 않은가.

럼 나대는 인간들이지만, 기나
긴 역사에서 보면 인간은 한 점
에 불과하지 않은가?

문득 모래산(sand mountain)
이 나를 바라보고 있는 것처럼
느껴졌다. 몇 백 년 동안 쌓여
서 모래산이 되었을까? 사막의
바람은 육지의 바람과는 비교
가 안 될 정도로 무지막지하게
세다. 그런 바람에 비하면 모래
알갱이들은 그야말로 바람 앞
의 촛불 신세인데, 그 강한 바
람에도 흩어지지 않고 모여 있
다는 것이 희한하기만
하다. 인간인 나는 모래
언덕에서 바람의 위력을
이렇게 느끼고 있는데!

계속 불어대는 모래 바
람, 그 속에서 길을 잃은 양
떼를 만났다. 주인도 없이 헤
매는 수십 마리의 양들. 양들
이여! 어디로 가시나이까?

아랍인 남자, 왜 손을 씻듯 거시기를 씻어대나

사막 사파리에서는 땀에 젖고 먼지투성이를 뒤집어쓰는 고된 경험을 하게 된다.

불어오는 사막 바람은 모래를 동반해서 날리므로 눈을 뜰 수가 없다. 또한 사막을 걷는다는 것은 여간 힘든 일이 아니다. 마치 눈 속을 걷는 것처럼 발이 모래 속으로 푹푹 빠진다. 굳이 모험가가 아닐지라도 사막에 왔다면 응당 해볼 만한 경험이다.

사막 사파리를 돌아보고 나니 와디럼 모래 색깔에 묻혀서 신발이 온통 붉은 색깔로 변해 있었다. 땀을 흘리고 먼지를 뒤집어써서 온몸이 끈적거리는 상태로 와디럼 동네로 돌아왔다. 휴식을 취하면서 일단 시원한 맥주로 목을 축였다. 맥주가 들어가면 화장실이 급해진다.

아랍인 가이드와 함께 화장실에 갔다. 함께 소변을 보는데, 그가 갑자기 수돗물을 틀었다. 웬일인가 싶어 시선을 꽂힐 수밖에. 그는 수도꼭지를 틀고 거시기를 씻는 게 아닌가!

순간 당황했다. 그러나 그는 두세 번 더 물에 손을 대면서 그 동작을 반복했다. 그의 행동에 대해 곰곰이 생각해 보았다. 열악한 환경이지만 청결 문화는 우리보다 앞서 있는 듯했다.

그의 옷이 흥건하게 적셔져 있는 것을 보니, 물로 씻고서 자연 상태로 그대로 놔두는 것 같았다. 화장실에서 나와서 물어보니, 물이 적어서 목욕하기 힘들기 때문에 수시로 거기를 씻는다고 했다. 화장실에서 본 요르단 비데 중에는 물 호스 끄트머리에 물총을 달아놓고 물총을 쏘듯 뒤처리하는 수동식 비데도 있었다. 하여간 뒤를 씻든, 앞을 씻든, 손을 씻든 간에 씻는 것은 그들의 일상생활이었다.

우리는 우리 나름대로 위생을 챙기듯이, 그 사람들도 그들 나름대로 청결을 유지했다.

페트라(Petra)

페트라라는 불멸의 고대 도시가 있는 요르단은 5천 년 전, 구약성서에 나오는 아브라함과 그의 조카 롯 시절에 남과 북을 잇는 고속도로가 만들어져 당시에 전략적으로 가장 중요한 자원인 물과 소금, 구리, 미네랄 등을 운송하는 길목이었다. 또한 성경에 나오는 모세의 묘, 소돔과 고모라, 야곱 강 등 고대 인류 문화의 현장이기도 하다. 페트라에는 그리스의 아크로폴리스와 파르테논 신전보다 크고 웅장한 그리스 로마 시대의 고대 도시 제라쉬를 비롯한 수많은 고대 인류 문명의 유적지가 산재해 있다.

헬레니즘 시대와 로마 제국 시대에 걸쳐 아랍 왕국의 중심지였던 고대 도시 페트라의 유적은 요르단의 마안 주(무하파자)에 있다. 페트라는 동서 방향으로 모세 계곡(wadi msa)이 관통하고 있는 해안 단구 위에 건설된 도시였다. 전설에 의하면 이 계곡은 이스라엘의 지도자 모세가 바위를 칠 때 물이 용솟음쳤다는 곳 중의 하나다. 모세 계곡은 연노란색으로 변해가는 빨간색과 보라색의 암맥을 가진 사암 절벽으로 둘러싸여 있다. 이 때문에 페트라를 '빨간 장밋빛 도시' 라고도 부른다. 페트라에 갈 때는 대개 동쪽에서 좁은 시크 계곡을 따라간다.

페트라에서는 구석기 시대와 신석기 시대 이후의 유적이 발굴되었다. 그러나 아랍족의 하나인 나바테아인이 이 도시를 점령하고 자신들의 수도로 삼았던 BC. 312년 이전에는 도시가 어떠했는지는 거의 알려져 있지 않다. 페트라는 나바테아인의 통치 밑에서 향료 교역의 중심지로 번창했다. 106년 로마인들이 침입해서 나바테아인을 몰아낸 뒤에도 페트라는 로마 제국 치하의 아라비아 지방에 편입되어 계속 번영했으나 무역로가 바뀌자 상업이 점차 쇠퇴했다. 7세기에 이슬람 제국이 침입한 뒤 역사 무대에서 사라졌다가 1812년에 스위스의 작가 요한 루트비히 부르크하르트가 여행을 하면서 발견하였다. 본격적인 발굴과 조사가 시작된 건 1958년부터이다. 페트라에서 가장 볼 만한 것은 무덤들이다. 겉모습이 정교한 많은 무덤은 지금은 거주지로 쓰이고 있다.

위대한 인류 문화의 보고인 페트라에 가보려면 강인한 체력이 필요하다. 55개의 유적을 다 둘러보긴 힘들고, 대표적인 몇 군데만 가보려면 중간 중간 낙타를 타거나 지프차를 타더라도 트래킹은 기본이다.

암만 생각해도 암만은 가볍지

해발 832미터의 도시 암만. 요르단 하심 왕국의 수도이자 요르단 국왕인 압둘라가 살고 있는 곳.

암만(Amman)이 특히 관심을 끄는 것은 압둘라 국왕의 아내인 라니아 왕비의 뛰어난 미모 때문이다. 할리우드 배우 출신이 아니냐고 물었더니, 팔레스타인 여인이란다. 팔레스타인 하면 어딘가 저항적이고 음침하고 어두운 줄 알았는데, 웃고 있는 밝은 모습의 사진을 보고 팔레스타인의 어두운 이미지를 한순간에 날려 보냈다.

네 명의 아내를 둘 수 있는 이슬람교의 요르단 국왕으로서 압둘라는 오직 라니아만을 사랑한다고 한다. 원래는 바람둥이였는데 라니아한테 꽉 잡혀서 그렇다고. 라니아 왕비는 왕족 모임에 가면 모나코 왕비와 미모 면에서 1,2위를 다툰다고 한다. 고아원 등을 자주 방문하고 여성 정책에도 관여하고 있어서 국민의 인기도 높다고 했다.

문득 영국의 아름다운 비운의

카락 성. 십자군 전쟁의 전략적 요충지로, 적이 기어오르지 못하도록 미끄러지게 만들어져 있다.

왕비 다이애나 생각이 났다. 그러니 암만 생각해봐도 암만 하늘 아래 살고 있는 행복한 라니아 왕비를 만나러 가야 했다.

페트라에서 암만까지는 262킬로미터, 차로 약 3시간 걸렸다. 북으로, 북으로 올라가는, 길목마다 로마의 십자군 전쟁의 역사 현장이 나타났다. 구약과 신약 성경의 이야기가 나오는, 모세의 흔적이 있는 성스러운 곳으로 이어지는 길이다.

페트라와 암만의 중간 지점에 있는 카락 성(KaRac Casttle)에 들렀다. 십자군 전쟁의 전략적 요충지로, 유명한 살라딘 장군, 레이놀드 성주와 관련된 성으로, 당시 약 3, 4천 명의 백성이 거주했던 곳이다. 성곽 안에는 병사 거주지, 부엌 등이 있었고, 적이 기어오르지 못하도록 성은 미끄러지게 만들어져 있었다. 당시 둥근 돌이 무기로 사용되었으며, 카락 성은 중부 지역의 무역로 길목을 지키는 중요한 요충지

암만으로 가려면 아르논 골짜기를 넘어야 한다. 사막 지대에서는 드물게 큰 계곡으로, 상당히 큰 저수지가 있다.

였다.

암만으로 가기 위해서는 아르논 골짜기를 넘어야 한다. 사막 지대에서는 드물게 큰 계곡으로, 상당히 큰 저수지가 만들어져 있다. 사막 지대에서 오히려 많은 물을 볼 수 있다는 것이 신기할 따름이다. 물이 귀한 사막 지대에서 이 호수는 이 지역에 있어서는 생명의 젖줄이리라 생각되었다. 꾸물꾸물 몇 구비를 오르고 넘어 아르논 골짜기를 지나자, 마다바(Ma' daba) 도시가 나타난다.

특히 마다바의 모자이크 교회는 사각 돌을 작게 만들어 붙인 모자이크 그림이 가장 뛰어났다. 교회 바닥에 있는 5개국, 당시의 요르단, 이집트, 팔레스타인, 레바논, 시리아의 모자이크 그림은 약 800년 전에 만들어진 지도다. 이스라엘이라는 나라는 없이 예루살렘이 상세히 그려져 있다. 물고기가 요단 강을 따라 흐르다가 사해 입구의 짠물을 만나 거꾸로 가는 형상이 우스꽝스럽다.

마다바에서 차로 10여 분 오르니 그 유명한 모세의 느보산(Nevo Mountain, 약 800미터)이 나타났다. 구약성서에는 모세가 하나님의 뜻대로 이집트에서 종살이를 하던 이스라엘 민족을 이끌고 40년 동안 광야 생활을 했다고 한다. 그러나 그는 느보산에서 지금의 이스라엘

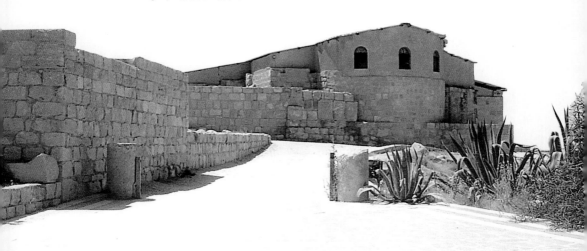

모세가 가나안 땅에 들어가지 못하고 바라만 보았던 느보산 정상에는 모세를 기념하는 교회가 있다.

인 가나안 땅을 눈 앞에 두고 바라만보다 생을 마감했다고 한다. 느보산 정상에는 모세를 기념하는 교회가 있다.

느보산 정상의 전망대에서 바라보니 사해가 시원하게 보이고, 요단강 건너 사막의 오아시스에 여리고가 지척에(약 25킬로미터) 보였다. 멀리서(약 50킬로미터) 예루살렘의 큰 건물도 보이는, 전망 좋은 지역이었다.

산을 내려가 요단강 쪽으로 가다가 예수의 세례 장소인 베다니(Bethany)에 닿았다. 그동안 보고 싶고 만나고 싶어했던 요단강. 드디어 '요단강 건너서 만나리……' 라는 찬송가에 나오는 강의 실체를 확인하는 순간이었다.

요단강은 약 10여 미터 폭으로, 생각보다 좁았다. 그러나 갈릴리 호수에서 흘러 사해로 들어가는 요단강은 종교사적으로 매우 중요한 강이다. 그렇게 베다니를 지나서 암만으로 들어갔는데, 요단강 건너편은 가나안 땅으로 성서엔 '꿀과 젖이 흐르는 땅' 으로 묘사되어 있다.

사실 요단강 건너의 여리고(Jericho)는 사막의 오아시스 도시로, 1만여 년의 세월을 이어온 물이 나

느보산에 세워진 모세의 청동 지팡이. 모세가 지팡이를 던지자 뱀으로 변했다는 구약성서의 이야기를 상징한다.

요단강 세례 장소. 예수가 요단강에서 세례를
받고 새로운 복음의 시작을 알린 것은
신약성서에서 빼놓을 수 없는 사건이다.

모세가 목말라 하는 백성들을 위해
지팡이로 바위를 쳐 물이
나오게 했다는 '모세의 샘'

느보산 정상의 전망대에서 바라보니 사해가 시원하
게 보이고, 요단강 건너 사막의 오아시스에 여리고
가 지척에 보였다. 이곳은 멀리서 예루살렘의 큰 건
물도 보이는 전망 좋은 지역이다.

오고 푸른 농경지가 이어지는 풍족한 도시이다. 그렇게 이스라엘 민족은 여리고를 거점으로 예루살렘으로 들어가 왕국을 세웠다.

부인 넷을 둔 아랍인의 비밀, 사막의 정력제는 낙타 젖

이슬람교에 의하면 아랍인은 아내를 네 명까지 둘 수 있다. 물론 능력이 있는 자에 한해서다. 지참금 제도가 있어서 아내를 데려오려면 처가에 양(10~20마리)이나 돈(우리 돈으로 천만 원 정도)을 주어야 한다. 그래서 재산을 지키기 위하여 베두인들은 사촌끼리 결혼을 많이 했다. 이러한 근친 결혼의 폐해로 2세는 장애인이 많다고 한다. 양이나 염소는 개인이 소유하기도 하고 가문이 소유하기도 한다. 가문의 혈통을 중요시해서 가문과 가문끼리 많은 것을 따진다고 한다.

네 명의 부인을 둔 아랍 남자를 만났다.

'네 명과 동시에 사랑하느냐?' 는 어느 짓궂은 여행자의 질문에 명답이 돌아왔다.

"한 명씩 사랑한다."

"아내 넷을 다 만족시켜 줄 수 있느냐?"

아랍 남자는 씩 웃는다.

"낙타 젖을 계속 먹고 있기 때문에 넷은 문제없다."

오라, 대단한 정력의 비밀 열쇠는 바로 '낙타 젖'이었다.

베두인은 아내가 각자 텐트를 치고 따로 살고 있으며 사랑은 아내들에게 고루 나눠주어야 한다고 했다. 여자들은 아이를 산아 제한 없이 평균적으로 십여 명까지 낳는데 6,7명은 적다고 했다. 별다른 놀이 문화가 없기 때문에 아이를 많이 낳을 수밖에 없다고 했다. 아이를 많이 낳은 부인은 가족 내에서 힘이 세어진다고 한다. 그래도 첫째 아내가 정실부인이고 첫째 아들이 재산권을 갖는다고.

여기서는 술, 도박이 없고 담배 문화와 차(tea) 문화가 발달해서 어려서부터 담배 피는 아이들이 많다고 했다.

물이 많이 부족한 아랍인들이 적은 물로 꼭 씻을 곳(?)만 씻는 그들의 환경에 비하면, 물이 풍족한 우리는 얼마나 행복한가 생각해 본다.

암만, 암만 가도 20분이면 시내 어느 곳에든 갈 수 있네
제라시, 요르단의 로마 유적시

요르단의 수도 암만은 B.C. 259년, 알렉산더 장군의 심복이던 필

암만 시내의 로마 시대 원형 극장, 암만은 로마 제국의 지배를 받으며 많은 유적이 건설되었다.

라델푸스의 이름을 따서 필라델피아란 이름으로 불렸다. BC. 1세기
에는 페트라에서 세력을 형성하던 중 강력한 나바테아인의 지배를
받았다. 그 후 로마 제국의 지배를 받으며 많은 유적이 건설되었는
데, 지금 암만과 제라시에 남아 있는 유적은 로마 시대에 세워진 것
들이다.

암만 시내에는 약 6천 명을 수용할 수 있는 로마 원형 대극장과 그
옆으로 약 5백 명을 수용할 수 있는 소규모 극장 오데온(Odeon)이
있다. 암만 시내 전경을 가장 잘 볼 수 있는 헤라클레스 신전에도 가
봤으나 기둥 두 개만이 남아 있어서 쓸쓸했다. 그나마 신전 옆에 있
는 암만 고고학 박물관에는 특징적인 몇몇 물건이 이방인의 눈길을
끌고 있었다.

2천여 년 전에 주조된 은색의 화폐. 비록 원형을 갖추지 못하고 조
금씩 비뚤어진 형상이었지만 훌륭한 주조 기술임에는 분명하다. 또한

세계에서 얼마 남지 않은 대규모 로마 유적지인 제라시. 인류의 세계 문화 유산으로 지정되었다.

뇌수술 흔적이 있는 어린아이의 머리뼈. 이미 약 5천 년 전에 머리를 접합하는 의술이 있었다는 것에 놀라웠고, 선인들의 지혜가 연상되어 절로 머리가 숙여졌다.

차를 타고 암만 북쪽으로 약 50킬로미터를 달려서 페트라에 이어 요르단의 대표적인 문화 유적지인 제라시(Jerash)에 도착했다. 제라시는 시리아의 팔미라와 자웅을 겨룰 정도로 대규모의 로마 유적지이다.

유적지 입구에서는 AD. 129년 하드리안 황제가 세운 개선문이 이방인을 맞이했다. 개선문을 지나 쭉 걸어가니 길이 260미터, 폭 80미터로 1만 5천 명을 수용할 수 있다는 대규모 경기장 히포드롬(Hippodrome)이 나왔다. 이어 제우스 신전, 공회당인 포럼의 웅장한 모습도 남아 있었다. 직진 도로는 800미터 정도는 된다고 하는데 사각의 큰 돌로 만들었으며, 곳곳에는 2천 년 전의 맨홀이 있어서 수리 시설의 탁월함을 보여주고 있었다.

세계에서 얼마 남지 않은 대규모의 로마 유적지인 제라시가 인류의 세계 문화 유산으로서 앞으로도 잘 유지되었으면 한다. 문득 지난 천 년의 훼손보다 앞으로의 백 년이 매연, 공해 등으로 유지가 어렵다는 말이 생각났다.

세계 30억 인의 정신적인 고향 동예루살렘, 인간들의 과욕이 접치는 곳인가

차를 타고 검문소를 지나 요르단과의 국경선을 넘으면 이스라엘이다. 이스라엘과 중동 국가들 사이에 분쟁이 많으므로, 여권에 이스라엘 출입국 도장이 찍히면 다른 중동 지역은 들어갈 수 없으므로, 중동 지역을 여행할 때는 이스라엘을 맨 마지막 코스로 잡아야 한다.

"열 개 분량의 아름다움이 이 세상에 부여되었다. 그 중에서 아홉은 예루살렘이 차지하였고, 나머지 하나는 세계가 가졌다."

바빌론 탈무드에 나오는 얘기다. 9할의 아름다움이 한 곳에 몰려 있어서 그런가? 신은 아름다운 곳에 거주하는가?

예루살렘(Jerusalem)은 '이드(도시)'와 '살롬(평화)'의 합성어로 평화의 도시란 뜻이다. 종교적인 명당이라서 그런 것일까? 각종 종교의 종파들이 성지로 삼아서 지금까지 주인이 스무 번이나 바뀌었고, 그 중 열 번 이상은 완전 폐허가 되었다. 지금도 지구상 최대의 '정치적 뜨거운 감자'라는 위치를 지키며 CNN 방송이 하루도 빠짐없이 동향을 보고하고 있는 곳이다.

동예루살렘은 기원전 1003년에 다윗 왕이 이스라엘의 수도로 삼은 이후부터 성경의 역사 속에 계속 등장해 온 예루살렘 성과 그 주변의 겟세마네 동산, 감람산 등을 포함한 지역이다.

전 세계 기독교인, 가톨릭인, 유태인, 회교도 등 세계 인구의 절반에 가까운 30억 인구의 정신적인 성지로 가는 길이기에 가로, 세로 1킬로미터, 둘레가 4킬로미터 정도인 예루살렘 성 내부를 걷는 것은 가슴 설레는 일이었다.

탑 꼭대기에 매달린 스피커에서 기도 시간을 알리는 모슬렘의 기도 소리가 울렸다. 그 소리는 하루에 다섯 번 울린다고 했다. 모슬렘의 스피커 방송을 기다렸다는 듯이 교회 종소리가 고요하게 울린다. 모슬렘의 기도 소리와 교회의 종 소리가 동시에 울려 퍼지는 이곳이, 바로 동예루살렘이다.

예루살렘 성으로 둘러싸인 구시가지는 기독교, 유대교, 이슬람, 아르메니아 등 4개 지역으로 나뉘어져 있다. 이곳에서는 가톨릭, 개신교, 이슬람교, 콥트교, 그리스 정교 등 각 종파가 나름대로 일리 있는 주장을 내세우며 서로 정당성을 외치고 있다. 그러나 한 가지 분명한 것은 모든 종파의 뿌리가 같고 형제라는 사실이다.

이스라엘의 상징인 황금 돔, 혹은 바위 돔(dome of rock). 약 500킬로그램의 황금을 녹여서 칠한 돔은 이스라엘 어느 곳에서든지 찬란하게 보였다. 이슬람교를 만든 무하마드가 사우디아라비아의 메카에서 이곳까지 날아와 바위를 딛고 승천하였다던 이곳에 이슬람 모스크를 세워 이슬람의 성지로 삼은 곳이기도 하다. 그러나 이 돔은 모슬렘의 성지 이전에 유대교와 기독교의 성지이기도 하다.

예루살렘의 예수 승천 교회. 예수 승천 당시 발자국을 기념한 바위를 중심으로 세워졌다.

모리아 산은 아브라함이 아들 이삭을 제물로 바쳤다고 하는 곳이기에 유대교에서 성지로 중시하는 곳이다. 또한 아브라함, 이삭, 다윗의 혈통에서 태어난 예수가 기독교를 전파한 곳인 동시에 골고다 언덕에서 십자가에 못 박힌 곳이니 기독교의 성지이기도 하다.

금요일 정오만 되면 어디서 숨어 지내는지 모를 아랍인들이 하얀 두건을 뒤집어쓴 채 황금 사원을 향해

예루살렘 성의 모습. 이스라엘의 상징인 황금 돔은 이스라엘의 어느 곳에서도 찬란하게 보인다.

유대인들이 민족이 분산됨을 슬퍼하고 성전이 폐허됨을 통곡하여 이름 붙여진 통곡의 벽

예루살렘 성 근처의 묘지. 부활을 꿈꾸는지 황금 문 근처는 물론 건너편 감람산 기슭까지 묘지로 가득 차 있다.

몰려가고, 뜨거운 태양이 내리쬐는 한낮에도 검은 털모자와 검은 코트를 껴입은 유대인들이 어디선가 나타나 통곡의 벽으로 몰려들어 기도를 하는 이곳, 예루살렘.

어디에서 어긋날지 모를 긴장감이 흐르는데, 수많은 순례자와 여행자들은 아이러니하게도 분쟁중인 이곳을 '평화의 땅'으로 간주하고 찾아오고 있었다.

그것은 슬픈 역사를 지닌 통곡의 벽, 눈물 교회, 겟세마네 교회, 최후의 만찬 방, 십자가의 길(비아돌로로사) 그리고 베들레헴, 예수 승천 교회 등 종교인이 아니더라도 일생에 꼭 한번은 둘러봐야 할 성스러운 곳이기 때문이리라.

사해에서 둥둥 뜬다고 폼 내다가는 바람결에 떠내려 간다

사해(死海). 요르단 강에서 흘러들어온 물이 흘러나가지도 못하고, 강렬한 태양빛이 호수의 물을 증발시켜 물속 염분 농도가 높아져 물고기들이 살지 못하는 곳. 사해는 지구상에서 가장 낮은 위치에 있는 호수로 평균 수면보다 400미터 정도 낮다. 길이는 남북으로 75킬로미터, 폭은 16킬로미터, 둘레는 약 200킬로미터 정도이다.

그런데 호수인 이곳을 왜 사해라고 부를까? 팔레스타인 지방은 워낙 건조하고 물이 적은 지역이라 조그마한 하천은 강이라 하고, 조금 넓은 호수는 바다라고 한다. 성경에도 갈릴리 호수를 갈릴리 바다라고 했다. 염분이 약 35퍼센트나 되는 이 호수는(보통 바다는 3퍼센트임) 어떤 물고기도 살아날 수가 없어서 죽음의 호수, 죽음의 바다라 불리기도 한다.

그러나 사해 주변에 있는 검은색 진흙이 여성 피부 미용에 좋다고 알려지면서 머드 팩, 머드 비누 등이 상품화되고 있었다. 게다가 사해의 짠물이 신경통, 류머티즘 환자들한테 특효가 있다고 알려지면서 주변에 호텔이 들어서고 류머티즘 환자들이 머물며 치료를 받고 있었다. 이제는 버림받는 바다가 아니라, 돈을 벌어주는 중요한 바다로 떠오르고 있는 것이다. 또한 사해 비치도 운영되고 있어서 입장료 수입까지 있었다.

그것은 요르단 쪽 사해도 마찬가지였다. 오히려 시설은 이스라엘보다는 요르단 쪽이 괜찮아 보였다. 1967년의 6일 전쟁 전에 사해는 요르단 영토였기 때문이다.

지구 온난화로 사해의 물이 점점 줄어들어 이스라엘 정부가 홍해에서 물을 퍼 올려서 채운다고 하자, 주민들이 반발을 했다고 한다. 물을 섞으면 마치 온천물에 물을 섞는 것과 마찬가지로 효과가 떨어지지 않을까 우려했기 때문이다.

누구든지 사해 바다에 들어가 가만히 누워 있으면 물에 둥둥 뜬다. 얕은 물에서는 중심 잡기가 어려워 흔들흔들하지만, 조금 깊은 물에서는 큰 대자로 누워 있어도 둥둥 떠다닌다. 그래서 많은 사람이 신문도 보고 책도 보지만, 오랜 시간 그 자세를

아직 익사한 사람이 없다는 사해.
주변에 있는 검은 흙은 머드 팩과 비누 등의 상품에 사용된다.

유지하기는 힘들었다. 물이 끈적끈적한 데다가, 눈에 물이 들어가면 눈을 뜨지 못할 지경이 되기 때문이다. 한참을 서서 눈물을 흘리고 나니 겨우 진정되었다.

물가보다는 조금 더 들어가야 물이 깨끗하고, 뜨기에 좋다. 둥둥 떠 있는 것에 익숙해져서 한참 기분을 내고 하늘을 보며 물결치는 대로 있으니 세상 부러울 게 없었다. 큰 대자로 누워 있자니 하루라도 세상만사 잊고 이렇게 있으면 좋겠다는 생각이 들었다. 그 찰나, 맙소사! 생각에 잠기다 그만 물결에 휩쓸려 물가에서 먼 곳으로 흘러가고 말았다.

정신을 차려 서 보니, 발이 바닥에 닿지 않아 당황스러웠다. 물가로 가보려고 발버둥을 쳐보았으나, 계속 그 자리에서 맴돌고 있는 것 같았다. 그 순간 '가라앉지는 않겠지' 하는 생각으로 계속 양팔과 두 발로 한참을 발버둥치니 몸이 조금씩 움직이는 것 같았다. 한참 후에 다시 서 보니 바닥에 닿았다.

휴, 잡생각하다가 바람결에 깊은 곳으로 떠내려갈 뻔했다. 머드 팩이고 물놀이고 그만두고 정신없이 물 밖으로 나오는데, 그 광경을 바라보던 안내자가 한소리를 한다.

"사해에서는 아직 익사한 사람이 없답니다. 사람이 가라앉지 않거든요."

세계에서 가장 오래된 도시 여리고, 지금도 팔레스타인은 속이 '에리고' 있다

팔레스타인 요르단 서안 자치 지구에 있는 여리고.

히브리 어로는 여리고, 요르단에서는 예리코, 그 무참한 역사 때문에 일명 '에리고'라 불리는 이곳은 이스라엘의 탱크, 박격포 공격으로 건물이 파괴된 채 방치되어 있었다.

1967년 '6일 전쟁' 전에는 요르단 영토였다가 지금은 이스라엘의 팔레스타인 자치 구역이 된 곳. 그래서 가슴이 '에리고' 있는 팔레스타인 사람들. 그러나 2천 년 간 유랑민으로 정처 없이 세상을 떠돌며 나라 없는 민족의 설움을 겪었던 유대인. 양쪽 다 일리 있는 주장을 굽히지 않고 있으므로 유대인과 팔레스타인 간의 문제는 쉽게 해결되지 않은 채 함께 살아가고 있다.

다만 이스라엘 국토 안에 가자 지구, 베들레헴 지구, 여리고 지역 등 팔레스타인 자치 구역이 섬처럼 갇혀 있고, 출입 시에는 이스라엘 군의 검문을 받으며 생활하고 있었다.

요단강 서안의 중심 도시인 여리고는 세계에서 가장 오래된 사막 속의 오아시스 도시다. 약 1만 년 전부터 이미 여리고 성이 있었고, 현재 그 성의 망루가 보존되어 있다. 구약성서에 의하면, BC. 14세기 무렵 느보산에서 25킬로미터 전방에 있는 녹색의 오아시스를 여호수아가 이끄는 이스라엘인들이 공격해서 점령했고, 이스라엘인들은 여리고를 거점으로 발전하여 예루살렘으로 들어가 왕궁을 세웠다 한다.

세계에서 가장 낮은 곳에 위치한 오아시스 도시인 여리고에는 꽃, 오렌지, 바나나 등 풍부한 과일이 재배되고 있다.

여리고 시내 뒷산 정상에 오르니 시내는 충분한 물이 공급되어 활기차고, 팔레스타인이라기보다 유럽인들이 살고 있는 부촌(富村)처럼 보였다. 멀리에 높은 시험산(예수가 사탄에게 시험 당했다는 산)이 보이며, 수도원이 여리고 시내를 지켜주고 있었다.

여리고 입구에 있는 LG 광고판. 한국 기업의 강력한 힘을 1만
년의 도시에서 느끼는 감회가 새롭다.

비록 종교는 다르지만 많은 성지
순례자들이 방문하는 이곳에서 LG
의 입간판이 한국인들을 반겨준다.
한국 기업의 강력한 힘을 이곳, 1만
년의 도시 여리고에서 느끼고 갈 줄
이야!

유명한 사해 문서를 발견한 유목민 베두인, 이제는 세속에 짜들 었나

양이나 염소, 말, 낙타 등을 키우고 있는 유목민인 베두인은 중동
지역, 즉 이스라엘, 요르단, 사우디아라비아, 이집트 등지에 분포되
어 있다. 각 나라에서 정착 생활을 유도해도 이들은 따르지 않는다.

한 번은 이스라엘에서 아파트를 줘서 베두인을 정착시키려고 했는
데, 키우던 양떼를 아파트로 모두 몰고 왔다는 일화도 있다. 그러나
베두인은 의리가 있고 자기 집 방문객에 대해서는 융숭한 대접을 하
기로 소문이 나 있다.

아무튼 베두인들이 대단한 일을 하나 해냈다. 사해 부근의 쿰란 지
역에서 유목 생활을 하던 베두인 양치기 소년이 있었다. 그러던 어느
날 잘 키우던 양이 없어졌다. 이리저리 찾아다니다가 소년은 산기슭
에서 입구가 조그만 동굴 하나를 발견했다. 조그마한 돌멩이를 던져
서 양이 숨어 있나 확인하는데, '땡그랑' 하고 돌이 항아리에 맞는 소
리가 들렸다.

사해 문서가 보관되어 있는 이스라엘 박물관. 지붕 모습은 사해 사본이 보존되어 있는 진흙 항아리 뚜껑을 본떠 만들었다고 한다.

소년이 들어가 확인해 보니, 항아리 속에는 양가죽으로 쓴 문서들
이 있었다. 그 유명한, 약 2천 년 전의 구약성경과 생활상 등이 기록
된 사해 문서가 발견되는 역사적인 순간이었다. 그 발견을 계기로 이
후 고고학자들이 동원되어 쿰란 동굴을 샅샅이 뒤졌고 11개의 동굴
속에서 2천 년 동안 잠자고 있던 각종 문서들을 찾아냈다. 그렇게 우
연한 일에서 역사적인 사건이 발생한 것이다.

위대한 역사를 발견한 베두인. 이들은 수천 년에 걸쳐 조상 대대로
물려받은 삶을 자랑스럽게 고수하고 있다. 성경 속 인물들의 삶의 모
습과 풍습을 고스란히 간직한 채 오늘도 산기슭에서 허름한 집을 지
어 생활하고 있다.

그러나 이들도 물질주의라는 외풍을 완전히 막아내지는 못했다. 사

해 가는 길목의 베두인 마을 입구에 들어서니 5~6세의 꼬마 남녀 어린이들이 쏜살같이 달려 나왔다. 꼬마 하나가 손을 벌리고 무엇을 달란다. 마침 마을에서 기념 사진을 찍으려고 하던 참이라 동전 몇 개를 손에 쥐어주고 나서 아이들하고 함께 꼬마네 집을 찾았다. 그 집에는 20마리의 양이 있었고, 두 개의 큰 물통에 물이 채워져 있었다.

눈치 빠른 꼬마 여자아이는 얼른 집안에 들어가더니 한 돌이 됨직한 아기를 안고 나와서 아기 몫의 무엇을 달라고 했다. 아기 손에 동전을 쥐어주니까 녀석이 얼른 받아 챙겼다.

꼬마의 아빠가 나와서 반기고, 엄마는 갑작스런 손님 방문인지라 바닥에 있던 것을 치우고 나서 이방인에게 자리에 앉으라고 권했다. 그것도 바닥에 딱딱한 천을 깔아놓은 곳이 아니라, 푹신한 담요로 깔아놓은 곳으로 앉으라고 권했다. '그래, 예의가 있구나. 어른을 알아보는군.'

부부는 얼른 한 살배기 아기 사진을 찍으라며 내 품에 안겼다. 졸지에 베두인 아기의 아빠가 되었다.

"그래, 잘 자라라, 꼬마야. 의리 있고 정직하게 살아라, 꼬마야."

마당에 나오니 베두인 꼬마의 아빠가 어깨동무를 하자고 했다. '녀석, 붙임성도 좋네. 말도 잘 안 통하는데…….' 짧은 시간이었지만, 그들은 나름대로의 생활 속에서 근심 걱정 없이 행복을 찾으며 즐기는 것 같았다.

'그래, 베두인, 당신들은 양, 염소, 말을 키우며 돈을 벌고 지나가는 사람들한테 집을 보여주며 돈을 벌고 있으니 투잡스(two jobs)족이구려. 그것이 바로 농부들이 말하는 복합 영농이라오.'

그리고 꼭 전하고 싶은 말.

'당신네가 살고 있는 이 집은 명당이라오. 떠돌아다니지 말고 이곳을 지켜주시오. 그러면 부자가 될 거요.'

갈릴리 호수에서 먹어본 베드로 썬션

갈릴리 호수. 어부였던 베드로가 예수님과 만난 곳. 길이가 약 20킬로미터, 폭이 약 10킬로미터, 둘레가 약 50킬로미터, 해수면보다 약 400미터 아래에 있는 호수이다. 그럼에도 갈릴리 바다라고도 불린다. 배를 타고 한가운데로 가보면 수평선이 보일 정도로 넓디넓은, 즉 호수라기보다는 바다 같은 착각이 들 정도로 크기 때문이다.

성경의 한 구절. '예수께서 일어나서 바람을 꾸짖고 파도를 재우셨다. 조용하고 잠잠하라!'

예수가 어부 베드로를 만났다는 갈릴리 호수. 수평선이 보일 정도로 넓어 마치 바다와 같다.

어디선가 그 목소리가 들리며, 호수는 조용하고 잠잠하게 2천 년 전의 그 나무배를 맞이하는 것 같다. 이방인은 그 배에 타고 힘차게 앞으로, 앞으로 항진하며 베드로가 낚은 그 물고기를 보고, 먹으러 가는 상상을 해보았다.

2천 년 전이나 지금이나 갈릴리 호수의 특산물은 피터 피시(Peter Fish)이다. 예수님의 제자 베드로가 호수에서 잡던 물고기라 해서 피터 피시라 하는데, 내장을 빼고 기름에 튀긴 생선으로 30센티미터 정도 크기다. 마늘 소스를 치고 소금을 약간 찍어서 먹으니 간도 맞고, 우리나라 조기 맛처럼 일품이었다. 베드로가 잡았던 물고기. 바로 이 물고기를 아마 예수님도 드시지 않았을까?

갈릴리 호수는 요단강으로 흘러 가나안 지역의 풍족한 농경지를 이루며 풍요한 땅으로 만들고 있다. 오늘날에는 이스라엘의 식수원으로서 젖줄 역할을 하고 있다. 그 옛날에는 종교적인 젖줄이었으니 무슨 연관성은 없을까? 포근한 갈릴리여! 영원하라!

잃어버린 공중 도시 마추픽추! 사라진 잉카인의 흔적

총면적 13제곱 킬로미터, 해발 2,400미터 고지에 위치한 잉카 최후의 유적지, 마추픽추.

침략자에 쫓기던 인디오들이 우루밤바 계곡으로 숨어들어 요새를 구축하고 농사를 지으면서 성전(聖戰)을 벌인 곳. 주위에는 높이 솟은 산과 절벽, 우루밤바 강을 따라 열대 우림이 무성한 정글이 펼쳐진다. 그래서 아래에서는 볼 수가 없고 공중에서만 그 존재를 확인할 수 있다. 이것이 '공중 도시'라 불리고 있는 이유이다.

잉카 제국은 15세기부터 16세기에 걸쳐 지금의 페루, 볼리비아인 남미 대륙의 중앙 안데스 지방을 지배했는데, 그 기원은 그보

잉카 최후의 유적지 마추픽추. 주위에는 높이 솟은 산과 절벽, 우루밤바 강을 따라 열대 우림이 무성한 정글이 펼쳐진다. 아래에서는 볼 수가 없고 공중에서만 그 존재를 확인할 수 있다고 하여 '공중 도시'라 불리기도 한다.

다 훨씬 오래인 기원전 2천 년까지 거슬러 올라간다. 잉카인들이 태양을 숭배하여 '태양의 제국'이라 불렸고, 황금이 많아 '황금의 제국'이라고도 불렸다.

하지만 황금이 많다고 알려진 것이 화근이 되어, 잉카 제국은 당시 유럽의 최강국으로 바다를 지배했던 스페인 함대에 의해 싸움 한 번 못하고 멸망했다. 잉카 영토는 스페인의 지배에 들어갔고, 쫓기던 잉카인은 깊은 산 속에 숨어들어 스페인 사람들의 눈에 띄지 않는 높은 곳에 도시를 건설했다. 산 아래에서 올려다보면 마추픽추는 전혀 보이지 않는다. 계곡의 지형과 도시의 위치가 절묘하게 어우러져 수세기 동안 마추픽추는 그 정체를 숨겨왔다.

그러나 마추픽추를 건설한 잉카인들은 얼마 후 연기처럼 사라져버렸다. 비밀을 유지하기 위해 걷지 못하는 노인들과 재물에 쓰일 '태양의 처녀들'을 도시 한쪽 묘지에 묻어버리고 사라진 것이다. 그럼 도대체 그들은 어디로 갔을까? 그들이 어디로 갔는지는 아직 아무도 모른다. 하이람 빙엄은 마추픽추를 가리켜 '잃어버린 도시'라고 명명했는데, 더없이 적합한 명칭이 아닐 수 없다.

1911년에 미국인 고고학자 하이람 빙엄이 인디오 소년 덕분에 마추픽추를 발견할 때까지 그곳은 4백여 년간 정글 속에서 잠자고 있었다. 뾰족한 봉우리 두 개 사이로 말안장 형상의 지역에 위치하고 있어서 스페인 침략자들에게 발견되지 않았던 마추픽추. 잉카인들은 봉우리 측면에 천 길 낭떠러지를 만들어 한 사람만이 다닐 수 있는 길을 만들었는데, 빙엄은 그의 저서에서 '마추픽추에 오를 수 있도록 안내를 해준 나의 은인은 코흘리개 인디오 소년이었다.'고 했다. 빙엄이 이 유적을 발견했을 때, 173구의 유골(150구의 여자와 23구의 남자)이 있었다고 한다.

마추픽추는 늙은 봉우리(마추픽추) 옆에 젊은 봉우리(와이나픽추)를 친구삼아 두 개의 봉우리가 우뚝 솟아 있다. 오두막 전망대, 태양신전, 왕녀의 궁전, 해시계, 태양의 문, 잉카의 다리 등이 천 길 낭떠러지 절벽과 우루밤바 강을 벗 삼으면서 오늘날까지 남아 있다.

착한 잉카인과 마추픽추의 운명

페루 중남부 안데스 산맥에 있던 고대 잉카 제국의 요새 도시 마추픽추는 13~16세기 잉카 제국의 수도였던 쿠스코(Cuzco) 시에서 북서쪽으로 약 80킬로미터 떨어져 있다. 쿠스코의 산페드로 역에서 관광 전용 열차로는 3시간 거리, 쿠스코까지는 페루의 수도 리마(Lima)에서 비행기로 남동쪽으로 1시간여 거리이다.

고대 잉카인의 도시 마추픽추는 스페인 정복 후에도 잉카 시대의 손때가 남아 있는 귀중한 인류 문화 유산이다. 잉카인들은 외부 세계와 철저히 차단된 채 그들 방식대로 고독하게 살다가 어느 날 갑자기 도시를 버리고 사라져 버렸다. 그들은 어디서 무엇을 하기에 지금까지 소식이 없는 걸까?

약 1만 명 정도가 살았다던 이곳. 끝없이 펼쳐지는 계단식 밭은 일상의 양식을 위한 자급자족의 터전이었으리라. 3천 개가 넘는 계단과 연결된 테라스식 정원으로 둘러싸인 성채가 하나 있다.

그러나 희망이 없고 창의력이 필요 없는 폐쇄된 사회, 의식주만 충족하는 자급자족 사회는 외부 충격에 매우 취약할 수밖에 없다. '꽁꽁

> 고대 잉카인의 도시 마추픽추는 스페인 정복 후에도
> 잉카 시대의 손때가 남아 있는 귀중한 인류 문화 유산이다.

고독하게 살다가 사라져간 잉카인들이 남긴 건물 유적에서는 뛰어난 석조 기술이 엿보인다.

잉카인들은 계단식 논에 석축을 쌓아서 돌 사이로 물 관리를 하면서 농사를 지었다.

숨어라, 머리카락 보인다.' 며 깊은 산 속으로 숨어버린 잉카인. 거기에 무슨 발전과 희망을 기대했겠는가, 생각해 본다.

　우리나라 임진왜란 때처럼 의병전이든 게릴라전이든 뛰어나와서 나라를 찾겠다는 희망이라도 가져야지, 꽁꽁 숨어서 무엇을 도모하겠다는 것인지 모르겠다. 그런 소극적인 민족이기에 지금은 흔적조차 없이 사라지지 않았나 자문해 본다. 세상은 착한 사람이 성공하는 것이 아니라 활동적인 사람이 성공한다. 착한 잉카인이여! 슬픈 잉카인이여!

잉카 제국의 수도 쿠스코의 찬란했던 문명

　쿠스코는 해발 약 3,400미터의 고지대로, 고산병이 쉽게 걸릴 수 있는 지역이다. 그곳은 무덥고 왠지 가슴을 갑갑하게 조이면서 머리를 띵하게 만든다.

　쿠스코는 케츄아 말로 '배꼽' 이라는데, 우주의 중심이 이곳이라고 잉카인들은 생각했다. '모든 길은 로마로' 라고 했던 로마인의 생각과 같은 것이다.

　2백여 명의 군인을 이끌고 스페인의 침략자 피사로가 잉카의 왕 '아타와르파' 를 페루 북부 카하마르카에서 사로잡았을 때, 몸 값 대신 수감방 안을 황금으로 가득 채우고 나서야 풀려났다는 이야기는 유명하다. 그러나 피사로는 황금을 빼앗은 다음 잉카의 왕을 처형했다. 결국 황금 문화를 꽃피웠다가 황금 때문에 철저히 망가졌으니 쿠스코는 '황금빛' 애환이 깃든 도시다.

　잉카의 태양의 신전 터는 철저히 파괴되어 그 자리에는 스페인 교회가 세워졌다. 마지막 잉카 왕 '망고'가 무너진 왕국을 재건하기 위해 그를 따르는 일부 병사들과 함께 최후 일각까지 싸웠다는 삭사이타만(Sacsayhuaman)도 파괴되어 쓸쓸하기만 하다.

순진한 잉카인, 교활한 스페인 군인들. 파종 시에는 싸우다 말고 들에 나가 일할 만큼 순박했다고 한다. 한편 스페인군은 밤에는 싸움을 중지하는 천진난만한 잉카인들의 허점을 교묘히 이용해서 그들을 멸망시켰다. 잉카인은 24시간 전투 태세 중인 '유비무환'을 몰랐던 것일까? 어쨌거나 그렇게 잉카 제국은 몰락했고, 지금은 세계에서 유일하게 '코카콜라'와 싸워 이긴 '잉카콜라'만이 잉카의 혼을 잇고 있었다.

2백여 명의 스페인 군대에 멸망한 잉카 제국, 그리고 동학 혁명

한창 번성기 때의 쿠스코는 페루, 칠레, 에콰도르, 볼리비아, 콜롬비아의 5개국에 걸친 광활한 영토를 지배하며 약 천 만 명의 인구를 거느렸다. 그런 잉카 제국이 2백여 명의 스페인 군대에게 멸망당한 것은 불가사의한 일이다.

이것을 두고 유럽에서는, 천연두균이 돌면서 많은 생명을 앗아간 후라서 스페인 군대는 이미 천연두균에 내성이 생긴 상태였지만, 스페인 군대의 짐에 묻어온 천연두균은 청정 자연에서 무균 상태로 살던 잉카인들에게는 재앙이었다고 추측한다. 그래서 스페인 군대가 총공격을 가하기 전에 이미 많은 잉카인이 죽어가고 있던 상태라 쉽게 정복되었다는 설이 있다.

다시 말하지만 잉카인은 외부인에 대한 적개심도 없이 그들을 환대하고 밤에는 싸울 줄 모르던 착한 사람들이었다. 파종과 수확철에는 싸우다 말고 전선을 이탈하여 농사를 지으러 가는 순진한 사람들이었다. 월등한 화력을 갖추고 24시간 전투 체제에 들어가 있던 스페인군과는 대조적으로, 할 일 다 하고 쉬기도 하는 잉카인의 여유가 몰락의 길을 재촉한 부분도 있으리라.

우리나라는 일제 시대 때 수만 명의 동학군이 외세를 물리치려고 상경하다가 2백여 명의 일본군과 공주재에서 맞닥뜨린 적이 있었다. 죽창으로 무장하고 몸에 총알도 피해간다는 부적을 지닌 상태였지만, 월등한 화력 앞에서는 당할 수가 없었다. 결국 동학 혁명은 막대한 피해를 입고 일본군에 의해 평정되었다.

만약 우리 동학군이 총기를 소지했더라면 어떻게 되었을까? 대한 제국의 국모 명성왕후 시해 사건에서도, 궁을 지키던 수비 대원이 칼 대신 총을 들고 있었더라면? 우리의 창의력 있는 선배 장인들이 더 노력했더라면, 그 시대의 장인들을 천대하지 않았더라면, 우리도 그때, 아니 그보다 먼저, 총을 만들어낼 수 있었을지도 모른다. 슬픈 잉카인이여! 슬픈 동학인이여!

잉카 제국의 석재 기술과 백제 왕궁탑의 석재 기술

잉카인들이 세운 마추픽추는 석재 기술의 정점이다.

잉카인들은 돌 다루는 솜씨가 놀라웠다. 흔히들 그들의 석축 솜씨를 가리켜 '면도날 하나 들어가지 않는다.' 라고 표현한다. 마추픽추 유적 곳곳도 정교한 석축물로 이루어져 있다. 학자들은 각 건축물의 용도를 연구하여 태양 신전, 왕녀의 궁전, 신성의 광장, 감옥, 묘 등으로 분류해 놓았다.

해발 약 2,400미터의 공중 도시에서 그 많은 돌은 과연 어디에서 구했으며, 또한 어떻게 반듯하게 가공하였으며 어떻게 쌓았는가가 궁금해진다.

묘한 신비감을 간직한 채 아래 낭떠러지로 우루밤바 강이 흐른다. 5백여 년 전의 잉카인들도 마추픽추를 건설하다가 힘이 들면 저 강을 바라보며 강바람에, 산바람에 피로를 씻으며 그렇게 장인으로서 생을 마감하지 않았을까.

마추픽추를 건설하는 것은 돌을 절단하는 것으로부터 시작되었다. 그런데 잉카인들은 불행하게도 철기 문화가 없었으니 철기 도구 없이 돌을 절단하는 것이 힘들었을 것이다. 그러면 어떻게 절단했을까 무척 궁금해졌다.

그 궁금증이 풀렸다. 우선 큰 돌에다 나란히 구멍을 여러 개 판다. 구멍 크기에 맞춰서 나무를 그 돌 안에 박아 넣는다. 그리고 물을 붓는다. 시간이 지나면 물을 머금은 나무는 부풀게 되며, 여러 개의 구멍이 동시에 부풀게 됨으로써 커다란 바윗덩어리가 쪼개지게 된다. 철(쇠)이 없던 시대에 잉카인의 지혜로 철의 역할을 하도록 고안한 것이다. 그러한 지혜로 절단한 돌들을 보며 지금도 많은 방문객들이 탄복을 한다.

그런데 그와 유사한 사건의 흔적이 백제 시대의 익산 왕궁탑에도 남아 있다. 약 1500년 전의 일이니, 우리 조상의 지혜는 얼마나 대단한가! 새삼 감탄스럽다. 익산에서 최근에 발견된 왕궁리 유적을 보면 제사석처럼 평평하게 보이는 돌 밑동아리는 짱구처럼 뛰어나와 있다.

잉카인들의 뛰어난 석축
기술을 보여주는 마추픽추의 집터

잉카인들의 뛰어난 돌 자르는 기술을 엿볼 수 있는 돌

면도날도 들어가지 않는다는 석축 기술로 쌓아올린 마추픽추 건물과 계단식 논

그것을 자르기 위해 나란히 여러 개의 구멍을 팠다.

그런데 백제의 장인들에게는 잉카인보다 더욱 앞선 기술이 있었으니, 구멍과 구멍을 연결하는 곳에 가느다란 줄을 그어서 절단을 더욱 용이하게 했다는 것이다. 1500년 전 우리 조상들이 500년 전의 잉카인보다도 더욱 슬기로운 쟁이의 진면목을 보여주고 있는 것이다.

또한 잉카인들은 계단식 논에 석축을 쌓아서 돌 사이로 물 관리를 하면서 농사를 지었다. 그런데 백제 장인들은 익산 왕궁터의 공동화장실에서 경사진 각도로 돌 통로를 만듦으로써 자연스레 오물이 흘러내려가게 했다. 세계 최고의 수세식 변소를 창안했던 것이다!

백제인들의 돌 쪼개는 석재 기술을 엿볼 수 있는 유적들

우리 조상들의 돌을 자르는 지혜가 깃들어 있는 백제 시대의 왕궁탑

선배 장인들의 지혜에 다시 한 번 쟁이로서 머리가 숙여질 뿐이다.

잉카 제국의 청동 문화와 1500년 전에 수출했던 대가야의 철기 문화

5백년 전 잉카 제국은 황금과 청동이 중심이 된 문화를 이루었다. 그렇기에 황금을 추구했던 스페인군에 의해 멸망했는지도 모른다.

강대국의 약탈 행위. 그렇게 역사는 강한 자만 살아남는 '약육강식의 시대'를 이어왔을 것이다. 잉카 제국은 청동 문화 시대에 역사의 장에서 사라졌으니.

청동은 철에 비해 강도가 약하다. 약하기 때문에 농기구류를 만든 것들을 보니 두 겹, 세 겹씩 붙였거나 두꺼웠다. 그렇게 만들어야만 땅을 파서 농사를 지을 수 있었다.

하지만 청동은 재질이 연해서 가공하기가 좋고 녹이 나지 않는다는 장점은 있다. 그래서 잉카인이 머리가 깨지거나 손상되었을 때 얇은 청동판을 오려서 뇌수술을 한 흔적을 볼 수 있다.

그러나 우륵과 거문고로 연상되는 대가야(고령 지방)는 이미 약 1500년 전에 석기, 청동기 시대를 지나 철기 시대가 도래해 철기 문화를 꽃피웠다.

대가야의 철은 풍부한 광산과 철기 제작 기술을 보유한 대가야 장인들의 영향으로 교역 활동에서 항상 중심 역할을 했을 것이다. 대가야는 삼한 시대부터 마한과 중국 군현 등 주변 나라로 철을 수출했고, 4세기 후엽에 왜(일본)와의 교역로가 열리자 제철 기술이 없는 일본으로도 대량으로 철을 수출했다.

당시 대가야 시대에 철의 장악은 경제력과 군사력을 의미하는 힘을 상징했다. 남제(중국)와 왜와의 교역에서 철은 가장 대표적인 품목이었으며, 철기를 만드는 소재인 철정은 마치 화폐처럼 사용되었다. 대가야는 철정을 두드려 농기구, 무기, 갑옷, 쇠못, 마구(재갈, 안장, 장식, 교구) 등을 만들어 철의 강국 대가야를 이룩했다.

그러나 가야의 찬란한 철기 문화는 오랫동안 꽃을 피우지 못한 채 멸망하고, 그것을 수입한 왜가 더욱 발전을 꾀하고 계승해서 거꾸로 철기 문화의 결정체인 '조총'을 만들어 우리를 침략하고 유린했다. 이것은 역사의 아이러니라 아니할 수 없다.

마추픽추의 명물 굿바이 보이

마추픽추 여행을 끝내고 하산하려면 주차장에서 버스를 타야 한다.

7~8세쯤으로 보이는 대여섯 명의 아이들이 손을 흔들며 관광객을 반겼다. 일반적인 관광지에서 흔히 볼 수 있는 광경이다. 답례로 버스 차창 밖으로 팔을 내밀고 손을 흔들어 주었다.

버스가 출발해서 갈 지자로 굽이굽이 돌아 내려오는데, 첫 번째 모퉁이에서 아까 보았던 빨강 옷을 입은 아이가 손을 흔들며 목이 터져라 '굿바이'를 외쳐댔다. 두 번째 모퉁이에서도 똑같은 아이가 먼저 와서는 손을 흔들며 반기고 있었다.

신기했다. 어떻게 저러지? 오라, 버스가 모퉁이를 돌 때마다 그 아이는 미리 다람쥐처럼 지름길을 수직으로 내려와서 관광객을 맞이하고 있는 것이었다. 이제는 세 번째, 네 번째 모퉁이에 이를 때마다 빨강옷의 그 아이를 기다리게 되었고, 아이와 마주칠 때마다 먼저 '있다!' 하며 환호성을 질렀다.

일곱 차례의 만남과 환호가 이어졌는데, 마지막 모퉁이를 돌 때는 그 아이가 보이지 않았다. 버스가 너무 빨라서 그런가 보다 하는 찰나, 어디서 나타났는지 아이는 버스를 앞질러 달려가고 있었다. 반가워서 환호성을 질렀다.

다리에서 잠시 버스가 정차하자, 그 아이가 버스에 올랐다. 이마에는 구슬땀이 맺혀 있었다. 관광객 몇몇은 아이가 불쌍하다며 어쩔줄 몰라했다.

'사요나라', 아이가 인사를 했다.

아마도 일본인이 많이 방문하기에 일본인이라 생각했던 모양이다.

분위기가 어색해져서 아이한테 말해 주었다.

"사요나라가 아니고 안녕이야. 안녕."

'안녕', 아이가 따라 했다.

관광객들은 안쓰럽게 생각하며 아이한테 1, 2달러씩 주었다. 그러나 한편으로는 씁쓸한 생각이 들었다. 학교에 다닐 아이들이 상술에 동원된 모습이라니!

버스 기사와 미리 짠 계획에 따라 외국인 관광객의 감성을 자극하는 자그마한 이벤트를 만들어 주면서 어른들의 돈벌이에 이용되는 아이들. 잉카 제국의 통신을 담당했던 발 빠른 인간 파발꾼 '샤스키 (chaski)'. 그 후예들이 오늘은 돈벌이를 위해 밀림 속을 누비고 달리고 있다. '그래! 그것도 살아가는 한 방법이다.'

마추픽추
(Machu Picchu)

1만여 명이 생활하기에 충분한 공간과 경작지가 있었지만 언제, 누가, 왜, 어떻게 만들었는지에 대해서는 여전히 의문으로 남은 '잃어버린 도시' 마추픽추. 잉카인들의 수도였던 쿠스코에서 80킬로미터 떨어진 험난한 산 정상에 세워진 '공중 도시'이다.

콘도르의 모양을 본뜬 콘도르 신전의 조형물, 귀족들의 거주 지역에 설치돼 있는 수로 시설, 돌을 깎은 벽돌로 만들어진 관개 수로 등 마추픽추의 기술은 믿어지지 않을 만큼 정교하다. 그래서 잉카족과 잉카 문명은 더욱 궁금증을 자아낸다.

잉카 제국은 1535년 스페인인들에게 무너질 때까지 태평양 연안과 안데스 산맥 고원 지대를 따라 지금의 에콰도르 북부 국경 지역에서 칠레 중부 마울레 강에 이르는 제국을 통치했다. 12세기에 쿠스코에 수도를 세웠고, 15세기 초에 정복을 시작해 백여 년 만에 1,200만 명에 이르는 안데스 산맥 주민들을 지배하게 되었다. 안데스의 다른 인디언 문명과 마찬가지로 잉카 문명도 남아 있는 문서 기록은 전혀 없다.

잉카 사회는 상당한 계층 분화가 이루어져 있었으며 기술과 건축도 상당히 발달해 있었다. 안데스 산맥 전역에는 아직까지도 관개 시설, 왕궁, 신전, 요새가 남아 있다. 잉카족은 제국 전역에 광대한 도로망을 건설했다. 도로망은 2개의 남북 종단로로 이루어져 있었다. 하지만 역설적이게도 이 도로망 덕분에 후에 스페인인들은 잉카 제국을 아주 쉽게 정복할 수 있었다.

잉카족의 종교는 애니미즘, 물신 숭배, 자연신 숭배의 여러 가지 특징이 혼합되어 있었다. 신들 가운데 태양신 인티가 가장 중요한 신이다. 종교 의식에는 정교한 형태의 점술과 인간과 동물을 희생 제물로 바치는 의식 등이 있었다. 이런 종교 의식들은 스페인 정복자들의 우상 숭배 반대로 인해 파괴되었다. 잉카족 후손은 케추아어를 쓰는 농민으로, 현재 안데스 산맥에서 살고 있으며 페루 인구 중 약 45퍼센트를 차지하고 있다.

아마존 강 탐험 중에 불쑥 나타난 원주민 서방님

마추픽추를 감싸고 흐르는 우루밤바 강은 아마존 강의 상류 지역에 있다. 아마존 강은 페루에서 기원해서 브라질과 몇 개국의 남미 대륙을 적시며 대서양으로 흘러나간다.

세계 최대의 아마존 강 주위를 감싸고 있는 아마존의 밀림. 사람들이 '지구의 허파'라 부르는 곳! 지금 배를 타고 가고 있는 곳은 한강 폭의 2배

지구의 허파 역할을 하고 있는 아마존의 밀림.
개발과 보존을 두고 세계의 관심이 집중되고 있다.

정도는 되어 보인다. 30명 정도 탈 수 있는 배는 양쪽으로 두 줄로 길게 늘어져 앉게 되어 있는데 왠지 좀 허전해 보였다. 2시간 동안 아마존 밀림 속의 로지(lodge, 통나무집)를 향해 달렸다.

강 위에서 맞이하는 시원한 강바람. 육지에서는 약 30도의 뙤약볕이건만, 배타는 순간만큼은 시원하다. 동행인이 '처녀 뱃사공' 노래를 불렀다. 그래, 우리 민족은 어디를 가나 흥겨운 민족이야! 어려서부터 엄마한테 '흥, 흥', 코를 닦으면서 '흥'을 배우게 됐으니까. 함께 탑승한 외국인들도 박수치며 어울리면서 흥을 돋운다.

문득 넓은 강 속을 들여다보니 뭔가 큰 물고기가 튀어오를 것만 같았다. 자이언트 피시(giant fish)는 크기가 1미터는 넘는다고 했는데, 마침 낚시를 하던 사람이 자이언트 피시를 낚아 올렸다. 잡은 고기를

한번 들어 보았는데 50~60킬로그램은 됨직했다.

그리고 이곳에는 유명한 세계에서 가장 굵고 긴 뱀 아나콘다가 살고 있다고 했다. 길이가 약 10미터는 된다는 뱀. 언제가 텔레비전 프로 '지구탐험대'에서 아나콘다를 생포하는 장면을 본 적이 있었다. 현지인에 의하면 아나콘다는 세 종류가 있다고 한다. 아마존 강 속에 사는 뱀, 나무 위에서 사는 뱀, 그리고 땅 위에 사는 뱀. 아나콘다를 떠올리니 금방이라도 강물 속에서 기어나올 것만 같았다.

강을 따라 가면서 보니 여기저기서 경치가 좋은 강변엔 리조트 건설 공사가 이루어지고 있었다. 개발과 보존. 글쎄, 어떻게 해야 할지? 쉽지 않은 문제라 잠시 생각에 잠겨 있는데, 짓궂은 여성이 강가에 앉아 있는 원주민을 큰소리로 불렀다.

"서방님!"

하고 부르는 소리에 놀라 관광객들을 쳐다보며 손을 흔드는 원주민 남자……

"여기서 원주민하고 사세요."

모두가 한참을 웃었다.

잠자는 통나무집 안으로 들어온 뱀

아마존의 밀림 지역에서는 여행하는 것도, 잠자리도 여간 불편하지가 않다. 시도 때도 없이 모기가 달려들기 때문이다. 그나마 통나무집은 지상에서 1미터 정도의 높이에 통나무 기둥을 받치고 그 위에 집을 지어서 지상의 동물들이 안으로 들어오지 못하게 나름대로 안전 장치를 해 놓았다. 하지만 쟁이로서 자세히 통나무 기둥을 보니, 받침목이 둥근 나무였다. 그들은 현지에서 즉석 조달한 나무를 가공하지 않고 그대로 사용했다.

그러나 더운 열대 지방에는 뱀이 많기 때문에 받침목이 사각이어야 한다. 둥근 기둥은 뱀이 둘둘 감으면서 오를 수 있으므로 사각으로 만들어서 뱀이 기어오르지 못하게 해야 한다.

아무튼 통나무집 안에 들어가니 '버벅'이 준비되어 있었다. 피곤해서 그 위에 몸을 싣고 그네 타듯 움직일 수 있어 좋았다. 내부엔 샤워 시설도 있었고 자가 발전기가 준비되어 있었지만 밤 10시 이후에는 전기가 꺼져 칠흑 같은 어둠뿐이었다.

아침에 일어나 보니 이불 속에 뱀이 들어와 있어 깜짝 놀랐다. 다행히 조그마한 뱀이었다. 어제 우려했던 대로 둥근 통나무 기둥을 타고 올라와 나무 틈 사이로 해서 방 안으로 들어왔던 것이다.

오싹했다. 그것도 잊지 못할 좋은 추억이 되었다. 언제 어디서 이런 경험을 하겠느냐고 위안을 삼았다. 결국 아마존 밀림에서 뱀과 동침을 한 것이다. 아나콘다가 아니고 새끼 뱀일지언정. 그것도 침상에서. 아마존이여! 내 기억 속에서도 영원하리라!

커플복 입고 나란히 노상에서 소변 보는 다정한 부자의 모습

페루의 발레스타(Ballestas) 섬에서 지상 그림이 있는 수수께끼의 나스카(Nazca)까지는 버스로 3~4시간이 걸린다. 나스카의 지상 그림은 경비행기를 타고 점심 전후에 보는 것이 좋다고 해서 시간을 맞추느라 발레스타 섬을 뒤로 하고 이동을 하였다.

　팬아메리카 고속도로를 달리고 보트로 30분쯤 달려서 도착한 발레스타 섬, 일명 물개 섬이라 했고 무인도였다. 그렇게 많은 새들을 직접 보는 것은 처음이었다. 떼를 지어 가는 새들, 혼자 노는 새들, 엄청 많은 새들이 있었다. 펠리컨, 괴상한 부리를 가진 새 등 종류도 다양했다. 물개 섬답게 물론 물개도 많고 바다사자도 많았다.

　언뜻 보니 바위들이 하얀색 같았는데 가까이서 보니 펠리컨들의 똥이 가득했다. 물개 섬에선 새들과 짐승들의 배설물을 걷어서 수출한다고 했다. 그 양도 많아서 수입이 짭짤하다고 한다.

　나스카로 가기 위해 물개 섬을 뒤로 하고 보트를 타고 나와서 버스를 탔다. 팬아메리카 고속도로를 달리다가 중간 휴식 시간에 '큰 바위 얼굴'을 만났다. 비스듬히 누워 있는 큰 바위 형상은 사람 얼굴을 닮았다. 그 근방이 돌산이었는데 도로를 만드느라 큰 공사를 하면서 생겼는지 모른다.

　관광객들은 '자연 화장실'로 가서 볼일을 보았다. 그런데 위에는 하얀 러닝셔츠, 밑에는 하늘색 바지를 똑같이 입은 부자의 다정스런 모습이 눈에 들어왔다. 부자가 나란히 서서 자연 화장실에서 노상 방뇨를 하고 있었다. 그것도 다정스럽게 대화를 하면서…… 세상에! 이국이어서인지 그 모습이 그렇게 다정하게 보일 수가 없었다. 가족에 대한 그리움 때문이었을까? 아들하고 소변 보면서까지 대화를 나누던 그 정겨운 모습이 지금도 눈에 선하다.

수수께끼의 지상 그림 '나스카'의 비밀

페루 남부의 나스카 모래 사막에는 30여 개의 불가사의한 그림과 수많은 선(線)이 그려져 있다. 쟁이도 비행기를 타고 30여 분 나스카 평원을 날아다니면서 바라 보았다. 그 그림과 선들은 하늘에서 보아야만 전체를 볼 수가 있기 때문이다. 나스카의 지상 그림은 나스카 상공을 비행하던 비행사들에 의해서 발견되었다.

지상 그림의 끝에는 작은 돌산이 있고, 그 안에는 나무 기둥이 박혀 있어서 무엇인가를 위해 측량한 곳이라는 것을 짐작할 수 있었다.

비행기에서 내려서 걸으면서 주변을 돌아보고, 다시 팬아메리카 고속도로 옆에 있는 전망대에 가서 2차로 지상 그림을 자세히 바라보았다. 그러나 10미터 전망대에서 본 그림들은 상상 이상도 상상 이하도 아닌, 그 옛날 사람들의 삶의 터전 그대로인 듯했다.

나스카 사막 지대의 대평원 위쪽에는 강(river ingenio)이 흐르고, 나스카 대평원 밑쪽에도 강 (river tienras blancas)이 흐르고 있다. 사람들은 강을 주변으로 큰 촌락을 이루었을 것이니 강이 그들의 삶의 터전이요, 사막은 그들이 뛰어놀던 운동장이라고 짐작된다.

그 옛날 동굴 속에 살던 사람들은 동굴 벽화를 그렸고 동굴 벽에 사냥하는 모습을 새겼다.

나스카 모래 사막에는 30여 개의 불가사의한 그림과 수많은 선이 그려져 있다.

위정자가 시켜서 그렸든 간에, 개인이 그렸든 간에, 동굴 벽화는 그들의 취미생활 혹은 부족의 페스티벌 같은 놀이 문화의 산물이었을 것이다. 다만 나스카 대평원에 살던 이들은 동굴 벽이 아니라 지상에 그림을 그렸다.

아이들이 운동장에서 놀 때는 운동장에 여러 종류의 그림을 그린다. 그동안 보아왔던 그림이나 상상의 그림을 그릴 수 있다. 마찬가지로 나스카에 살던 이들은 자주 보아오던 대상들을 혹은 상상의 그림들을 대평원에 그려 놓았을 것이다. 다만 그려진 그림들을 보건대, 나스카 위쪽 지역은 새와 나무 그림이 많으니 아마도 숲이 많았을 테고, 아래쪽 지역은 고래 등 물고기가 많으니 물이 좀 더 많았으리라.

또한, 강을 기준으로 다른 부족들이 살았을 것이라 생각된다. 그림 형상들은 모두 강을 등지고 그려져 있기 때문이다(대평원 가운데를 가로 지르는 두 강을 중심축으로 해서 강 양쪽의 그림들이 반대 형상이다).

그림들은 오랜 세월에 걸쳐서 그려졌다고는 생각되지 않았다. 그것은 전망대 10미터 앞에서 보았을 때 그림 선의 크기로서 알 수가 있다. 선의 폭은 30센티미터 정도, 깊이는 20~30센티미터 정도로, 차가 지나가면 바퀴로 메워질 수 있기 때문이다. 그래서 차를 타고 사막에 들어갈 수 없다. 선이 훼손될 수 있기 때문인데, 그동안 차량들로 많은 훼손이 있었던 것도 사실이다.

얼마 전, 한국의 모 방송팀이 나스카 사막에다 그림을 그리고 촬영한 적이 있어서 구설수에 오른 적이 있다. 어쨌거나 여럿이 수고하면 하루 정도에 그림 한 개는 충분히 그릴 수 있다는 것을 입증한 셈이다. 오히려 그래서, 그렇게 많은 그림들이 수백년 동안 유지되어 왔다는 것이 불가사의할 뿐이다.

잊지 못할 보름달 밤 아마존에서의 캠프파이어

아마존 강, 그리고 아마존 밀림에서의 캠프파이어. 불가능에 가까운 것이지만, 그래도 평생 잊지 못할 일이기에 시도를 했다.

마침 떠오른 보름달. 밀림 속에 떠오른 보름달은 왠지 모를 그 무엇을 안겨 주는 것 같았다. 모두들 빙 둘러앉은 한가운데에서 현지인이 나무를 준비하고 모닥불을 붙였다. 맥주 한 잔에 부르는 우리의 노래 소리는 고요한 아마존의 정적을 깼다. 가이드도 밀림 속에서의 캠프파이어는 처음이라고 했다.

여행지에서는 모두가 친구가 된다. 한쪽에서 노래를 부르면 너나 할 것 없이 따라 부르며 함께 어울렸다. 흥겨우면 일어나서 춤도 췄다. 계속 이어지던 노래가 끝날 무렵, 외톨이가 되면 벌칙을 받는 쌍쌍 게임을 했다. 마지막 최후의 승자는 남녀 각 1명. 서로 축하하며 즐겼다.

이방인들과의 게임과 노래는 자연스럽게 어우러졌다. 그리고 밀림에서 즉석으로 국제적인 댄싱 페스티벌이 열렸다. 우리 민속춤, 외국춤 할 것 없이 그렇게 서로들 어우러지고 힘차게 환호하는 가운데 아마존의 밤은 뜨겁게 깊어만 갔다.

"아마존이여! 영원하리라!"

세계 新 7대 불가사의

치첸이트사

치첸이트사, 고대 마야 문명의 미스터리

정글 속에서 마야 문명을 이루며 200여 년간 유카탄 반도의 정치·종교·경제의 중심지였던 고대 마야 도시, 치첸이트사. 지금의 멕시코 유카탄 주 남중부에 있던 이 밀림의 왕국은 6~10세기경에 최고의 전성기를 누리다가 13세기경 마야판족의 공격으로 서서히 폐허가 되어 갔다.

건조한 이 지역의, 유일한 수원(水源)은 이 지역에 발달한 석회암층의 일부가 꺼져서 형성된 우물(마야 어로 '세노테:cenote')이다. 유적에 있는 2개의 큰 세노테 덕분에 이곳은 도시에 적합한 곳이 되었고, '이트사의 우물 입구(마야 어로 chi는 '입구', chen은 '우물'이라는 뜻, 이트사는 이곳에 정착한 부족의 이름)'라는 뜻의 도시명도 생겨났다.

치첸은 BC. 1500~AD. 300년에 유카탄 반도에 살았던 마야인이 세운 듯하다. 10세기에 남부 저지대의 마야 도시들이 멸망한 후에는 마야 어를 쓰고 있지만 멕시코 중부의 톨텍족의 영향을 강하게 받았거나 그들의 지배하에 있었을 것이라 생각되는 이민족의 침입을 받았다. 이 침입자들이 바로 유적의 이름에 유래한 '이트사'일 가능성이 있지만, 이트사가 이곳에 온 것은 200여 년 후라는 설도 있어서 아직도 논란거리이다.

치첸이트사에는 카스티요, 제(祭)의 목적으로 행한 공놀이 '틀라츠틀리'를 하던 구장, 주랑(柱廊) 및 전사(戰士)의 사원, 제사장의 무덤 등 대부분 A.D. 900~1200년에 주요 건물들이 세워졌다. 16세기에 스페인인이 이곳에 도착했을 때 마야인이 많은 수의 작

정글 속에서 마야 문명을 이루며 2000여 년간 유카탄 반도의 정치·종교·경제의 중심지였던 고대 마야 도시 치첸이트사

은 취락에 살고 있었지만 대부분의 주요 도시들과 함께 치첸이트사는 폐허가 된 상태였다. 밀림에 오랫동안 방치된 상태에서 마야 인디언들에게 성스러운 곳으로 남아 있던 치첸이트사의 유적은 19세기에 발굴되기 시작하면서 멕시코에서 가장 중요한 고고학 연구 지역의 하나가 되었다.

놀라운 석조 기술과 역법, 천문학, 수학에 대한 대단한 지식을 뽐내며 찬란한 문명을 꽃피우던 마야 문명. 잉카 문명을 이룬 잉카인도 그랬듯이 9세기경에 갑자기 사라졌는데, 치첸이트사의 상징인 카스티요 대피라미드는 마야 문명의 미스터리를 풀 수 있는 중요한 열쇠라 할 수 있다.

마야인의 석재기술과 천문 수리학의 결정판, 카스티요

카스티요(Castillo)란 스페인 어로 '성(城)'이란 뜻으로, 윗부분 형상이 성채와 같아서 붙여진 이름이다. 91개 계단으로 쌓아올린 이 피라미드는 한 면의 길이가 55.3미터, 높이가 30미터, 안에는 작은 피라미드가 들어 있는 2중 구조의 복합체 건물이다. 작은 피라미드가 너무 소중해서 큰 피라미드로 보호하고 있는 것인가? 한 면의 계단 수는 91개, 4면을 모두 합하면 364단이 되고 맨 위층의 제단을 더하면 꼭 태양력의 1년 일수인 365단이 된다.

마야 달력으로는 한 달이 20일, 1년이 18개월이었다. 합하면 1년은 360일이 되고 나머지는 '하늘의 5일'이라 하며 제단 정상에 있다. 그리고 기단의 각층에 있는 판들 총 52개는 주기(周期)를 뜻한다.

작은 피라미드로 들어가기 위해서는 뱀의 계단 서쪽에 나 있는 조그만 출입문으로 가야 한다. 테오티우아칸의 피라미드보다 규모 면에서는 작지만, 마야인의 뛰어난 수리학에 세상 사람들은 더 후한 점수를 주지 않을까?

마야 문명의 미스터리 하나는 마야인은 수많은 부족의 집합체로 도시 국가 형태를 이루고 살면서 놀랄 만큼 과학적이고 정교한 천문학, 역법, 수학 등을 발달시켰다는 것이다.

특히 마야인의 천문 수리학은 놀랍도록 정교하다. 마야인은 1년을 365.2420일이라 계산했는데, 이는 현재 정확한 과학 조사로 밝혀진 365.2422일과 불과 17.28초의 차이가 난다. 또한 마야인은 달의 운행 주기는 29.5320일이라고 했는데, 이 역시 현재 밝혀진 것과 0.00039일밖에 차이가 나지 않는다. 마야인은 584일 주기의 금성력

달력도 만들었는데, 이 또한 현대에 와서 측정한 수치와 0.08일의 오차를 보일 뿐이다.

그런데 마야 문명의 달력에 의하면 지구는 2012년에 멸망하는 것으로 되어 있다. 마야인이 예견한 2012년 12월 21일 밤, 지구에는 갑작스럽게 신에 의해 악마의 혼이 들어간 기계들이 인류를 향한 반란을 일으켜서, 지금까지 '기계 안에 사람과 같은 혼이 들어 있었다는 것'을 몰랐던 인류는 그동안 감사하게 생각하지 않고 혹사한 과학에 의해 하나둘씩 죽음을 당할 것이라는 것이다. 인류는 스스로의 힘으로 멸망 직전에 기계들을 제압하려 하지만, 오랫동안 지속된 환경 파괴에 노한 자연(혹은 지구)은 기계와 합세해서 인류를 끝내 멸망시켜

마야인의 석재 기술과 천문 수리학의 결정판인 카스티요 신전. 큰 피라미드 속에 작은 피라미드가 있는 2중 구조의 복합체 건물이다.

서 2012년 이후에는 인류가 없어지며, 지구는 약 25년간 태양계를 떠돌다가 폭발을 한다고 한다. 이것을 과연 믿을 것인가, 말 것인가?

신격화된 뱀의 최고 성지, 치첸이트사

멕시코 땅에는 뱀, 그것도 방울뱀이 특히 많다. 이곳의 뱀은 독성이 강해서 한번 물리면 대부분 죽는다. 그렇기 때문에 멕시코에서는 '인간의 생사 여탈권을 뱀이 갖고 있다.' 하고 뱀이 신격화된 것 같다.

멕시코 하면 마야 문명과 아스텍 문명이 떠오르는데, 멕시코 동부 유카탄 반도에는 마야 문명의 유적이 많다. 마야 문명에서는 뱀, 콘돌(하늘), 재규어(용맹과 땅)를 신으로 여기는데, 치첸이트사는 이러한 마야 문명의 대표적인 유적지다.

마야 문명은 과거 과테말라 북부 페텐 지역을 중심으로 번성한 고대 문명으로, 현재 마야인의 후손은 중앙 아메리카의 멕시코 남부 치아파스 주에서 과테말라, 유카탄 반도의 전역과 온두라스에 일부 퍼져 있다.

마야 문명은 아직도 풀리지 않는 미스터리가 많지만, 그 중 하나는 문명의 발생지들은 대체로 강어귀의 넓은 평야 지역들인 반면, 마야 문명은 인간이 살기 부적합한 열대 밀림에 도시를 세우고 이루어졌다는 것이다. 치첸이트사도 열대 밀림 속에 있는데, 나라 자체가 뱀이 많은 멕시코 밀림 속에는 그 수가 얼마나 더 많았을까? 왜 위험한 독사들이 우글거리는 밀림 속에 도시를 건설했는지 의아할 뿐이다.

치첸이트사의 상징인 카스티요는 '쿠쿨칸 피라미드'라고도 불린다. 쿠쿨칸이란 뱀이란 뜻이므로, 즉 '뱀의 피라미드'인 셈이다. 이를 실감나게 하듯, 피라미드 북쪽 계단 입구 양쪽에는 입을 크게 벌린 채 고개를 바짝 세우고 있는 커다란 뱀의 두상이 지키고 있다.

이 돌 구조물은 춘분과 추분 오후 4시가 되면 햇빛을 비켜 받은 그림자와 햇살이 조화를 이뤄 꿈틀대는 '뱀의 형상'을 만들어 낸다고 하는데, 21미터에 이르는 돌난간이 뱀의 몸체를 이루고 꼬리는 피라미드 정상의 대들보에 맞닿는다. 마치 커다란 뱀이 꿈틀대며 용트림을 하고 있는 것 같으니 얼마나 신기하고 장엄한 일인가!

뱀을 숭배한 사람들이 해마다 이때가 오면 넓은 광장으로 모여 '환상의 뱀의 율동'에 탄성을 지르며 감격한다고 한다.

마야의 세노테 샘과 공놀이 경기장의 공통점, 인신 공양

16세기 스페인에 의해 멸망한 이후 사람들의 기억 속에서 사라졌다가 현대에 와서 세계 문화 유적으로 지정되면서 다시금 번영기를 맞고 있는 치첸이트사. 치첸이트사는 마야 어로 '이트사의 우물 입구'라는 뜻으로, 주변에 성스러운 샘 세노테가 있다고 해서 붙여진 이름이다.

세노테는 뱀의 피라미드(카스티요)에서 북쪽으로 약 800미터 떨어진 곳에 있는 둥근 연못으로, 반경이 약 60미터 정도다. 물의 길이는 대략 30미터가 된다고 하는데, 표면에서 수면까지는 20미터 정도 되는 것 같았다. 여기에서 인신 공양을 했다 해서 이곳은 '희생의 샘'이라고도 불린다.

역법, 천문학, 수학 등 과학적으로 뛰어난 수준까지 발달했던 마야 문명이지만, 그 이면에는 미신 숭배라는 어두운 그림자가 있었다. 마야인은 살아 있는 사람의 배를 가르고 심장을 꺼내서 신에게 제물로 바쳤는데 제물을 바치기 위해 전쟁을 일으키기까지 했다고 한다. 마야인의 전쟁은 영토를 늘린다는 개념은 없고, 제물로 쓸 수 있는 포로를 얼마나 잡았느냐만 중요하게 여긴 것 같다. 그러니 카스티요에서도 많은 사람들이 살해되었을 것이다.

비슷하게, 치첸이트사의 세노테도 생활 용수로 쓰이지 않고 의례용으로 사용된 것으로 보인다. 마야인은 비가 오지 않거나 흉년이 들면 처녀나 여자아이를 산 채로 우물에 던져 제물로 바쳤다고 한다. 기우제를 겸해 비의 신 챠크에게 인신 공양을 하였던 것이다.

마야인들이 건장한 청년의 머리와 심장을 제물로 바쳤다는 용사의 신전.
주변에 기둥이 즐비하여 '1,000개의 기둥을 가진 신전'으로 불리기도 한다.

미국의 고고학자가 인신 공양의 진실을 파악하기 위하여 스쿠버들을 동원해 세노테로 들어가 발굴 작업을 실시했다. 그 결과, 사람 뼈 21구와 황국 제품 및 비취, 장신구 등이 쏟아져 나옴으로써 이야기로만 무성했던 인신 공양이 사실로 증명되었다.

인신 공양의 장소는 또 있다. 그곳은 카스티요 전면에 있는 공놀이 경기장이다. 가로 36미터, 길이 약 150미터나 되는, 중남미 최대의 경기장이다. 여기서 벌어진 공놀이는 단순한 오락이 아니라 생명을 담보로 한 일종의 종교 의식이었다.

신성한 피를 태양신에게 바치고자 했던 마야인은 기왕이면 가장 힘이 센 사람의 뜨거운 심장을 태양신에게 바치고자 했다. 그 방법으로 고안해 낸 것이 공놀이 경기였다고 한다. 이긴 팀의 대표 선수가 희생 제물로 선택되는 영광을 차지했으며, 대표 선수는 주저 없이 자기 심장을 신께 바침으로써 최고의 영광을 누렸다고 한다.

세노테와 공놀이 경기장 외에도, 돌기둥에 전사의 부조가 있어서 붙여진 전사의 신전, 재규어가 걷는 모습의 재규어 신전 등은 현재 치첸이트사의 자랑스러운 유적들이다.

치첸이트사를 본 최초의 한국인은 100년 전의 애니깽(?)

1백여 년 전의 유카탄 반도. 이곳은 태평양을 건너가 잘살아보겠다며 청운의 꿈을 안고 화물선에 몸을 실은, 가난하지만 용감했던 조선인들이 인천을 떠난 지 몇 달 만에 처음 육지를 밟아본 멕시코 땅의 마야 유적지이다.

1905년에 270세대, 1천여 명의 우리 동포가 큰돈을 벌 수 있다는 일본인의 유혹에 넘어가 멕시코로 건너왔다. 교활한 일본인들은 우리 동포를 현지 일본인이 경영하는 사탕수수 농장에 팔아 넘겼으니 우리 민족 초기의 이민사는 일본인에 속고 이용당한 것이었다. 지상 낙원을 꿈꾸며 이국땅을 밟은 그들 앞에는 살인적인 더위와 고된 노동이 기다리고 있었다.

그렇다고 나라 없는 설움을 하소연할 곳도 없었다. 그 속에서 살아남은 우리 동포들은 일본인들끼리의 상거래용 노예처럼 멕시코나 쿠바의 사탕수수밭으로 속절없이 팔려갔다. 이들 우리 이민 1세대를 '애니깽'이다. 애니깽은 독성이 심한 가시가 있는 멕시코 선인장의 일종이다. 그 이름이 붙은 걸 보면 한인 이민 1세대들이 얼마나 노예와 다름없는 생활을 하였을지, 40도씨 뙤약볕이 내리쬐이며 독사가 우글거리는 이곳에서 생존을 위한 몸부림을 쳤을지 상상만 해도 끔찍하다. 그러나 다행히도 유카탄 반도나 쿠바에 살고 있는 우리의 이민 1세대는 강한 끈질김으로 살아남아 이제는 2세대, 3세대가 중류층으로 발돋움해서 잘 살고 있다고 한다.

마야 유적지의 정글에 위치한 치첸이트사. 삶에 지친 우리의 애니깽들은 그리 멀지 않은 마야 유적지인 치첸이트사에서 망해 버린 아스텍 제국과 망해 버린 조국의 운명을 비교하면서, 선인장에서 추출해 원액을 발효시켜 만든 멕시코의 전통술 '테킬라' 한잔에 한이 서린 설움을 날려 보냈으리라!

치첸이트사
(Chi Chen Itza)

치첸이트사로 가는 여행자들은 보통 멕시코의 칸쿤에서 버스를 타고 간다. 칸쿤은 멕시코 제일의 비치 리조트 시티이자 카리브 해의 최대 휴양지. 버스는 밀림속을 가로지르는 칸쿤-치첸이트사 간 2차선 고속도로를 이용해서 간다. 카리브해 연안을 끼고 있는 유카탄 반도의 유카탄 주는 고대 마야 문명의 발원지로, 과테말라와 더불어 가장 많은 마야 유적지와 인디오들이 있는 곳이다. 그 중 최대의 유적지가 바로 마야 어로 '이트사의 우물 입구'를 뜻하는 치첸이트사이다.

치첸이트사 유적지에 도착해서 정문 매표소에서 표를 끊고 5분쯤 걸어 들어가면 91계단의 피라미드가 시야에 들어온다. 치첸이트사의 상징인 카스티요, 일명 '뱀의 피리미드'이다. 푸른 초원 위에 하얀 피라미드가 하늘을 향해 거대하게서 있다. 제물을 바치는 제단으로 사용되었던 이 피라미드는 4면이 45도 각도의 91계단으로 되어 있고 중앙 꼭대기에 하나의 계단이 첨가되어 1년을 나타내는 365일을 형상화하고 있다. 하지와 동지 때 피라미드에 비취는 태양의 그림자로 농사의 시작 계절과 끝 시점을 가늠했다는 마야인의 지혜를 보여주는 대표적인 상징물이다.

테오티우아칸의 피라미드보다는 높이는 낮지만 경사가 급해 오르내릴 때, 특히 내려갈 때에는 각별한 주의가 요구된다. 그래도 피라미드 정상에 올라서면 사방이 확 트인 풍경이 기다린다. 사방이 빽빽한 나무 숲 사이로 몇 개의 피라미드가 더 있다. 인간의 심장을 바쳤다는 치첸이트사 제물대도 자리를 지키고 있다.

이 땅에서 영원히 사라진 슬픈 테오티우아칸인

중남미에서 쌍벽을 이루는 유적, 치첸이트사와 테오티우아칸 (Teotihuacan). 이 두 곳을 보면 무엇을 느낄까?

멕시코시티 북동쪽 50킬로미터 지점에 있는 고대 문명 도시 테오티우아칸. 중앙 아메리카 사상 최대 규모의 도시 국가이자, B.C. 2세기부터 A.D. 7세기에 걸쳐 문명이 번성했던 도시다. 전성기 때에는 20제곱 킬로미터 남짓한 땅에 약 10~20만 명이 거주했다고 한다.

테오티우아칸인은 도시를 만들기 위해 바둑판처럼 길을 내고 피라미드 등 2만여 동의 건물을 짓고 살았다. 특히 폭 45미터, 길이 4킬로미터의 비행장 같은 길인 '사자(死者)의 길(calzada del los muertos)'은 보는 이로 하여금 시원한 느낌을 주지만, 과연 무엇 때문에 이렇게 큰길을 만들었는지 궁금해진다.

테오티우아칸의 하이라이트는 '태양의 피라미드'이다. 한쪽 면의 길이가 225미터에 높이가 65미터되는 이 거대한 피라미드는 라틴 아메리카에서는 최대이자 세계적으로는 이집트 피라미드에 이어 규모가 세 번째라고 하나, 언뜻 보면 세계 최대의 크기인 것 같은 착각이 든다.

무엇 때문에 이집트 피라미드가 이곳에 와 있을까? 물론 이집트의 피라미드는 끝이 뾰족한데 비해, 이곳의 피라미드는 끝이 뭉툭하다. 혹시 신이 피라미드를 이곳에 나르다가 끝부분을 떼어버린 것은 아닐지? 물론 이집트의 피라미드는 왕의 무덤이지만, 테오티우아칸의 피라미드는 기우제나 시제 혹은 종교 의식을 집전했던 신전으로 보고 있다.

태양의 피라미드는 하루 3천 명이 일한다 해도 완성하기까지 30년은 족히 걸렸으리라 추측된다. 테오티우아칸인은 춘분, 추분 때 한낮이면 완벽한 직선 그림자가 피라미드의 서면 아래에 나타나도록 했다. 이를 발견한 후대의 아스텍족이 이를 '해의 피라미드'라 이름 붙였다.

'사자의 길' 끄트머리에는 '달의 피라미드'도 있다. 밑면 120미터×150미터에 높이 46미터로, 태양의 피라미드보다는 낮으나 높은 지역에 건설하여 두 개의 높이가 거의 같게 보인다.

달의 피라미드까지 운반된 희생 제물은 정상에서 신에게 바쳐졌다. 그러

테오티우아칸의 하이라이트인 '태양의 피라미드'. 한쪽 면의 길이가 225미터에 높이가 65미터되는 이 거대한 피라미드는 세계에서 세 번째로 큰 피라미드이다.

달의 피라미드에서 본 달의 광장과 해의 피라미드

므로 이곳은 인신 공양의 현장인 셈이다. 여러 신 가운데서도 피를 즐겼다는 월신(月神)에게 바쳐진 것인데, 인신 공양이 빈번히 성행했던 모양이다.

달의 피라미드 앞에 사람들이 모일 수 있는 '달의 광장(plaza de la luna)'을 마련해 놓고, 테오티우아칸 전체를 조망할 수 있는 달의 피라미드 정상에선 각종 종교 의식이 집전되지 않았나 생각된다.

웅대한 규모의 유적, 어느 민족 못지않은 높은 문화 수준을 갖고 있었던 테오티우아칸인. 그들은 어디로 갔을까? 혹시 마추픽추에서 사라진 잉카인과 이곳의 테오티우아칸인이 어딘가에서 만나지 않았을까 궁금해진다.

중남미 피라미드의 형님은 이집트 기자의 피라미드(?)

피라미드 하면 누구나 이집트의 피라미드를 먼저 떠올리게 되지만, 중남미에도 피라미드가 널려 있다. 아직 발견되지 않는 것들까지 합하면 피라미드는 약 10만 기에 이른다 하니, 이집트의 약 80기에 비해 수적으로도 압도한다.

중남미 피라미드 인근에서는 흑인 모습의 입술이 두툼한 인두(人頭)상이 다수 발견되었다. 원주민인 인디오의 모습이 아닌 흑인의 인물로, 그들이 누구인지, 또 어디서 왔는지는 아직도 베일에 싸여 있다.

마야 문명과 이집트 문명은 연관성이 있다. 우선 태양신을 숭배한다는 점, 피라미드를 만들고 죽은 사람을 미라로 만들 줄 알았다는 점, 뇌 수술을 할 수 있었다는 점 등이다.

이집트 문명이 아메리카 대륙으로 전파되었다는 가설을 입증하고
자 노르웨이 해양 탐험가이자 인류학자인 토르 헤이에르달은 이집트
에서 건조한 갈대배를 띄워 바람과 해류의 힘만으로 대서양을 건너
멕시코 동부 해안 지대로 도착하려고 실험을 했다. 첫 번째는 실패했
으나 두 번째 실험은 성공했다.

토르 하이에르달은 멕시코 땅에 피라미드가 존재한다는 것과 바다
를 통해 아프리카 대륙과 중남미의 동부 해안이 맞닿아 있다는 사실,
그리고 인두 석상이 흑인이라는 사실에 주목했다. 그리고 중남미의
피라미드 문명은 이집트에서 건너왔거나, 그렇지 않으면 적어도 그들
로부터 영향을 받은 것이라 주장했다.

쟁이가 본 느낌으로도 이집트 기자의 대피라미드와 멕시코 테오티
우아칸의 피라미드는 웅대한 규모와 형상이 비슷해서 형제간이라는
느낌을 저버릴 수가 없었다. 다만 용도 차이에서 가자의 대피라미드는
쿠푸 왕의 무덤으로 사용하였고, 멕시코 테오티우아칸의 피라미드는
제사를 지내는 곳 혹은 신전으로 사용한 것만 다를 뿐이다.

멕시코의 세계적인 술 '테킬라' 한 잔에 얼떨떨

멕시코에서 수준 높은 고대 문명을 이룩했던 아스텍(Aztec) 제국은
1519년 에르난 꼬르테스가 이끄는 스페인군에 의하여 정복되어 약
300년 동안 스페인 식민지로 전락해 고유 문화가 사라져 버렸다.

1810년에 독립한 멕시코는 약 200만 제곱 킬로미터의 면적으로
한반도 면적의 약 9배 정도 크기이며, 중남미에서 브라질, 아르헨티

나 다음으로 큰 나라다.

멕시코는 유난히 남성 우월주의가 강하다. 남자들은 무기를 소지하거나 자동차를 난폭하게 운전하며 술이 취할 때까지 마시는 행위를 남성적인 문화라 여기는 경향이 있다.

멕시코의 수도 멕시코 시의 상징인 소칼로 광장은 여느 현대 도시들처럼 젊음의 물결이 춤추는 곳이었다. 사방이 240미터나 되는 넓은 공간에 대성당, 연방총사, 최고재판소, 국립궁전 등이 광장을 에워싸고 있다. 광장 중앙에서는 인디오들이 화려한 전통 복장을 입고 깃털을 꽂아 만든 모자를 쓰고 북소리에 맞춰 노래를 부르며 용맹스런 전사의 모습을 보여준다.

멕시코인은 춤을 생활의 빼놓을 수 없는 한 부분으로 생각한다. 그러므로 춤꾼들은 이곳 광장에 모여서 자신의 춤을 지켜볼 관객들에게 현란하게 춤을 과시하고 있었다.

전통 인디오춤과 현대춤이 동시에 공존하는 소칼로 광장. 관객은 박수와 환호를 연발하며 폭죽을 쏘아댄다. 그리고 멕시코의 밤에 취하는 '테킬라' 한 잔. 우리 취향에 딱 맞는 그 맛에 알딸딸하게 취해 가면서 멕시코 시의 밤은 깊어만 갔다.

'붉은 악마'의 시작은 혼혈의 나라 멕시코에서

멕시코는 메스티소(Mestizo)의 나라다. 오늘날 이 나라 국민의 60퍼센트 이상을 차지하고 있는 메스티소는 원주민과 유럽계 백인 사이의 혼혈인데, 스페인계 남자와 아스텍계의 여자 사이에서 태어난 사람들로부터 시작되었다.

1521년 8월 13일, 아스텍의 콰우테목(Cuautemoc)은 최후까지 방어하였으나 아스텍 제국은 스페인의 코르테스에게 정복되었다. 그러나 그것은 오늘날의 메스티소 국가의 탄생을 알리는 서막이었다.

스페인은 정복 과정에서 약간의 학살은 있었다 해도 학살의 만행을 정복의 정책으로 삼지는 않았다. 물론 착한 아스텍인이었기에 반항하지도 않았겠지만, 아스텍을 정복한 스페인은 현지인과 피를 섞는 전략으로 식민 정책을 폈다. 식민지인을 가톨릭으로 개종시키기 위해 멕시코로 파견된 신부나 스페인들이 현지인 여성들과 피를 섞는 일이 많아지면서 멕시코는 스페인과 인디언의 혼혈의 나라가 되었다.

메스티소가 축구를 잘하는 것은 어쩌면 그 옛날 멕시코 유카탄 반도에서 마야 문명을 이룩했던 마야인의 공놀이 제식과도 상관이 있지 않을까 싶다. 이미 앞에서 언급했듯이 치첸이트사의 카스티요 전면에 있는 공놀이 경기장에서는 단순한 오락이 아니라 생명을 담보로 한 일종의 종교 의식으로서 공놀이가 벌어졌다. 그때는 이긴 팀의 대표 선수가 희생 제물로 선택되어 자신의 심장을 신께 바침으로서 최고의 영광을 누렸다지만, 무수한 시간이 흐른 지금은 '공놀이' 선수들은 자기 나라에서뿐만 아니라 전 세계 축구 팬들의 사랑을 받고 있으니 격세지감을 느끼게 한다.

멕시코 시에 있는 아즈테카 스타디움(Estadio Azteca)은 1970년 9회 월드컵 축구 대회와 1986년 13회 월드컵 축구 대회, 이렇게 월드컵 축구 대회를 두 번이나 치룬 진기록을 가진 멕시코의 대표적인 경기장이다. 원래 1986년 13회 월드컵 축구 대회는 남미의 콜롬비아에서 개최하려고 하였으나 콜롬비아가 국내 경제 사정의 악화로 개최를

포기, 반납한 것을 멕시코가 이어받아서 대회를 치렀다.

이 아즈테카 스타디움에서는 세계 청소년 축구 4강에 빛나는 박종환 감독 팀의 기적이 탄생하기도 했다. 그 경기에서 우리와 맞붙었던 멕시코 청소년 대표 팀은 보기 좋게 2 대 1로 패해서 예선에서 탈락했는데, 빨간 유니폼을 입은 우리 청소년 축구 대표 팀에게 당시 멕시코 언론이 자기 팀을 탈락시켰다고 해서 우리 청소년 대표 팀에게 '붉은 악마' 란 별명을 붙여주었다. 그 별명이 오늘날 한국 축구 응원단의 공식 명칭이 되었으니, 결국 작명은 멕시코가 하고 사용은 한국이 하고 있는 것이다.

한국 청소년 축구 대표팀의 4강 저력은 우리에게 할 수 있다는 강한 신념을 심어주었다. '우승도 우승해 본 사람이 한다.' 는 이야기가 있듯이, 월드컵 4강도 결코 우연이 아니라는 생각이 든다. 이곳 아즈테카 스타디움에서의 뜨거운 붉은 함성이 우리 팀에게 기(氣)를 불어 넣지는 않았을까?

모든 길은 로마로, 로마의 길은 콜로세움으로

로마의 상징인 콜로세움. 고대 로마의 원형 경기장. 정식 명칭은 플라비우스 원형 극장이지만, '거대하다'는 뜻의 '콜로살레'에서 유래한 콜로세움으로 더 많이 불린다.

콜로세움은 기원전 72년에 베스파시아누스 황제의 명에 의해 짓기 시작했으며, 기원전 80년 그의 아들 티투스 황제에 의해 완공되었다. 직경의 긴 쪽은 188미터, 짧은 쪽은 156미터, 둘레는 527미터인 타원형으로, 4층 전체 수용 인원이 5만 명이나 되는 웅장하고 거대한 건물이다. 로마인의 위대한 건축 양식을 한눈에 볼 수 있다. 80여 개의 아치문이 있어서 수만 명이 순식간에 자리를 잡거나 빠져나갈 수 있다.

로마 시민들의 스트레스를 해소하기 위해 이곳에서는 검투사들끼리의 대결이나 맹수들의 혈투 등 피비린내 나는 경기가 매일 벌어졌다. 그 후 300년 이상 처참한 사투가 되풀이 되다가, 405년 오노리우스 황제가 격투기를 폐지함으로써 피비린내 나는 역사는 막을 내렸다.

그 뒤 콜로세움은 지진으로 피해를 입기도 하고 큰 건물이나 교회를 짓기 위한 채석장으로 변해 외벽의 절반 이상이 훼손되었다. 18세기에 교황의 명으로 그리스도교의 수난의 현장으로 지정되어 오늘날의 모습으로 남아 있다.

'콜로세움이 무너질 때 로마가 멸망하며 그때 세계도 멸망한다.' 라는 말도 있었다. 콜로세움은 무너지지 않았지만 격투기장이라는 원래의 용도가 사라진 뒤에 로마는 멸망했다. 그러나 로마 제국은 망했어도 세상은 계속 돌아갔고, 콜로세움은 찬란했던 로마 제국의 위용을 자랑하며 2천 년 세월 속에서 꿋꿋이 자리를 지켜왔다. '모든 길은 로마로, 로마의 길은 콜로세움으로!'

콜로세움이 미스터리인 까닭

원형 투기장이라고도 하는 원형 경기장은 중심 무대나 투기장을 빙 둘러서 계단식으로 관중석을 배치한 타원형 또는 원형의 독립 구조물이다. 원어는 '사방으로 좌석이 있는 극장'이라는 뜻의 그리스어이나, 그 형태는 이탈리아 에트루리아의 원형 경기장에서 비롯되었다. 용도는 이 지역 사람들이 즐겼던 특별한 종류의 오락, 즉 검투 경기와 동물과 동물, 혹은 동물과 사람과의 싸움을 관람하는 장소로 만들어진 것이다.

여분의 떠받치는 힘을 더하기 위해 적당한 언덕을 파서 세운 이전의 원형 경기장들과는 달리, 콜로세움은 돌과 콘크리트로 세운 완전한 독립 구조물이다. 물론 여기서에도 검투사 시합, 맹수들과 인간의 싸움, 모의 해전 같은 대규모 전투가 수천 회에 걸쳐서 펼쳐졌다.

콜로세움은 중세 때에는 낙뢰와 지진으로 손상되었고 후에 반달족에 의해 더욱 심하게 파손되었다. 현재 대리석으로 만들었던 좌석과 장식물들은 남아 있지 않지만, 대부분의 로마 시대 원형 경기장들처럼 콜로세움도 중앙 무대 밑에는 정교하게 만들어진 미로가 있다. 무대 장치를 위한 메디아 비아(Media Via) 등의 여러 통로, 동물을 들어 올

콜로세움이 무너지지 않았지만 격투기장이라는 원래의 용도가 사라진 뒤에 로마는 멸망했다. 로마 제국은 망했어도 콜로세움은 찬란했던 로마 제국의 위용을 자랑하며 2천 년 세월 속에서 꿋꿋이 자리를 지키고 있다.

리고 무대를 장치하는 데 쓰이는 승강기와 기계 장치를 위한 공간, 검투사 대기실 등이 뚜껑처럼 열리는 문을 통해 상부의 중앙 무대와 정교하게 연결되어 있다. 이 투기장 둘레에 금속 칸막이를 올린 높은 벽이 둘러쳐져 그 위의 관중석과 격리시켰다.

관중석은 투기장을 빙 둘러 동심원상으로 낸 통로에 의해 각 부분으로 나뉘고, 수많은 통로에 의해 관중석 등급이 구분된다(황제와 수행원들의 특별석 / 베스타 신을 모시는 여사제, 콘술 : 집정관, 프라이토르 : 법무관, 외국의 대사, 사제와 저명한 손님들이 앉는 자리 / 원로원과 에퀴테스 계층의 자리 / 귀족석 / 평민석 / 여자들을 위한 칸막이석).

콜로세움은 1층은 도리아식, 2층은 이오니아식, 3층은 코린트식의 기둥으로 장식되어 있다. 현재 노출되어 있는 부분은 맹수를 가두어 두고 여러 가지 기구를 두던 장소(지하)로, 바로 이 위에서 격투기 경기를 벌였다고 한다. 정면 왼쪽 계단을 통해 2층에 올라가도록 되어 있다.

2천 년 전, 기중기가 없던 시절에 이토록 어마어마한 규모의 건축물을 세우려면 과연 얼마나 많은 사람들이 공사에 동원되었을까? 또한 고대 로마인들은 그 옛날에 이 무거운 돌들을 어떻게 들어 올렸을까? 이것이 바로 콜로세움의 미스터리이다.

타원형의 4층 건물인 콜로세움은 좌석과 중심에 있는 무대(투기장)의 각도가 37도이다. 우리의 상암 월드컵 경기장도 그렇고 대부분의 경기장들은 각도가 45도다. 45도보다는 37도가 경기를 더 박진감 있게 즐길 수 있는데, 좌석과 중심에 있는 무대가 37도를 이루는 경기장은 지금의 건축 기술로도 짓지 못한다고 한다. 이것도 콜로세움이 불가사의한 이유이다.

이탈리아는 장화 신고 공차는 나라

모든 길은 로마로! 그러나 로마로 가는 길은 유럽 여행의 종착점이 되어야 할 것이다. 콜로세움을 비롯해 로마의 무수한 명소들은 유럽 다른 도시들의 유적이 시시해질 정도로 대단하기 때문이다.

누군가 말했다. '로마는 유럽 여행의 50퍼센트를 차지한다.'고. 그렇기 때문에 로마를 보지 않고는 유럽 여행을 했다고 말할 수 없을 정도가 되어버렸다. 이탈리아는 유럽의 문화와 예술을 주도하며 찬란한 고대 로마 제국의 문화 유산과 지중해의 뜨거운 태양을 자랑했다.

로마인들은 기원전 500년경에 로마 제국을 건설하고 아우구스투스 시대에는 유럽, 아프리카는 물론이고 중동까지 지배하는 세계 최강국으로 번영을 누렸다. 5세기에 서로마 제국이 멸망할 때까지 이탈리아는 천 년 역사의 큰 페이지를 장식했다.

유럽 지도를 보면 이탈리아는 긴 장화를 신고 발로 시칠리아 섬을 공차는 듯한 형상을 하고 있다. 형상은 좀 우스꽝스럽지만, 그 형상 그대로 사람들이 평소에 공차는 연습을 많이 해서 월드컵 축구 대회에서 우승을 차지하기도 하고 좋은 성적을 올리고 있는지 모른다.

이탈리아 사람들은 지역 감정이 무척 심하다. 다혈질의 그들은 성격 그대로 남과 북으로 나뉘어져 서로 반목한다. 일찍이 공업이 발달한 북부는 소득이 높고 개인주의 성향이 강하다. 반면 농업이 주산업인 남부는 소득은 낮으나 농업으로 인하여 가족들의 유대가 강한 편이다.

서로 다른 환경에서, 또한 통일 과정에서 북부 사람들이 나폴리 왕국 사람들과 남부 사람들을 많이 살상했기에 서로에 대한 감정의 골이 깊다. 북부 사람들은 남부 사람들이 가난하고 거짓말을 잘한다 하고, 남부 사람들은 북부 사람들이 냉정하고 건방지다고 생각한다. 이 때문에 북부 사람들은 종종 '나폴리에 가면 도둑을 조심하라.'며 감싸주지는 못할망정 자기네 동포를 흉본다.

바티칸 시, 가톨릭 신앙의 본거지에 웬 이교도의 상징

로마에 위치하면서도 이탈리아에는 속하지 않는, 세계에서 가장 작은 나라 바티칸 시. 그러나 바티칸 시는 독립된 정부와 군대를 가지고 있고 우표와 화폐를 발행하는 어엿한 독립 국가다.

바티칸 시에는 전 세계 가톨릭 신도들의 정신적 지주인 교황이 살고 있다. 스위스 용병들이 미켈란젤로가 디자인했다는 옷을 입고 지키고 있다.

바티칸 시를 찾으면 보통 가장 먼저 산피에트로 대성당(성 베드로 성당)으로 가게 된다. 바티칸 박물관 입구를 뒤로하고 높은 성벽을 쭉 따라가면 산피에트로 대성당으로 가는 길과 만난다.

성당 입구에 들어서면 나오는 산피에트로 광장은 좌우 폭이 240미터로, 약 30여 만의 군중을 수용할 정도로 넓다. 광장 중앙에는 이집트에서 옮겨온 높이 25.5미터, 무게 350톤의 거대한 오벨리스크가 우뚝 솟아 있다. 가톨릭 신앙의 본거지 한가운데에 이교도(크리스천이 아닌 이들)의 상징물이 솟아 있다는 사실이 흥미롭다.

오벨리스크는 원래 고대 이집트의 사원 입구에 세워진 한 쌍의 커다란 뽀족 기둥이다. 이집트인들이 그들의 태양신 레(Re)에게 받치기 위해 세운 것이다. 이러한 이교도의 상징인 오벨리스크가 가톨릭의 본거지에 있다니 놀라울 뿐이다.

소설 《다빈치 코드》에서는 일루미나티라는 집단을 내세워 나름대로 그 미스터리를 풀려고 했지만, 1884년에 워싱턴 D.C.에 세워진 워싱턴

산피에트로 성당 입구의 산피에트로 광장. 중앙에는 이집트에서 옮겨온 높이 25.5미터, 무게 350톤의 거대한 오벨리스크가 우뚝 솟아 있다.

기념비도 오벨리스크다. 프리메이슨이니 그림자 정부니 하는 음모론에 흥미를 느끼는 사람들은 조지 워싱턴이 프리메이슨 단원이었기 때문이라고 하면서 미스터리를 풀려고 한다.

사실 광장 한가운데 서 있는 오벨리스크는 로마의 황제 칼리굴라가 이집트에서 가지고 온 것이다. 그러니 고대 이집트 문명의 상징인 오벨리스크를 두고 굳이 음모론까지 내세울 필요는 없을 것이다. 산피에트로 대성당 말고도 대부분의 성당들 근처엔 오벨리스크가 있고, 오벨리스크들 위에는 가톨릭의 종교적 상징물이 얹어져 있다. 이것은 가톨릭 신자들에게는 이교도에 대한 기독교의 승리로 보일 수도 있겠고, 무신론자들에게는 희한한 종교적 광신으로 보일 수도 있을 것이다.

산피에트로 대성당은 예수님의 제자 베드로가 묻혀 있던 공동 묘지 자리에 세워져 있던 작은 성당을 1500년경에 교황의 명으로 증축하여

지은 것이다. 백여 년에 걸친 증·개축으로 세계에서 가장 큰 성당이 완공되었는데, 그 과정에서 고대 로마의 유적들이 많이 훼손되어 이 성당의 건축 자재로 이용되었다. 콜로세움의 많은 부분이 건축용 석재로 이용되었고, 성당 내부에 세워져 있는 거대한 발키노(청동 기둥)는 판테온 등 고대 로마 유적의 청동 지지대를 녹여서 만들었다.

세상을 조롱하듯 비스듬히 서있는 피사의 사탑. 현재 기울기는 약 5도로 계속 기울어지고 있다고 한다.

세계적인 불가사의 피사에 가서 피자를 먹자

이탈리아 피사의 사탑. 세상을 조롱하듯 비스듬히 서 있는 모습에, 끈을 탑에 묶어서 '확' 당기고 싶은 충동을 느낀다.

그러나 높이 약 58미터, 8층 대형 원형 건물은 가까이서 보면 생각보다 크다. 1174년에 착공, 10미터 높이에 이르렀을 때 지반이 내려 앉아 탑이 기울었으나 피사의 사탑을 그 상태 그대로 건설하였다. 현재 기울기는 약 5도(중심축에서 5미터 정도)지만, 지금도 계속 기울어지고 있다고 한다.

사탑에 올라가서 확인한 바로는, 피사의 사탑은 쉽게 무너지지 않는 구조로 되어 있었다. 사탑은 원형 외벽과 원형 내벽의 두 겹으로 만들어져 있다. 두 겹 사이에는 계단이 있어서 계단이 두 벽을 지탱해 줌과 동시에 사람이 왕래할 수 있는 통로 역할을 하고 있었다.

그 대리석 계단의 마모 상태는 수백 년 세월을 견디어 온 사람의 흔적을 고스란히 간직한 채 닳아 있었다. 처음 들어갈 때는 두 명이 서로 비켜서 오르내릴 수 있도록 되어 있고, 상부 꼭대기에 오르면 한 명이 거의 오를 수 있도록 되어 있다. 위로 오를수록 약간 좁아지게 탑을 쌓았음을 알 수 있다.

아울러 내벽의 중앙은 텅 빈 공간으로 되어 있어서 종을 칠 수 있게끔 되어 있었다.

중앙의 텅 빈 공간, 외벽과 내벽 사이의 통로 계단으로 인한 상호 보강 구조, 위로 오를수록 좁게 건설된 탑신 등이 피사의 사탑을 수백 년 동안 지탱하고 있는 핵심 열쇠이다.

294개의 계단을 오르면 탑이 만만치 않게 높다는 것을 느낀다. 최상층부에 이르니 문득 세찬 바람이 이방인을 반긴다. 피사 시가지와 두오모가 보이는 이곳에서 이방인은 문득 갈릴레이가 되고 싶어졌다. 약 800년 전, 새털과 쇠공을 떨어뜨리며 낙하 실험을 한 이곳. 문득 쟁이와 쟁이로서 갈릴레이와 대화를 하고 싶었다.

"갈리레이 님, 피사에서 피자를 먹으면서 얘기합시다."

피사에서 피자를

비가 오는데
피사 탑의 묵은 때를 벗기려는지
그렇게 비스듬히 몸을 맡기고 있구나.
야외 카페에서 피사를 바라보며
피자와 함께 맥주 한잔 시원하게 넘기니
그동안의 고생이 씻겨나가는 것 같다.
조그마한 사탑의 환상을 깨고
웅장한 너의 모습은 세계 불가사의에 모자람이 없어라
잡아당기면 넘어질 것 같던 너의 모습에,
세상 줄타기 하는 너의 모습에,
피자를 먹으면서
한바탕 웃고 싶어라.

2002년 11월
피사의 사탑 앞 노천 카페에서

물의 도시 베네치아, 물 사람이 육지에 오면 배멀미가 난다

기독교 문명과 동방의 비잔틴 문화를 융합해 독특한 문화로 꽃피운 베네치아. 매혹의 섬 베네치아는 백여 개의 운하와 4백여 개의 다리가 거미줄처럼 도시 전체에 퍼져 있으며, 이러한 독특한 모습은 관광객들의 발길을 유혹한다.

베네치아는 서로마 제국의 몰락 후, 알프스 산맥을 넘어 밀어닥치는 이민족을 피해 해안 지대로 도망친 사람들이 물을 방패 삼아 이룩한 도시이다. 그 후 어엿한 베네치아 공화국으로 약 천 년 간 독립을 유지하면서 동방과 서방이 만나는 지점으로 무역의 중심지 역할을 했다. 그러나 1797년 나폴레옹의 점령으로 베네치아의 역사는 막을 내렸다.

베네치아 사람들은 물의 혜택을 누려 영화로운 삶을 살아왔으나, 이제는 그 물속으로 잠길 위기에 처해 있으니 아이러니하기만 하다.

나폴레옹이 극찬한 산마르코 광장, 산마르코 대성당, 두칼레 궁전, 수많은 운하들, 리알토 선착장(산마르코 기차 역에서 내려 걸으면 리알토 다리를 지나가게 된다) 등 베네치아는 충분한 시간과 여유를 갖고 걸으면서 여행할 수 있는 곳이다.

베네치아에는 우리에게 낯익은, 유명한 인물 두 명이 있다. 한 명은 18세기의 모험가이며 호색가인 카사노바. '탄식의 다리'를 건너면 감옥이 있는데, 카사노바는 이 감옥에 수감되었다가 탈출해서 '나의 탈출기'를 쓴 장본인이다.

또 한 사람은 '동방견문록'으로 유명한 마르코 폴로. 그는 베네치아에서 출항해서 머나먼 중국 여행길에 올랐다. 베네치아에 있는 마르코 폴로의 집에 가봤는데 그곳은 '이야기가 많은 사람의 뜰'로 불리고 있었다. 아마도 마르코 폴로는 동방을 여행하면서 많은 지식을 얻음으로써 생전에 '이야기가 많은 사람'으로 통했던 모양이다.

물 위에 살고 있는 수상족은 물 위의 생활이 자연스럽고 편하다고 한다. 그들은 오히려 육지에 오면 부자연스럽고 거꾸로 멀미가 난다고도 했다.

곤돌라 뱃사공의 이상한 계산법

베네치아의 상징인 검은 곤돌라. 곤돌라는 길이 7~10미터, 폭 1.2~1.5미터로 한쪽으로만 노를 젓는 비대칭형 배이다. 앞이 높게 휘어져 올라가 있는 뱃머리와 선미가 특징이고, 금속으로 화려하게 장식한 뱃머리가 이채롭다. 곤돌라는 베네치아의 주요 교통 수단과 관광용으로 사용되고 있다.

곤돌라 뱃사공은 면허가 까다롭기로 유명하다. 복잡한 운하길도 잘 알아야 하고, 한쪽으로 노를 젓는 것도 어렵고, 베네치아 역사와 관광에도 능통해야 하기 때문이다. 방향 지시등 대신에 큰 소리로 서로 방향을 확인하면서 좁은 다리나 운하를 서로 비껴가는 곤돌라 뱃사공의 운전 모습을 보는 것도 구경거리였다.

그런데 관광객에 대한 매너는 좀 문제가 있는 듯했다. 곤돌라 뱃사공이 호객 행위를 하며 접근했다. 관광객이 적어서 나 혼자 타야 했기 때문에 가격을 흥정했고, 1시간을 타기로 했다. 다리 밑을 지날 때는 다리 위의 사람들이 손을 흔들어 주기도 했다. 곤돌라는 늘어선 건물들 사이의 운하를 운행하고 있었고, 뱃사

베네치아의 상징인 검은 곤돌라. 방향 지시등 대신에 큰 소리로 신호를 보내는 뱃사공의 운전 모습을 보는 것도 하나의 즐거움이다.

공은 신이 났는지 노래를 불렀다.

　왜 하필 자재의 내구성이 떨어지는 바닷물에 건물을 지었는지 쟁이로서 궁금해진다. 이리저리 구경하며 흥이 올랐을 즈음, 곤돌라는 어느새 선착장에 도착했다. 유람 시간은 30분. 왜 이렇게 빨리 도착했나 물었더니, 구경할 것은 다 했단다. 뱃사공은 내가 가격을 깎은 것에 대한 감정으로 시간을 줄여버린 것이다. '아뿔싸! 또 당했구나!'

콜로세움
(Colosseum)

로마에 있는 거대한 원형 경기장(Amphitheatre). 로마의 중심부에 세워져, 유럽에서 가장 강력한 제국이었던 로마 제국의 위용을 자랑한다.

원형 경기장은 '사방으로 좌석이 있는 극장'을 뜻하는 그리스 어이다. 중심 무대나 투기장을 빙 둘러서 계단식으로 관중석을 배치한 타원형 또는 원형의 독립 구조물이다. 콜로세움은 여분의 떠받치는 힘을 더하기 위해 적당한 언덕을 파서 세운 이전의 원형 경기장들과는 달리, 돌과 콘크리트로 세운 완전한 독립 구조물이다.

베스파시아누스 황제와 티투스 황제 때 네로의 황금 저택 자리에 건설되었으며 (AD. 70~82) 콜로세움이라는 이름은 8세기 이후에 이 구조물의 거대한 크기와 5만 명 가량을 수용할 수 있는 규모 때문에 붙여졌다. 중세 때 낙뢰와 지진으로 손상되었고 반달족에 의해 더욱 심하게 파손되었다. 대리석으로 만들었던 좌석과 장식물들은 남아 있지 않다.

대부분의 로마 시대 원형 경기장들처럼 콜로세움의 중앙 무대 밑에도 정교하게 만들어진 미로가 있다. 무대 장치를 위한 여러 통로, 동물을 들어 올리고 무대를 장치하는 데 쓰이는 승강기와 기계 장치를 위한 공간, 검투사 대기실 등이 수많은 뚜껑 문을 통해 상부의 중앙 무대와 정교하게 연결되어 있다. 이 투기장 둘레에 금속 칸막이를 올린 높은 벽이 둘러쳐져 그 위의 관중석과 격리된다. 관중석은 투기장을 빙 둘러 동심원상으로 낸 통로에 의해 각 부분으로 나뉘고, 수많은 통로에 의해 관중석 등급이 구분된다.

스위스 융프라우, 한국인 거지와 신라면, 그리고 스키

고도 3,454미터, 세계에서 가장 높은 등산 열차가 서는 융프라우. 산 정상을 열차로 오르는 것은 짜릿한 추억이며, 잊을 수 없는 감동이었다.

기차를 타고 정상으로 오르는 길옆으로 작은 집들이 옹기종기 모여서 집집마다 장식꽃을 내걸고 있었다. 산에서 풀을 뜯고 있는 소들은 귀에 딸랑이를 달아 놓아 '딸랑딸랑' 소리를 내며 알프스의 여유를 보여줬다. 이런 목가적인 풍경을 그저 바라보는 것만으로도 여행의 피로가 말끔히 씻겨나갔다.

만년설이 있는 이곳에는 1912년에 개통된 등산 열차가 다닌다. 역내에는 세계에서 제일 높은 우체국이 있어서 각지로 기념 엽서를 보낼 수 있다.

스핑크스 전망대에서는 아이거(Eiger) 산과 묀히(Monch)산의 장엄한 모습에 감탄사가 절로 나왔다. 아울러 유럽 최대의 빙하인 알레치 빙하(22킬로미터)의 장대한 곡선도 볼 수 있다. 전망대 발판 밑으로 보이는 낭떠러지는 현기증을 일으킬 정도로 아찔하다. 산 정상에는 지표에 비해 산소가 1/3정도밖에 없어서 산소 부족으로 기절하는 사람도 있다고 한다. 물론 응급 요원이 대기하고 있으니 걱정할 필요는 없다.

알프스 정상인 융프라우에서 스키를 탔던 것도 잊지못할 경험이었다. 몇 백 미터의 슬로프는 자연설이라 상태가 좋았고, 로프웨이(rope way)를 타고 올라가야 해서 평지보다 두 배 이상 숨이 가쁘고 피곤했다.

그때 옆 좌석에 있던 여인이 숨이 가빠서 어지럼증에 시달리며 구석에서 헉헉거렸다. 그런데 그 여인 옆을 지나던 관광객이 10달러 지폐를 내미는 것이 아닌가! 그 관광객에게는 헉헉거리는 여인이 거지로 보였나 보다.

얼음 궁전 등을 살펴보고 나서 슈퍼마켓에 갔다. 또렷이 보이는 한국 신라면. 1봉에 5달러였다. 선선한 알프스 정상에서 먹는 얼큰한 라면 맛은 일품이었다. '그래, 한국인에겐 얼큰한 맛이 최고지'.

스위스 융프라우 정상에서 스키를 타며. 산 정상에는 지표에 비해 산소가 1/3정도 밖에 없어서 산소 부족으로 기절하는 사람도 있다고 한다.

독일 베를린에서의 남녀 혼탕, 벌거벗은 여인에게 된통 야단을 맞다

"빅 사우나 갑시다."

여행을 하다 보면 피곤해져서 한국에서처럼 사우나라도 가서 푹 쉬고 싶어진다. 그래서 택시 기사에게 사우나로 데려가 달라고 부탁을 했다. 택시 기사가 데려다준 빅 사우나는 탈의실에서 옷을 벗을 때까지도 몰랐는데, 문을 열고 욕탕에 들어선 순간, 입구에서 가까운 조그마한 탕 안에 한 쌍의 남녀를 보고 깜짝 놀랐다. 잘못 들어왔나? 원래 호기심 많은 나는 심호흡을 하고 안쪽으로 들어가 보았다. 수백 평의 목욕탕 안에 풀장이 보이고 맥주 스탠드 바가 보이고 사우나가 보였다. 백여 명의 남녀가 누드로 자연스럽게 수영도 하고 사우나도 즐기고 있고, 일부는 맥주 한잔에 목을 축이고 있었다.

아담과 이브의 세계. 그런데 같이 벗으면 여자들이 더 용감해지는 것 같았다. 아가씨처럼 보이는 여자들이 발걸음도 당당하게 이리 왔다, 저리 갔다, 휘젓고 다닌다. 특히 누드 수영을 즐기고 있던 여자들은 하필 배영을 하고 있어서 눈을 어디다 둘지 몰라 당황스러웠다.

한쪽에서는 스물 살 가량의 딸이 아빠와 함께 이곳저곳을 다니고 있었다. 한국이었으면 과연 가능한 일일까? 그런데 이곳은 성교육에도 도움이 된다고 한다.

큰맘 먹고 사우나에 들어갔다. 20여 명의 남녀가 강의실에라도 들어와 있는 듯이 차분하게 앉아 있다가 새로 들어오는 동양인이 신기한 듯 일제히 나를 바라봤다. 모두의 시선을 느끼며 자리에 앉으려는데, 독일 남자가 뭐라고 했다.

"다시 나가서 수건을 갖고 들어오라."

한 번 들어온 것도 부담스러운데 다시 나갔다 들어오라니! 자기네들도 수건으로 가리고 있지도 않으면서!

그러나 수건은 앞을 가리기 위해 필요한 것이 아니었다. 앉을 바닥이 너무 뜨거워서 수건을 깔고 있어야 한다는 것이었다. 그렇군! 사우나 안에 있던 남녀 그 누구도 수건으로 앞을 가리고 앉아 있는 사람은 없었다. 그것이 그들만의 불문율인지도 모른다.

사우나실에서 나와서 샤워실에 들어갔다. 마침 몇 명이 줄을 섰기에 나도 그 뒤에 줄을 섰다. 남녀가 발가벗고 함께 서 있으려니 어색했지만 어쩔 수 없었다.

내 줄에 있었던 금발의 아가씨 차례가 되었고, 나는 뒤에서 그녀가 샤워하는 모습을 지켜보고 있었다. 그런데 줄곧 앞을 보고 줄을 서 있던 것과는 다르게, 샤워하면서는 다른 모습을 보여주는 그녀. 아무렇지도 않은 듯 휙 돌아서 나를 바라보며 한참 동안 샤워를 했다. 바로 2미터 전방에서 서로 마주보는 꼴이 되었을 때, 나는 민망해서 눈을 다른 데로 돌리고 말았다.

수영장에 들어가 수영을 하니 오히려 마음이 편했다. 물 위로 목만 내 놓고 주위를 살필 수 있었다. 맥주 바에 들어가 맥주 한 잔으로 목을 축이고 싶었지만 벌거벗고 혼자서 마시기에는 용기가 나지 않았다.

건물과 이어진 바깥으로 나왔다. 그 풀장이 야외로 연결되어 있어서 하늘을 바라보며 누드 수영을 할 수 있게 되어 있었다. 거기에도 물론 배영을 즐기는 여자들이 있었다.

다시 다른 종류의 사우나실에 들어갔다. 마침 거기에는 한 여인이 반쯤 드러누워서 사우나를 즐기고 있었다. 모르는 외국 여인과 단둘만의 사우나. 분위기가 어색했지만, 그렇다고 수컷으로서의 엉큼한 생각은 전혀 들지 않았다.

먼저 자리를 뜨려고 나서는데, 문 쪽에 슬리퍼 한 벌이 놓여 있었다. 맨발로 다니는 것보다는 슬리퍼를 신고 다니는 게 괜찮다 싶어서 슬리퍼를 신고 나와 벤치에서 비스듬히 누워 휴식을 취하고 있었다.

그런데 10여 분 지났을까? 방금 전에 사우나실에 함께 있었던 여성이 다가와 뭐라고 말을 했다. 분명 얼굴 표정은 화난 모습인데, 독일어를 알아들을 수도 없고 내가 무얼 잘 못했는지 몰라서 한참 그녀의 표정만 살폈다. 좀 지나서야 상황이 파악됐다. 자기 슬리퍼를 내가 신었다고 했다.

아뿔싸! 그곳에 있는 슬리퍼는 공용 물건인 줄 알았는데, 그 여자의 개인 물건이었다. 슬리퍼를 벗어주고는 사과를 했다. '발가벗은 여자한테 혼나다니! 그래, 이것도 여행의 큰 경험이다!'

프랑스 센 강변에서 만난 '23세의 홍콩 총각

센 강. '파리의 하늘 아래는 센 강이 흐르고 젊음과 사랑도 흐른다.'던 그 강.

파리의 상징 에펠탑, 나폴레옹이 전쟁에 승리하고 입성했던 개선문, 개선문에서부터 콩코르드 광장까지 길게 이어진 샹젤리제 거리, 화가들이 모여 있는 몽마르트르 언덕, 비너스와 '모나리자의 미소'가 있는 루브르 박물관, 그리고 센 강. 이름만 들어도 젊음과 낭만이 줄줄 묻어나면서 가슴이 뛰는 파리이다.

파리를 가로지르는 센 강. 센 강변을 따라 루브르 박물관, 노트르담 성당, 금장을 두른 조각들로 아름다운 알렉산더 3세 다리 등이 죽 늘어서 있다. 이곳에는 프랑스의 역사와 문화가 어우러져 있다.

파리는 가능한 한 저녁 이후에 유람선을 타고 정취를 느껴봐야 한다. 낮에도 나름대로의 멋은 있다고 하지만 센 강변의 다리들에 놓인 가로등에 불이 켜지고 주변의 멋진 성당과 건물들에 야간 조명이 켜지면, 밤의 도시 파리는 은은하면서도 화사한 빛으로 유혹한다.

낮에는 에펠탑 전망대에 올라가 파리 시내를 한눈에 담아보거나, 개선문 전망대에서 샹젤리제 주변을 자세하게 살펴보는 재미를 누리시라. 그리고 센 강 유람선은 밤으로 미루시라.

나폴레옹 시대의 상징물인 개선문. 프랑스 군대의 승리를 축하하기 위해
건축되었으나 나폴레옹은 완성을 보지 못한 채 죽고 말았다.

에펠탑에서 본 광장

에펠탑에서 본 센 강

20여 년 전 첫 유럽 여행 때 센 강 선착장에서 홍콩 총각을 만난 적이 있다. 홀로 왔다며 그가 사진을 찍어달라고 했다. 사진을 찍어주고 나서 물었다.

"무엇 때문에 홀로 여행 왔습니까?"

"사업 아이템을 찾으려고요. 그래서 유럽 일주 여행을 하고 있습니다."

깜짝 놀랐다. 23세의 젊은이가 사업 구상중이라! 지금 우리 젊은이들은 과연 어떠한가? 어깨를 맞대고 그들과 함께 겨뤄야 하지 않겠는가!

해외에서 한국 식당이 사는 길

해외를 방문할 때마다 나는 한국 식당을 방문한다. 한국 식당은 그 지역의 모든 흐름을 알 수 있는 교민들의 만남의 장소이고 복덕방이기 때문이다. 또한 우리 음식이 그립기도 하고, 같은 값이면 매상을 올려주고 싶은 마음도 있는 게 사실이다.

한국 식당에서 유심히 바라보게 되는 것은 과연 이 한국 식당이 잘되는가 하는 것이다. 그러나 불행히도 세계 다른 한국 식당이 잘되는 것은 거의 보질 못했다.

그 이유는 한국인의 특성에서 찾아보아야 할 것이다. 물론 일본이나 중국 식당은 가격이 저렴하고 현지화된 점도 있다. 그에 비해 한국 식당은 비싸며 고객이 거의 한국 사람으로 한정되어 있다. 하지만 그보다 더 큰 문제점은 한국 사람끼리의 경쟁이다.

"처음 창업하면 70퍼센트가 식당을 생각하고 70퍼센트가 망한다."

는 우리네 이야기가 있다.

일본은 누가 식당을 창업해서 성공하면 그 옆에는 슈퍼마켓이 생긴다. 상호 공생, 공존하겠다는 것이다. 중국 식당은 개업을 하면 중국 교민회에서 일정 거리를 지켜주며 관리를 한다. 같은 업종끼리 서로 부딪치지 않기 위해서다

그런데 한국 식당이 장사가 잘되면 바로 옆에 또 한국 식당이 생긴다. 결국 지나친 경쟁으로 두 식당 모두 장사가 안 되고 어려워진다. 우리 민족은 서로 지지 않으려 하며 남이 잘되는 꼴을 못 본다. 그러한 근성이 교민들의 단결을 저해하고 사업도 서로 잘 안 되게 한다.

그런데 모처럼 아주 잘되는 한국 식당을 만났다. 유럽에 있는 '광주 레스토랑'으로 성공 비결은 이러했다.

주인은 식당의 주방을 투명 유리로 오픈해서 요리하는 모습을 손님들이 자리에서 볼 수 있게 했다. 먹는 기쁨뿐만 아니라 눈으로 즐기는 재미를 덤으로 준 것이다. 또한 그릇에 음식을 담아 공중으로 던지는 것 등 다른 어디서도 본 적이 없는 주방의 모습을 손님들에게 보여 주었다. 그 다음으로 주인은 음식을 현지화시켰다. 한국 사람뿐만 아니라 현지인까지 고객의 범위를 넓힌 것이었다. 매운 김치보다는 고추가 거의 없는 백김치 형태로 김치를 담아서 현지인의 입맛에 맞추었다. 김치가 건강에 좋다는 사실이 알려지면서 김치를 사가는 사람들도 있었다. 또한 가격이 저렴하고 양을 많이 주니 손님이 몰릴 수밖에……

보통 하루에 손님이 6백여 명씩 몰려드는데, 그것을 10년을 이어왔다고 하니 그 여사장의 아이디어에 박수를 치고 싶다. 남이 하는 것만 따라하지 말고 창의성을 발휘해서 남이 하지 않는 일을 해야 하는 것. 그것이 '대박의 지름길'이다.

지상 최대의 영묘, 지상 최대의 사랑의 금자탑

"저를 위해 세상에서 가장 아름다운 무덤을 만들어 주세요."

39세의 나이에 아이를 낳다가 죽게 된 황후는 남편인 무굴 제국 황제인 샤자한에게 유언을 남겼다.

샤자한은 처가 복이 상당했던가 보다. 왕위 다툼에서 장인 아사프 칸의 도움으로 왕이 되고, 미모와 지혜를 겸비한 그의 딸 아르주만드 바누 베감까지 아내로 맞아들였으니 호박이 넝쿨 채 굴러들어온 셈이다. 샤자한은 황후를 사랑하고 사랑해서 아이 열네 명을 낳았다. 그러나 호사다마라 할까, 신의 시기라 할까? 황후는 열다섯 번째 아이를 낳다가 산후열로 1629년에 세상을 떠나고 말았다.

사랑하는 이를 멀리 떠나보내는 일은 얼마나 무거운 업일까? 샤자한은 아내의 유언을 지켜 세상에서 가장 아름다운 무덤을 짓기로 했다. 아름답기만 한 게 아니라 아주 웅대한 무덤을! 그리고 그것은 무덤이 아니라 아내에게 씌어준 '마할의 왕관'이었다.

델리 남쪽으로 250킬로미터 떨어진 곳에, 16~17세기에 걸쳐 약 100년간 무굴 제국의 수도로서 번영과 영광을 누렸던 인도 아그라(Agra) 교외의 야무나 강 남쪽 연안에 사랑을 잃은 남자의 그리움으로 지어진 영묘(靈廟, 마우솔레움)가 있다. 이 영묘는 뭄타즈 마할('선택받은 궁전'이라는 뜻)이라고도 하는데, 그 이름이 와전되면서 타지마할로 불리게 되었다.

　그런데 타지마할로 가는 길은 생각보다 멀다. 델리에서 아그라까지 버스로 6시간, 아그라에 도착하니 궁전 탑이 빤히 보였건만 정문 근처까지 가는 데에도 1시간쯤 걸렸다. 좁은 길에 사람, 자동차, 자전거, 인력거, 거기다 소까지 뒤섞여 다니고 있으니! 차에서 내려 정문까지 가서 표 사고 소지품 검사받고 입장하는데 또 30분. 정문을 통과해서 길게 늘어선 줄을 따라 덧신을 신고 건물로 들어가도 수많은 인파 때문에 제대로 구경하기가 쉽지 않았다.

　인간이 살기 위한 궁전도 아니고, 신을 위한 신전도 아닌, 오직 한 여인만을 위해 건설된 영묘. 그래도 밤에 호숫가에 앉아서 건물 전체가 우유빛 대리석으로 된 타지마할을 보고 있노라니 고생한 보람이 느껴졌다. 둥그렇게 떠오른 보름달의 은은한 달빛을 받으며 타지마할은 아르주만드 바누 베감과

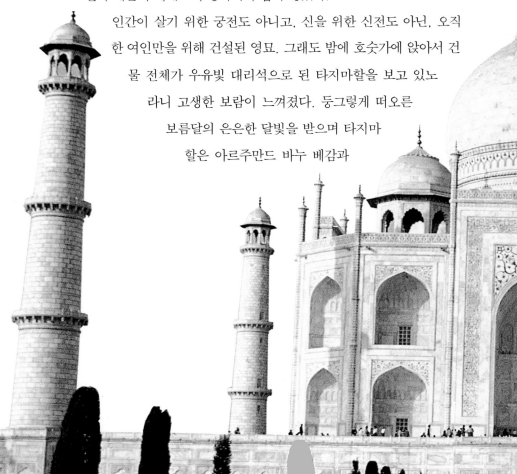

샤자한의 러브스토리를 그렇게 온 세상에 빛내고 있었다.

타지마할과 무굴제국의 슬픔

왕관처럼 전체가 백색 대리석으로 정교하게 건축된 타지마할은 샤
자한 왕과 황후의 구구절절한 사랑이 묻혀 있는 무덤이다.

무굴 제국의 5대왕 샤자한은 1653년에 타지마할을 건축하고 천도
를 계획했다. 이 계획은 엄청난 재정난에 부딪히게 되었고, 평소 왕
위 계승에 불만을 품고 있던 3째 왕자 아우랑제브에게 쿠데타의 빌
미를 제공하게 되었다.

맞아들인 왕세자가 무참히 살해되고, 아들에게 왕권마저
뺏긴 샤자한은 타지마할에서 2킬로미터 떨어진 아그라
포트에 갇혔다. 원래 성으로 만들어진 것을 샤자한
이 궁으로 리모델링한 것인데, 그 안에 연금
되었다. 아그라포트에서 바라보

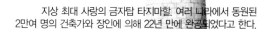

지상 최대 사랑의 금자탑 타지마할. 여러 나라에서 동원된
2만여 명의 건축가와 장인에 의해 22년 만에 완공되었다고 한다.

면 타지마할이 보인다.

3남인 아우랑제브는 아버지가 도망가지 못하도록 성 앞의 야무나 강에 악어를 풀어 놓았고, 여름에는 아버지에게 짠물이 나는 우물물을 마시게 했다. 결국 샤자한은 갇힌 8년 동안 멀리 타지마할을 바라보다가 74세를 일기로 생을 마감했고, 죽어서야 소원대로 타지마할의 왕비 옆에 안치되었다.

아버지를 학대하며 왕위를 유지한 아우랑제브는 '알랑기로(세계의 정복자)'란 이름으로 왕위에 올랐는데, 왕권 강화 차원에서 형과 동생들도 죽이고 말았다. 그도 아버지 샤자한에 그랬던 것처럼 아들 아크바르의 반란을 겪은 후 병을 앓다가 죽었다.

그렇게 무굴 제국은 자식, 형제들의 내분으로 쇠퇴하면서 외국 세력이 몰려오기 시작했고, 결국 1774년에 영국 식민지로 전락하게 되었다. 아, 슬픈 무굴 제국이여!

타지마할을 너 못 짓게 기술자들의 손을 끊어버려라

타지마할은 1631년에 무굴 제국의 국력을 쏟아 부어 건축을 시작해서 22년 만인 1653년에 완공되었다고 한다. 이 사랑을 위한 금자탑은 이란 출신의 설계사가 설계하고 중국, 터키, 이탈리아, 이란 등에서 온 2만여 명의 건축가와 장인들이 건설하였다고 한다.

가로 350미터, 세로 580미터의 타지마할 부지에는 붉은 사암으로 된 당당한 정문이 있다. 이 정문 지붕 위의 한가운데에는 전면에 11개, 뒷면에 11개씩 흰색의 뾰족한 돔이 조각되어 있다. 22개 돔은 타지마할이 22년에 걸쳐서 완성된 기간을 나타낸다.

정문의 아치를 빠져나가면 분수가 있고, 좌우로 정원을 가꾸어 놓았다. 정원을 전경으로 사방이 대칭으로 축조된 신비스런 타지마할은 기단 크기는 사방 94미터, 본체 사방 57미터, 높이는 67미터이다. 네 귀퉁이에 있는 탑의 높이는 43미터라고 한다.

타지마할 안에 들어서니, 커다란 교회 안처럼 벽면에 총천연색 보석 조각들이 붙어 있었다. 그 형식은 인도나 동양식이 아닌 유럽식의 문양들로, 이탈리아 장인들의 솜씨가 아닌가 생각되었다.

8각형 방을 중심으로 설계되어 있는 영묘의 중앙에는 묘소가 있는데, 내부의 전체적인 구조는 무덤이라기보다는 가톨릭 교회 안에서 하나의 예식을 치루는 곳처럼 느껴졌다. 천정의 돔 형식도 비슷하고. 얕은 부조 무늬와 아름다운 돌로 장식된 묘실에는 황제 부부의 기념비가 있다. 이 대리석 무덤은 아름다운 돌로 장식되어 있고, 드문드문 보석을 박은 투각(透刻)한 대리석 막이 둘러져 있다. 황제 부부의 진짜 석관은 정원과 같은 높이에 있는 지하 납골당에 있다.

타지마할은 과연 무굴 제국 최고의 건축물일 뿐만 아니라, 세계에서 가장 아름다운 건물의 하나로 여겨질 만하다. 타지마할 내부와 외부의 벽면, 바닥에는 아름다운 문양들이 새겨져 있다. 그 문양들

오직 한 여인만을 위해 건설된 영묘 타지마할은 샤자한의 러브스토리를 온 세상에 빛내고 있다.

이 다른 곳에서 똑같이 그려지지 못하게 하려고 문양들을 새겼던 도공들은 타지마할이 완성된 후 엄지손가락이 잘렸다고 한다. 하지만 사실 여부는 확인할 도리가 없다.

타지마할 묘소는 당시 국가 수입의 5분의 1에 해당하는 4천만 루피가 들어갔으며 세계 각지에서 2만 명의 건축가와 노동자가 동원되었다고 하는데, 그렇다면 그 2만 명의 손가락이 다 잘려나갔단 말인가!

한 여자를 향한 한 남자의 애절한 사랑에 그토록 잔인하고도 비정한 면이 어우러질 수 있다는 것이 놀랍다. 아니 그것이 인간이란 말인가? 한편으로는 독재자, 폭군도 사랑을 한다는 사실이 놀랍기도 하다.

한 여성을 위한 타지마할, 한 남성을 위한 후마윤 묘

무굴 제국의 2대 황제 후마윤은 샤자한의 증조부인데 델리에 무덤이 있다. 후마윤은 아프칸의 세르샤에게 쫓겨 페르시아에 피신했다가 15년 만에 페르시아의 힘을 빌려 무굴 제국을 재건한 인물이다. 궁전 도서관 계단에서 내려오다 굴러 떨어져 죽은 비운의 왕이기도 하다. 황후 하지베굼은 제국에서 가장 화려하고 거대한 무덤을 만들라고 명령한다. 이는 남편에 대한 지극한 사랑의 표시였으리라.

22년 동안 죽은 아내를 떠나보내지 못하고 그리움을 간직하며 자신의 갈 자리를 준비한 샤자한이라는 한 남자의 순정. 또한 화려하고 거대한 무덤으로 남편에 대한 일편단심을 표현한 하지베굼. 과연 특유한 '인도판 사랑탑'인가?

후마윤 묘는 페르시아인이 설계했기 때문에 정원 양식은 페르시아의 전통을 살렸다. 대리석 돔의 건축 양식은 타지마할 등 무굴 제국의 건축에 영향을 끼쳤다. 그러니까 타지마할은 후마윤 묘를 응용했다 할 수 있을 것이다. 타지마할이 후마윤 묘보다 규모가 좀 크고 후마윤 묘처럼 벽이 붉은 돌이 아니라 대리석으로 지어졌을 뿐, 디자인 면에서는 비슷한 점이 많다.

결정적으로 '타지마할이 이 무덤을 흉내냈다.'고 하니 뭔가 속은 기분이었다. 이 세상에서 유일한 건물을 짓겠다더니 증조부의 무덤을 흉내낸 것인가?

타지마할
(Taj Mahal)

인도 '황금의 삼각지' 중 하나인 아그라(델리의 남쪽 200킬로미터 지점, 자이푸르의 서쪽 300킬로미터 지점) 교외의 야무나 강 남쪽 연안에 있다. 너비 580미터, 길이 350미터인 직사각형으로, 남북으로 늘어서 있는 복합 건물이다. 중앙에는 한 변이 305미터인 정사각형 정원이 있고, 그 북쪽과 남쪽에 그보다 약간 작은 2개의 직사각형 구역이 있다. 남쪽 구역은 타지마할로 들어가는 사암 출입구와 거기에 딸린 부속 건물로 이루어져 있으며, 북쪽 구역은 야무나 강가까지 뻗어 있고 그곳에 영묘가 있다.

영묘는 높이 7미터의 대리석 대좌 위에 지어졌으며 사방이 똑같은 모습이다. 모서리는 정교하게 깎여 있고 각 면마다 높이 33미터로 우뚝 솟은 거대한 아치가 있다. 높은 원통형 벽(drum)으로 떠받친 양파 모양의 2중 돔이 이 건물을 완벽하게 마무리하고 있다. 영묘의 각 아치 위에 있는 난간과 각 모서리 위에 있는 장식 뾰족탑 및 돔을 덮은 원통형 정자는 영묘의 스카이라인에 율동감을 준다. 대좌의 각 모서리에는 3층 미나레트가 서 있는데, 대좌와의 대리석 접합부는 정교하게 다듬어진 영묘의 대리석과 대조를 이루고 있다.

영묘의 내부는 팔각형 방을 중심으로 설계되어 있다. 얕은 부조 무늬와 아름다운 돌로 장식된 이 묘실에는 황제 부부의 기념비가 있다. 이 대리석 무덤은 아름다운 돌로 장식되어 있으며, 여기저기에 보석을 박은 투각(透刻)한 대리석 막이 둘러져 있다. 정원과 같은 높이에 있는 지하 납골당에 진짜 석관이 있다.

영묘의 동서 양쪽에는 완전 대칭을 이루는 2개의 건물이 붙어 있다. 서쪽에 있는 건물은 '모스크', 동쪽 건물은 미학적인 균형을 맞추기 위해 세운 '자와브'이다. 붉은 시크리 사암으로 지은 모스크와 자와브에는 대리석을 두른 돔과 아키트레이브(평방)가 있으며, 일부 표면이 단단한 돌(pietra dura)로 장식되어 있어 순수한 하얀색 마크라나 대리석으로 지은 영묘와는 색깔과 감촉 면에서 대조를 이룬다.

화장지가 없는 화장실과 주문하면 장보러 나가는 식당, 싱싱한 걸 해준다나

인도 화장실에 들어가면 아주 당혹스럽다. 휴지가 없고 구석에 물 항아리가 놓여 있기 때문이다. 물 항아리의 용도는 손을 이용한 뒤처리용 인도식 비데다. 이때 사용하는 손은 꼭 왼손이어야 한다. 오른손은 밥 먹을 때 사용해야 하니까. 인도에서 왼손은 천하게 여기기 때문에 사람을 가리킬 때 왼손을 쓰거나 왼손으로 악수하거나 남을 만지면 큰 실례이다. 왼손잡이들은 인도에서는 정말 조심해야겠다!

아그라의 타지마할 주변에는 인도인들이 경영하는 한국 음식점이 몇 군데 있다. 한글로 쓴 간판이 보이고 한국 메뉴판에, 종업원들은 간단한 한국말도 할 줄 안다. 한국 여행자들이 많이 늘어났기 때문이리라. 그래야만 생존 경쟁에서 살아남을 테니. 그래서 세계 역사의 시작은 장사(무역)라 하지 않던가! 무역이 먼저 이뤄지고 그 다음에는 나라간의 관계가 이뤄지는 것은 예나 지금이나 다름이 없다.

인도 식당에서 한국 음식을 주문하면 그때마다 종업원이 시장으로 뛰어나간다. 손님들은 배가 고파서 아우성인데, 주인장은 느긋하다.

"우리는 언제나 싱싱한 음식을 제공하기 위해서랍니다."

한두 시간 기다리다 지쳐서 나갈라치면 음식이 나온다. 기다리면서 느끼던 짜증도 순간 달아난다. 너무 배가 고프니 그냥 반갑기만 하다. 맛이 있거나 말거나 빨리 먹어야 한다. 정말 시장이 반찬이었다.

모든 것이 비정상인 인도에서 쇼핑은 깎고 또 깎는 것

인도는 혼란스럽다. 민족도 그렇고, 문화, 언어, 종교, 전통 등 모든 게 너무나 다양하기 때문이다. 이집트, 그리스, 초기 로마, 잉카 등 인류 문명을 찬란하게 장식했던 고대 문화들은 그 색을 잃은 지 오래이건만, 인도는 다양한 고유 문화를 수십 세기 동안 보존해 왔다. 그 점은 높이 쳐줄 만하지만, 인도에 대한 기본 지식이 없거나 다른 나라나 문화에 대한 사전 경험이 없다면 자칫 인도 특유의 다양함과 방대함 속에 말려들어가 혼란스러울 수 있다.

이러한 혼란스러움은 일상적으로 따라다녔다. 인도 상인들한테 물건을 사보시라. 대부분 인도 여행객은 바가지 물가에 시달리는데, 상인들과의 흥정은 일상의 전투와도 같다. 인도에서 물건을 살 때는 화를 내고 위협도 해보며 깎을 때까지 깎아야 한다. 오죽하면 사고 싶은 물건이 있어도 값을 물어보지 말고 기다렸다가 현지인이 그 물건을 살 때 가게 주인에게 나도 그것을 달라고 해야 바가지를 피할 수 있다고 하지 않던가!

공항에서부터 마중 나온 인도인이 한글을 거꾸로 들고 서 있더니만, 인도는 모든 것이 비정상으로 흐르고 있는 곳이었다. 물건을 깎을 때 꼭 사려는 표정을 짓거나 즉시 돈 지갑을 꺼내거나 하면 꼭

인도에서는 무슨 물건이든 값을 깎아서 사는 것이 관례이고 당연한 일이다. 같은 종류의 물건을 파는 상점이 많으므로 여러 곳을 다녀보고 사는 것도 요령이다.

살 줄 알고 잘 깎아주지도 않는다.

한국인은 견물생심이라고 즉흥적으로 사는 경우가 많다. 하지만 인도에서는 무슨 물건이던 값을 깎아서 사는 것이 관례이고 당연한 일이다. 같은 종류의 물건을 파는 상점이 많이 있으므로 여러 곳을 다녀보고 사는 것이 알뜰한 쇼핑 요령이다. 상점에 들어가면 점원이 음료수를 주는 등 아주 친절하게 대해 준다. 그러면 마실 건 실컷 마시고, 깎을 것은 깎으면 된다.

두 얼굴의 도시 델리, 인도에서 제일 반겨 주고 환영하는 사람은 '거지떼'

인도 인구는 약 10억이라고 알려졌지만, 그것도 숫자 파악이 잘 안된 계산 같다.

인도의 수도 델리(Delhi). 인도 중북부에 있는 델리는 두 얼굴을 가진 도시이다. 뉴 델리와 올드 델리. 뉴 델리는 1949년 영국으로부터 인도의 수도로 지정되면서 현대적인 모습으로 변해 시가지와 도로가 질서정연하게 정비되어 있다.

올드 델리는 뉴 델리가 남쪽 교외에 건설된 이후 올드 델리로 불린다. 델리의 5백만 인구 중에 90퍼센트가 밀집되어 있다니 서민들의 삶이 이루어지고 있는 곳이다. 아그라에 있는 타지마할을 건립한 샤자한이 건축했다는 랄컬라(델리) 성, 그 성 인근에 있는 자마마스지드 이슬람 성전, 그 성전 내에 있는 무굴 제국의 최후의 걸작이라는 모스크, 암살당한 마하트마 간디가 화장됐다는 야무나 강기슭에 있는 화장터 라지가트 등 볼거리는 올드 델리에 많다. 그렇기에 올드 델리로 관광객이 모일 수밖에 없다.

유명한 관광지 주변에는 가게들이 즐비한데, 잠시 휴식도 취하면서 여행 기념품이라도 살라치면 인도 거지들이 따라붙는다.

인도 여행에서 가장 곤혹스러운 것은 수십 명씩 따라붙으면서 돈이나 먹을 것을 달라는 떼거지들이다. 우르르 달려들면, 그 순간 신변의 위협을 느끼고 공포에 질려 도망치듯 그 자리를 빠져나와야 한다. 도망치며 여행하는 곳은 인도뿐이리라.

후진국들이 대부분 그렇지만 인도만큼 빈부 격차가 심한 나라도 없을 것이다. 부자의 자녀들은 자가용에 무장한 개인 비서까지 대동해서 등하교를 하는가 하면, 같은 또래의 가난한 아이들은 길거리에서 구걸로 하루하루를 연명해 간다. 대부분 부자들은 키가 크고 하얀 피부색을 가졌지만, 가난한 사람들은 키가 작고 얼굴이 거무스레한 황색이다.

이들은 계급 차별을 인정하는 종교(힌두교)의 특성상 이를 숙명처럼 받아들이는 것 같았다. 그래서인지 가난한 이들은 있는 자들에게 돈이나 먹을 것을 구걸하는 것을 당연하게 여긴다. 구걸하는 행위에 대해 미안함이나 애처로움 같은 것이 보이지 않는다. 그들은 돈이 있는 사람들 또한 가난한 사

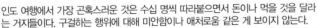
인도 여행에서 가장 곤혹스러운 것은 수십 명씩 따라붙으면서 돈이나 먹을 것을 달라는 거지들이다. 구걸하는 행위에 대해 미안함이나 애처로움 같은 게 보이지 않는다.

람들과 당연히 나누어 가져야 하고 못사는 사람들을 위해서 당연히 돈을 써야 한다고 생각한다. 그러니 돈을 주어도 받는 측에서 고마움을 표시하지 않는 것은 어쩌면 당연했다.

'당신한테 선행을 베풀 기회를 주어 내세에도 좋은 신분으로 태어날 수 있게 해주었으니 거꾸로 내가 감사를 받아야 한다!' 고 생각하니, 가난한 사람들의 시각으로는 돈 많은 나라에서 온 관광객들도 못사는 자기들을 위해서 돈을 써야 한다. 따라서 바가지를 씌우면서도 미안함을 못 느끼고 계속해서 여행자들을 괴롭힌다.

하긴 사원 입장표도 인도인과 외국인이 다르니 더 이상 할 말이 없다.

강물로 세속에서 찌든 육신을 정화하는 바라나시와 인도인의 영원한 마음의 고향 갠지스 강

인도 북부 우타르프라데시 주 남동부에 있는 도시, 바라나시(Varanasi). 이곳은 인도 문화의 중심지이자 힌두교의 성지이다. 갠지스 강 중류의 서쪽을 따라서 이루어진 대도시로, 시바 신의 성도(聖都)인지라 인도 전역에서 찾아온 힌두교도들로 늘 붐빈다.

세계 4대 문명의 하나인 인더스 문명. 인도의 역사는 갠지스 강에서 시작되었다. 2,465킬로미터의 갠지스 강은 인도인의 영원한 마음의 고향이다.

갠지스 강의 하이라이트는 목욕장(ghat, 가트)과 화장터(raj ghat, 라지 가트)이다. 힌두교 신앙에 의하면, 갠지스 강의 성스러운 물에서 목욕을 하면 모든 죄가 씻기고 이곳에서 죽어 그 재를 강으로 흘러 보내면 윤회로부터 해탈을 얻는다고 한다. 그렇기 때문에 갠지스 강은 신성한 어머니의 강이라고도 한다. 그리고 많은 사람들이 아침부터 수질이 오염되고 탁해 보이는 갠지스 강 속에서 목욕을 한다.

바라나시에서는 새벽 동틀 무렵에 이 의식이 최고의 절정을 이루었다. 한 편에서는 양치질을 하는데, 한 편에서는 성수(聖水)라고 하여 강물을 항아리에 가득 담아서 집으로 가져가기도 한다. 또 한 편에서는 죽음을 기다리는, 거의 초죽음 상태로 사람들이 늘어져 있고, 또 한 편에서는 죽은 자들을 불태우고 있다.

화장하는 주위에는 가족들이 모여 있지만 슬퍼하는 사람은 없었다. 여행자들이 보는 가운데, 시체가 잘 타도록 들쑤시개로 콕콕 찔러대는 모습에 왠지 사람이 측은한 존재라는 생각이 들 뿐이었다. 이곳에서 화장하는 장면을 가까이서 구경하는 것은 가능하지만, 카메라로

인도 문화의 중심지이자 힌두교의 성지인 바라나시. 힌두교 신앙에 의하면, 갠지스 강의 성스러운 물에서 목욕을 하면 모든 죄가 씻기고 이곳에서 죽어 그 재를 강으로 흘러 보내면 윤회로부터 해탈을 얻는다고 한다.

촬영하는 것은 금지되어 있다.

시체를 화장해서 그 재를 강에 뿌리려면 상당한 돈이 필요하다. 시체 한 구에 약 400킬로그램의 장작이 필요하니 상당한 거금이 드는지라, 덜 태운 채 시체를 그대로 강가에 띄우는 경우도 있다. 그 시체들은 물에 떠다니다가 독수리나 까마귀의 밥이 되거나 물고기의 먹이가 되기도 한다.

인도인은 강가에 버려진 죽음을 삶과의 대립이 아니라, 그 일부로서 존재하는 것이라 여기는 것 같았다. 화장터에서 서성이던 개 한 마리가 타다 남은 시체의 한 부위를 물고 달아났다.

그래! 인도에서는 개가 그렇게 몸보신 하는구나!

6 | 세계 新 7대 불가사의 예수상

코르코바두의 예수상, 높은 데서 두 팔을 벌리고 인간을 부르다

브라질 리오의 해발 710미터 코르코바두 언덕 꼭대기에서 인간을 향해 두 팔을 벌리고 서 있는 예수상. 브라질 독립 백주년을 기념하여 만들었다는 이 거대한 석상은 이제 리오의 상징에서 전 세계인들의 불가사의로 승격되었다.

높이 38미터, 한(一)일자로 벌린 양팔의 길이가 28미터, 전신에 바른 납석의 무게가 1,145톤에 이르는 거대한 동상은 낮에 해안 지구에서 보면 햇빛을 받아서 빛나는 새하얀 십자가 같고, 해가 진 다음에는 야간 조명을 받아 어둠 속에서 성스럽게 보인다.

예수상이 있기에 리오 여행자들에게는 따로 시내 지도가 필요 없이도 된다. 해안 지구에서 예수상을 바라보면 되니까. 예수상은 리오의 기원이 되는 동쪽 과나바라 만을 바라보며 남북 방향으로 팔을 벌리고 있다. 왼팔이 가리키는 북쪽 방향이 중심가인 센트로, 오른팔이 가리키는 방향이 남부 지역인 코파카바나, 이파네마 해안이다.

다시 코르코바두 언덕에 서니 대서양에 면한 미항 리오의 전경이 한눈에 들어온다. 과나바라 만, 팡데아수카르, 코파카바나 해변, 플라밍고 해변, 마라칸나 축구장, 삼바 경기장, 센트로 지역까지 한눈에

들어오는 이 멋진 경치를 보기 위해 쟁이는 이렇게 또 찾아왔다. 리오는 과연 '세계 미항들 중 최고의 미항'이라는 찬사를 받을 만하다.

코르코바두 언덕 꼭대기에서 인간을 향해 두 팔을 벌리고 서 있는 예수상. 낮에 해안 지구에서 보면 햇빛을 받아서 빛나는 새하얀 십자가 같고, 해가 진 다음에는 야간 조명을 받아 어둠 속에서 성스럽게 보인다.

언덕 정상에 오르자, 10여 년 만에 다시 만난 예수상이 양팔을 벌리며 반겨주었다. 예전과 다른 것은 새로이 에스컬레이터가 설치되어 좀 더 많은 사람들을 편리하게 해주고 있다는 것뿐이었다.

코르코바두 언덕 오르는 길은 즐거운 길

코르코바두 언덕 정상으로 올라가는 등산 전차는 코모 베로(Como Velho) 역에서 떠난다. 1량에 정원 60여 명씩 총 120여 명의 정원을 태우고 언덕 정상까지 올라간다. 시간은 25분 정도.

언덕 정상으로 올라가는 케이블식 등산 열차는 중간 역이 있어서 현지 주민들의 교통 수단으로 이용되고 있는데, 열차 안에는 분위기를 돋우는 3인조 밴드팀도 있었다. 3인조는 탬버린, 북으로 장단을 맞추고 노래를 부르면서 브라질 특유의 경쾌함과 유연성으로 춤도 추면서 분위기를 주도했다. 열차 안에 탄 브라질 사람들도, 여행자들도 자연스럽게 어울리는 춤판이 벌어졌다. 그렇게 즐거운 마음으로 사람들은 언덕을 오르고 있었다.

춤을 추면서도 차창 밖으로 시선이 가는 건 어쩔 수 없었다. 등산 열차가 철로변의 우거진 숲을 따라 올라가면서 열대 밀림 지역 사이로 간간히 리오 시내의 멋진 경치가 눈에 들어오고 있었으니!

철로변에 우거진 울창한 숲은 아열대 밀림이다. 열차가 집 대문 앞을 지나고 마을도 지나서 다다른 열대 나무와 큰 나무들이 우거져 있는 곳이다. 어떤 나무에서는 큰 열매들이 주렁주렁 달려 있었다. 일명 '빵나무' 라 불리는데 먹을 수 있다고 했다.

누군가 오르다가 놀라지 말라고 했다. 무슨 일인가 했더니 갑자기 멋진 리오 항구가 보인다. 앗! 그래서 놀라지 말라고 했구나. 경치를 즐기다보니 등산 열차는 종착점에 도착했다.

여기서부터 예수상까지 올라가는 길은 두 갈래 길이다. 걸어서 계단으로 올라가는 길과 엘리베이터로 올라가는 길. 천천히 리우데자네이루 항을 감상하고자 걸어서 올라가는 쪽을 택했다. 비록 예수님 알현은 늦게 하더라도 말이다.

거대한 예수상의 비밀

10여 년 만에 다시 만난 예수상. 1931년에 무게 1,145톤, 높이 38미터, 양팔 길이 28미터, 손바닥 길이 5미터로 건립되어 2007년에 세계 新 7대 불가사의에 선정되었으니, 다른 불가사의들에 비해 최단

기에 영광의 보좌에 앉았다.

코르코바두 언덕 정상은 해발 710미터. 어떻게 이렇게 큰 예수상이 만들어지고 이곳까지 와서 세워졌을까 궁금해지는 대목이다.

이 거대한 예수상은 뉴욕 자유의 여신상을 만든 프랑스에서 만들어졌다. 거대한 건축물의 대가인 프랑스인들은 에펠탑 건설에 이어 자유의 여신상, 거대한 이 예수상을 잇달아 제작해서 미국으로, 브라질로 보냈다.

거대한 예수상은 운반을 위해 전신에 있는 각각의 마디마디가 조립식으로 되어 있다. 손바닥, 어깨, 머리, 몸통, 무릎 등 여러 부분으로 나뉘어져 있어서 운반을 용이하게 했다. 그리고 예수상의 몸속을 비워 무게를 가볍게 함으로써 운반과 조립을 쉽게 했다. 또한 각 부위의 뼈대는 철근으로 지지하여 옆에서 곧바로 세우고, 양손을 벌릴 수 있도록 했다.

이 기술의 원조는 에펠탑 건설의 기술이라 생각된다. 사실 철교 건설의 대가인 에펠 씨는 에펠탑도 각각 철근을 지지하고 엮어서 약 320미터까지 세웠다. 다만 에펠탑이 철근 상태로만 세워진 것이라면, 예수상은 철근에 각종 부자재를 입혀서 완성된 것이라고 생각하면 된다.

아무튼 거대 예수상은 해안 지구에서 올려다본 모습 그대로 시내를 내려다보고 있었다. 아니, 인간들을 그렇게 내려다 보고 있었다.

브라질 독립 백주 년을 기념하여 만든 거대한 예수상.
예수상이 있기에 리오 여행자들에게는
시내 지도가 따로 필요 없다.

하늘에서 내려다 본 아름다운 리오

코르코바두의 산정 말고도 팡데아수카르에 올라가면 리오의 아름다움을 만끽할 수 있다. 팡데아수카르는 예수상과 아울러 리오를 상징하는 또 하나의 자연 명물로, 우르카 해안과 베르멜랴 해안 사이 작은 반도에 럭비공이 불쑥 튀어나온 것 같은 바위산이다. 포르투갈 어로 '팡'은 산, '아수카르'는 설탕을 뜻하므로, 일명 '설탕 산'이어서 슈가 로프(sugar loaf) 산으로도 불린다. 화강암으로 된 산이지만, 설탕 가루를 수북이 쌓아 놓은 모양같다고 하여 붙여진 이름이다. 멀리서 보는 바위산의 모습도 장관이지만, 이 바위산에 올라가 보는 리오의 풍광도 무척 아름답다.

허나 새가 된 듯한 기분으로 좀 더 높이, 좀 더 넓게 전체를 바라볼 수 있다면 매력 만점의 공중 산책이라 아니할 수 없다. 지상에서 부분 부분을 보고 난 후, 하늘에서 아름다운 도시 전체를 보는 것은 또 하나의 박진감 넘치는 재미라 할 수 있겠다.

'기회가 주어지면 그 순간을 놓치지 말고 곧바로 여행하자!' 이것이 여행에 관한 나의 신념이다.

팡데아수카르에서 이륙한 헬리콥터는 마치 럭비공이 튀어 나온 것 같은 산을 뒤로한 채 높이 날아올라 코르코바두 언덕의 예수님을 향해 문안 인사를 드리려고 날아갔다. 지상에서 올려다보는 거대한 예수상과 하늘에서 내려다보는 예수상의 모습은 전혀 색다른 감동이었다.

"예수님, 안녕!"

씩씩하게 인사했는데, 왠지 모르게 겸손치 못하다는 생각이 들었다. 예수상보다 더 높게 날며 밑을 보니 그 주위를 비행하는 것이 문득 불경스럽다는 생각이 들었기 때문이다.

코파카바나 해변 위를 비행할 때는 수많은 비키니를 입은 여성들이 내뿜는 뜨거운 정열의 훈기를 느꼈다. 그리고 20만 명을 수용한다는 세계 최대의 축구장 마라칸나 스타디움, 대성당, 경마장, 호수, 과나바라 만 등을 내려보며 주위 경치와 잘 어울리는 세계적인 미항 리오의 자태를 다시 한 번 실감할 수 있었다.

남미에서 유일하게 포르투갈 어를 사용하는 브라질

리우데자네이루는 흔히 줄여서 리오로 부르는데, '리우데자네이로'로 표기하기도 한다. 그러므로 정식 발음이 헷갈리는 경우도 있을 것이다. 리오데자네이로는 영어 발음이고 리우데자네이루는 포르투갈 어 발음이다. 브라질은 포르투갈의 지배를 받은 탓에 남미에서 유일하게 스페인 어가 아닌 포르투갈 어를 쓰는데, 'R'은 'ㅎ'에 가까운 발음이 나서 현지에서는 '히오데자네이루'로 들린다.

프랑스의 나폴레옹이 포르투갈을 침략하자 포르투갈의 황제와 그 가족들은 임시로 식민지인 브라질로 피신했다. 나폴레옹이 물러간 후 황제와 가족들은 포르투갈로 되돌아갔는데 황태자는 브라질에 남았다. 그리고 이곳에 정착해서 독립을 선포했다고 한다.

브라질은 대부분의 남미 국가들처럼 원주민들이 싸워서 독립한 것이 아니라, 포르투갈인이 세운 나라다. 아마도 자원이 풍부하고 노예도 있고 이과수 폭포, 리오, 아마존 강 등 경치 좋은 브라질이 포르투갈보다 낫다고 생각했으리라.

많은 이들은 브라질의 독립은 포르투갈로부터의 분가(分家)라 말하기도 한다. 백인과 원주민, 그리고 흑인들의 피가 끊임없이 섞이는 바람에 브라질은 인종 전시장이 되었고 인종 차별이 거의 없이 그렇게 공존하고 있다. 그래서인지 공공장소에서 백인 남자와 흑인 여자, 백인 여자와 흑인 남자가 키스하는 광경도 어색하지 않고 자연스러웠다.

풍부한 자원과 노동력이 있어서 브라질 사람들은 열심히 일하기보다는 열심히 놀려는 낙천적인 성격이다. 그것이 이들로 하여금 세계사의 전면에 나서지 못하고 뒤따라가는 후진성을 면치 못하게 했으리라 생각한다. 비록 오늘의 브라질은 다르지만 말이다.

일은 놀기 위해서 필요한 만큼만 하는 것?

삼바 카니발과 축구의 나라 브라질. 삼바 축제 내내 밤을 지새우고 열정을 불사른 다음날 아침, 천연덕스럽게 일광욕을 즐기는 브라질 사람들. 그들에게 '놀기 위해서 일느냐, 일하기 위해서 노느냐?' 고 물어보고 싶은 충동을 느꼈다. 그러나 굳이 묻지 않아도 정열적인 브라질 사람들의 사고방식은 분명해 보인다. '일은 놀기 위해서 필요한 만큼 하는 것' 이라는 답이 돌아올 거 같았다.

리오에서는 브라질의 다른 지역들과 마찬가지로, 공공 업무이건 식당이던 은행이던 일처리 속도가 느렸다. 어느 곳은 직원들이 한 달쯤 휴가를 떠나버려서 업무가 진행되지 않는 곳도 있다고 한다. 이런 일이 반복되다보면 경제 성장이 더딘 것은 당연한 것인지도 모른다.

놀 궁리만 하니 일의 능률은 뒷전이 되기 마련이다.

다행히 내가 처음 브라질을 방문했을 때는 마침 프랑스 월드컵에서 브라질이 프랑스에게 3 대 0으로 지는 날이었다. 경기에서 졌기에 그나마 시내가 조용했고 업무도 진행할 수 있었다. 만약 우승했다면 이 사람들은 모든 것을 팽개치고 며칠이고 광란의 축제를 벌였을 것이다.

삼바 카니발 기간에 리오 사람들이 그야말로 목숨을 걸고 노는 것은 '삼바 카니발에는 부유층보다는 빈곤층의 참여가 절대적으로 많기 때문이 아닐까?' 하는 생각이 든다.

예수상
(Christ the Redeemer)

브라질의 리우데자네이루, 해발 710미터의 코르코바두 언덕 꼭대기에서 인간을 향해 두 팔을 벌리고 서 있는 거대한 석상. 브라질 독립 백주 년을 기념하여 만들었다는 거대한 이 석상은 리오의 상징이다.

거대 예수상은 1931년 무게 1,145톤, 높이 30미터, 양팔 길이 28미터, 손바닥 길이 5미터로 건립되었다. 2007년에 세계 신 7대 불가사의에 선정되었으니, 건립 기간이 가장 짧은 불가사의다. 이 거대한 예수상을 만은 사람들은 거대한 건축물의 대가인 프랑스인들이다. 거대 예수상을 프랑스에서 제작해서 브라질로 보내기 위해 전신을 각각의 마디마디로 조립할 수 있게 만들었다. 손바닥, 어깨, 머리, 몸통, 무릎 등으로 여러 등분으로 나뉘어져 있어서 운반을 용이하게 한 것. 또한 거대한 예수상의 몸속은 비어 있다. 무게를 가볍게 함으로써 운반과 조립을 한 것, 각 부위의 뼈대는 철근으로 지지하여 옆에서 곧바로 세우고, 양손을 벌릴 수 있도록 했다. 에펠탑이 철근 상태로만 세워진 것이라면, 예수상은 철근에 각종 부자재를 입혀서 완성한 것이다.

예수상이 있는 코르코바두 언덕 꼭대기까지는 케이블식 등산 전차를 타고 가서 종착 역에서 내린 다음, 걸어서 계단으로 올라가거나 엘리베이터를 타고 올라간다.

미스터리한 모아이 거석상이 지키고 있는 이스터 아일랜드

칠레에서 3,800킬로미터, 타이티에서 4,000킬로미터 떨어진 태평양에는 세계적인 불가사의를 간직하고 있는 작은 섬 하나가 떠 있다. 이스터 아일랜드.

아쉽게도 세계 신 7대 불가사의에는 들어가지 못했지만, 이스터 아일랜드의 모아이(Moai) 거석상은 리오의 예수상과는 거인상이라는 공통점이 있다. 미스터리라는 점에서는 단연 모아이 거석상이 앞선다. 물론 역사적으로도, 건축학적으로도 서로 다른 점이 많아서 이 둘을 단순 비교할 수는 없지만 말이다.

이스터 아일랜드는 1722년에 발견되었다. 발견자는 네덜란드인 야코브 로헤텐 제독. 그는 함대를 이끌고 태평양을 항해하던 중 지도에도 없는 외딴 섬을 발견하고 섬으로 다가갔다. 해안가나 산비탈에 인간 형상을 하고 있는 거대한 석상들이 침입자를 노려보듯 수도 없이 서 있었기 때문이다. 그날이 마침 부활절(easter day)이어서 그 섬을 이스터라 부르기로 했다고 한다.

이스터 아일랜드는 폴리네시아 어로 라파누이. 이 섬에 첫발을 들인 폴리네시안 원주민(마오리족)이 붙인 이름이다.

라파누이의 상징인 모아이 거석상은 모두 천여 개인데, 254곳의 제단 위에 세워져 있다. 그 중에는 높이가 20.9미터, 무게가 240톤에 이르는 것도 있다. 유네스코는 1995년에 모아이를 세계 문화 유산으로 지정했다.

이스터 아일랜드는 섬 둘레가 약 60킬로미터, 길이 23킬로미터, 폭 10킬로미터로, 직삼각형에 가까운 모양을 하고 있다. 간간이 모아이 유적 벽화 등을 보면서 자동차로 2시간 정도 달리며 한 바퀴 돌아볼 수 있었다.

주민 대부분은 항가로아 마을에 살고 있었는데, 담을 쌓은 돌담이 늘어서 있어서 마치 제주도를 보는 것 같았다. 끝에서 끝까지 40분 정도 걸리는 이 조그마한 시골 마을은 어릴 적 내가 살았던 고향 마을처럼 따뜻한 분위기가 넘쳤다.

현지 가이드는 친한파 태권도 선수, 딸 이름이 '진숙'

이스터 아일랜드에서는 한국인은 거의 보이지 않는다. 여기가 어쩌면 한국에서 제일 먼 곳인지도 모른다.

라파누이의 상징인 모아이 거석상. 천여 개의 모아이 중에는 높이가 20.9미터, 무게가 240톤에 이르는 것도 있다.

한국인 가이드는 물론 없으나, 다행히 칠레 국가 대표 태권도 선수로 한국에 몇 개월간 태권도 연수차 방문했던 젊은 이가 안내를 맡았다. 한국에 대해서 어느 정도 알고 있었기에 대화하기가 편했다. 한국이 너무 좋아서 딸 이름을 '진숙'이라고 지었다고 했다.

아무튼 낯선 섬에서 한국을 좋아하는 사람을 만나게 되어서 아주 반가웠다. 그는 여행사에 근무하고 있었고 틈나는 대로 레스토랑을 경영하는 아내를 도와주고 있었다. 그 레스토랑에 가서 식사를 하고, 그의 아내와 아들, 딸과 인사를 나눴다. 그의 집은 2층 건물인데 2층에 가족이 살고 1층에는 레스토랑을 경영하고 있었다. 그의 딸한테 '진숙'이라고 불러주며 간단한 선물을 주었더니 매우 좋아했다.

그의 조상은 폴리네시아인이라고 했다. 태평양의 트라이앵글인 타이티, 뉴질랜드, 이스터 아일랜드가 같은 민족인 폴리네시아계라고. 폴리네시아인은 황색 인종으로 우리와 비슷한 인종이다. 이스터 아일랜드는 칠레령이나, 폴리네시아인은 칠레인과는 전혀 다른 민족이다. 국가에 대한 소속감은 별로 없는 것 같았다.

레스토랑을 나오면서 현지인 가이드의 손을 잡아주었다.

"아무튼 우리는 동지다. 딸도 한국 이름이고, 자네가 타고 다니는 차도 현대 갤로퍼이니까!"

이스터 아일랜드는 제주도와 사촌 형제, 토끼와 이름이 같은 토끼

모아이 석상은 어쩌면 그렇게 제주도의 돌하르방과 똑같은 모습일까? 서 있는 모습, 쳐다보는 인자한 눈 등이 우리의 할아버지 모습 같다. 다만 코가 크다는 것만 다를 뿐.

이스터 아일랜드의 풍경도 제주도와 흡사하다. 현무암의 검은 바위 해안 초원에서 한가롭게 풀을 뜯는 말들. 섬주민은 4천여 명인데, 말은 5천여 마리가 있다고 했다. 섬 곳곳에 사람보다 많은 말이 푸른 바다를 배경으로 푸른 초원에서 자유로이 뛰어 다니는 풍경이 펼쳐졌다.

섬의 크기(117제곱 킬로미터)는 한국의 안면도(105.4제곱 킬로미터)만 한데, 화산암을 쌓아 돌담이 늘어서 있어서 더욱 정겹기만 했다. 제주도에 살던 우리 선조들이 배를 타고 태평양으로 가서 모아이를 만들었다면 지나친 상상일까?

이스터 아일랜드 박물관에 가면 도끼가 있다. 모아이를 다듬는 그 공구는 우리와 이름이 똑같은 토끼(toki)이다. 우연의 일치일까? 아무튼 정겨운 이름이다.

가이드 이야기로는, 원주민들이 배를 타고 페루의 잉카 제국에 가서 보고 와서 거대한 석상을 만들었을 것이라 했다. 어느 정도 일리가 있는 것 같았다.

잉카 제국의 돌 자르는 기술, 직각으로 자르거나 구멍을 파서 보트 하우스를 짓는 것 등 쟁이가 본 바로는 마추픽추의 잉카 기술과 거의 흡사했다.

제주도의 돌하르방과 똑같은 모습의 모아이 석상

만리장성 | 7

만리장성이 달에서도 보인다고? 길이가 만들어낸 판타지

"만리장성은 달에서 유일하게 보이는 지구상의 유일한 인공 건조물이다."

이런 속설이 오랫동안 회자되었다. 만리장성이 워낙 길기 때문일 것이다. 중국인들은 지금도 이 말을 근거로 만리장성을 자신들의 장구한 역사를 상징하는 기념탑쯤으로 여긴다.

하지만 잠시 생각해 보자. 만리장성이 총 길이가 6천킬로미터가 넘는, 세계 최대의 불가사의한 인공 건축물이라는 것은 사실이다. 하지만 북경에서 가까운 만리장성의 일부인 팔달령 장성의 폭은 6~7미터에 지나지 않는다. 과연 길이만 길다고 엄청 멀리 떨어진 곳에서, 그것도 달에서 만리장성이 보이겠는가? 멀리서 보려면 폭도 넓어야 하지 않겠는가?

결론은 보이지 않는다는 것이다. 지금까지 우주 여행을 한 우주인들에 의하면 만리장성은 보이지 않았다. 실제로 미국의 나사(NASA)에서 쏘아올린 달 인공 위성 궤도에서 찍은 지구 사진에서도 만리장성은 나오지 않았다. 몇 년 전 중국에서 유인 우주선 '신저우5'에 탑승한 양리웨이 또한 만리장성을 볼 수 없었다고 했다.

물론 지금까지 보이지 않았다고 해서 앞으로도 그러리라는 것은 아니다. 아마도 인공위성이나 우주선에 설치된 광학 망원경의 성능이 좋아지거나 하면 언젠가는 보일 것이다. 그렇다면 만리장성뿐 아니라 지구의 다른 거대한 인공물들도 몇 개는 보이지 않을까?

어쨌거나 만리장성이 지구상에서 가장 긴 인공 건축물이라는 사실은 앞으로도 달라질 확률이 거의 없다. 2500년 전 전국 시대에 북방 유목민(흉노족)을 방어하기 위하여 성을 쌓기 시작했다. 그리고 진시황이 중국을 통일한 후 약 30만 명의 병사와 농민 수백 만 명을 징발해서 10여 년간 현재의 모양으로 각 성을 연결한 것이 만리장성의 최초가 되었다.

아직 지구상에서 전쟁의 위협이 사라지지 않았지만, 말 타고 칼로 싸우는 유목 시대로 돌아갈 리는 만무하다. 그러니 국민 총 동원령을 내려 그런 대규모 토목 공사가 재연될 가능성은 거의 없다. 어쩌면 그래서 과거의 유산으로서 만리장성은 세계적인 불가사의로 영원히 독보적으로 남을 것이다.

2500년 전 전국 시대에 북방 유목민을 방어하기 위하여 쌓기 시작한 만리장성

베이징 근교 팔달령장성에 올라 보니 인산 인해로다

총길이 6천킬로미터가 넘는 만리장성. 달에서도 볼 수 없다니, 그렇다면 헬기라도 타고 그 일대를 꽤 오랜 시간 누비고 다녀야만 그 전체적인 모습을 둘러볼 수 있지 않을까? 하지만 안타깝게도 중국에서는 헬기 여행이 안 되니, 북경에서 버스를 타고 산길을 달려 팔달령장성까지 가면서 부분부분 눈에 들어오는 모습으로 그 거대함을 그려 볼 수밖에 없었다.

팔달령장성은 북경 시내에서 북서쪽으로 약 80킬로미터 떨어져 있다. 높이는 평균 7.8미터, 폭은 밑이 6.5미터, 위가 5.8미터로, 장정 10명이 횡대로 서서 걸을 만한 넓이다. 성벽에는 사격구와 전망대 등이 갖추어져 있어서 연일 수많은 관광객의 발길이 끊이질 않는다.

간쑤성 자위관에서 동으로 뻗어 몽골을 지나 허베이성 산하이관에 이르는 장장 6천킬로미터에 이르는 만리장성. 팔달령장성은 그 허리쯤에 있다. 북경에서 가까워서 만리장성을 찾아오는 관광객들은 주로 이곳에서 만리장성 관광을 끝내고 기념 사진을 찍는다. 드디어 만리장성에 왔노라!

하지만 솔직히 팔달령장성 입구에서 케이블카를 타고 정상이랍시고 올라와 보니 좀 싱거웠다. 또 얼마나 시끄럽고 번잡한지! 비좁은 산성 정상에 우르르 몰려드는 사람들, 성벽 위로 난 길 옆으로 비스듬히 서서 뒤로 넓게 펼쳐진 팔달령장성을 배경으로 사진을 찍으려고 포즈를 취하는 사람들, 사진사, 음료수 파는 사람, 모자 파는 사람 등 우리나라 관광지에서 보는 모습과 너무나도 흡사했다.

그래도 세계 신 7대 불가사의의 하나가 아닌가! 주변의 소음과, 어

30만 명의 병사와 농민 수백만 명이 동원되어 10여 년간 각 성을 연결한 것이 만리장성의 최초가 되었다고 한다.

깨를 부딪치며 오가는 사람들에게 애써 무심하며 인간의 불가사의의건, 삶의 불가사의의건 그 뭔가를 느껴보려고 해도 집중이 잘 되지 않았다. 만리장성을 처음 찾아왔을 때도, 다음에, 또 다음에 몇 번을 와 봐도 마찬가지였다.

다만 팔달령장성 정상에 서서 동쪽을 보아도, 서쪽을 보아도 굽이굽이 끝없이 이어진 성벽의 모습만큼은 내가 선 곳이 '그 길다는 만리장성'의 일부라는 사실을 실감나게 해줬다. 말을 타고 그 성벽을 따라 끝없이 달려보고 싶은 욕구가 가슴에서 치고 올라왔다.

중국에 만리장성이 있다면, 우리에겐 천리장성이 있다

중국이 북방 유목민의 침입을 막기 위해 만리장성을 쌓기 시작한 것처럼, 우리에게는 2개의 천리장성이 있다. 하나는 고구려 시대 때 당나라의 침입을 우려해서 요동 지역에 쌓은 성이고, 다른 하나는 고려 시대 때 거란과 여진족의 침입을 막기 위해서 한반도 북방에 쌓은 성이다.

고구려 때의 천리장성은 고구려의 서부 변경(요동 지방)에 연개소문의 지휘하에 쌓은 장성이다. 수나라는 고구려와의 전쟁에서 패한 후 곧 당에 의해 망했다(618년). 그 후 626년 당나라 태종이 즉위한 후 당과 고구려와의 관계가 악화되기 시작했다. 당 태종은 국내 세력을 완전히 장악하고 세계 제국 건설의 야심을 가졌다. 그리하여 동돌궐을 침략하는 등 주변 국가에 위협적인 존재가 되었다.

영류왕 13년(631년)에 당나라 사신 장손사는 고구려에 와서 고구려가 수나라와의 승전을 기념하기 위해서 세운 경관을 헐어버렸다. 당이 주변국을 침략한다는 정보가 알려지고 있던 터라 이에 고구려는 당에 대하여 매우 위협을 느끼게 되었고, 즉시 서쪽의 경계를 방어하기 위해 천리장성을 쌓기 시작했다.

북쪽으로는 만주 중부 지역인 부여성(지금의 눙안)에서 시작하여 남쪽 끝은 발해 만에 있는 비사성(지금의 다롄)에 이르는 천리가 되는 장성이었다. 장성은 곳곳에 있는 토성을 연결하면서 쌓은 토축성이다. 성벽은 너비가 약 6미터이며 높이는 2~3미터로 고르지 않다. 석축성에 있는 성문이나 누각, 돈대 등이 없는 단조로운 성으로, 영구적인 성보다는 임시 방편으로 구축한 것으로 보인다.

성은 축조하는 데 무려 16년이 걸려 647년에 완성되었다. 그러나 당군은 645년부터 648년까지 세 차례에 걸쳐 침입했다. 장성은 얼마 정도의 적군 저지력은 있었으나 당나라 대군을 막아내기에는 부족한 면이 있었다.

성이 영류왕의 명령으로 축조되었다는 설과 연개소문의 건의에 의해 구축되었다는 설이 있으나, 어쨌든 연개소문의 지휘하에 구축된 것은 사실이다. 연개소문은 642년 10월, 성을 축조하는 동안 군사를 이끌고 평양성을 침공하여 영류왕과 자신을 반대하는 파를 모조리 제거하고 스스로 대막리지가 되어 무단 독재 정치를 시작했다.

고려 시대의 천리장성은 북방 압록강 어귀부터 함경남도 동해안의 도련포에 이르는 석축성으로, 그 길이가 약 천 리에 이른다. 거란족은 요를 건축하고 993년(고려 성종12년)부터 1019년(현종 10년)까지 총 3차에 걸쳐 고려를 침입했다. 이때 서희, 강감찬 등의 투쟁으로 매번 요를 물리쳤다. 그 후 고려는 북방 민족의 남침을 막기 위하여 대비책을 강구했다. 고려는 초기부터 북방 민족의 침입에 대비하려 하였으나 실행치 못하고 1033년(덕종 2년)에야 유소로 하여금 성을 축조토록 했다.

요의 침입을 막은 전공(戰功)이 있는 유소는 이러한 성을 바탕으로 축성 계획을 세웠다. 그리고 산재해 있던 성을 연결하고 새로 축조하거나 보강해서 11년이 지난 1044년(정종 10년)에 완성했다. 돌을 주로 사용하고 기초로 흙을 단단히 쌓아 성축을 높였다. 높이와 폭이 각각 25자(7미터)가 넘는 우리나라 역사상 가장 큰 성이다.

그러나 두 곳 모두 우리가 쉽게 접근할 수 없는 곳이어서 크나큰 아쉬움이 남는 곳이다. 언젠가는 우리도 천리장성을 보는 날이 있으리라 희망한다.

천 원, 천 원, 달러는 잘 안 받아도 한국 돈은 환영

만리장성 입구에서 중국 아가씨 하나가 모자를 팔고 있었다. 한국인 관광객들이 떼거리로 지나가니까 모자를 흔들어댔다.

"천 원! 천 원!"

한국어 발음이 꽤나 자연스럽다.

싱거운 중년 남자 하나가 되받는다.

"아가씨도 천 원이야?"

한바탕 웃었다.

만리장성뿐 아니라 중국의 관광지에는 물건을 팔기 위해 간단한 한국말을 하는 장사꾼들이 많다. 그들은 '천 원! 천 원!' 하면서 호객 행위를 한다. 그만큼 요즘 한국 관광객이 많다는 이야기일 것이다.

중국에서 우리나라 돈 천 원의 가치는 한국에서 만 원과 같다. 그래서 비싼 물건은 천 원 정도, 싼 것은 천 원에 몇 개씩 팔기도 한다.

한국에서는 상상할 수도 없을 정도로 물가가 싸다. 그래서 한국 사람들은 충동적으로 물건을 사는 경우가 많다. 그

총 길이 6천킬로미터가 넘는 만리장성. 굽이굽이 끝없이 이어진 성벽이 지구 상에서 가장 긴 인공 건축물임을 실감나게 한다.

런데 끝까지 버티면 버틸수록 물건을 싸게 살 수가 있다. 특히 차량이 떠날 쯤에서는 부르던 가격의 반값 정도에 살 수도 있다.

그런 것을 보면 중국에서는 물건 값의 기준이 없다. 그때그때 상황에 따라서 결정된다. 인건비가 싼 것도 이유지만, 일반적으로 생산 자재가 싸고 아직 환경 문제나 위생 문제, 품질 문제에 크게 관심을 갖고 있지 않기 때문일 것이다. 그 이유 때문에 중국 제품이라면 전반적으로 값은 싸고, 품질은 떨어진다.

요즈음은 달러 가치가 자꾸 떨어지고 있다. 중국 현지 장사꾼들은 가치가 떨어지는 달러보다는 가치가 오르고 있는 한국 돈을 선호한다.

아무튼 외국에서 한국 돈이 대접을 받으니 기분은 좋았다. 내 나라와 내가 대접받는 느낌이 드니까. 다른 사람들도 비슷한 느낌인가 보다. 누군가 말했다.

"아무튼 잘 살고 봐야 해."

만리장성(萬里長城)
Great Wall

중국 역대 왕조가 변경을 방위하기 위해 축조한 대성벽. 허베이 성 북부 옌산 산맥의 높은 산마루를 따라 보하이 만(渤海灣)에서 중앙 아시아까지 약 6,400킬로미터(중간에 갈라져 나온 가지를 모두 합해서)에 걸쳐 동서로 뻗어 있다. 만리장성의 기원은 춘추 시대까지 거슬러 올라가며, 만리장성이라는 말이 문헌에 나타난 것은 전국 시대이다.

현존하는 만리장성은 명대 특히 그 후반기에 축조된 것으로, 동쪽은 보하이 만 연안의 산하이관부터 중국 본토 북변을 서쪽으로 향하여 베이징과 다퉁(大同)의 북방을 경유한다. 그리고 남쪽으로 흐르는 황허(黃河) 강을 건너며, 산시 성의 북단을 남서로 뚫고 나와 다시 황허 강을 건너고, 실크로드 전 구간의 북측을 북서쪽으로 뻗어 자위관에 다다른다. 지도상의 총 연장은 약 2,700킬로미터로 인류 역사상 최대 규모의 토목 공사이다.

베이징의 북서쪽 팔달령 부근부터 거용관을 경유하여 다퉁의 남쪽 안먼관에 이르는 부분은 2중으로 축성되어 있다. 2,700킬로미터가 전부 같은 구조로 되어 있지는 않다. 산하이관부터 황허 강에 이르는 부분은 매우 견고하게 구축되어 있으며, 성의 외면은 구워서 만든 연한 회색의 기와로 덮여 있다. 이것을 전이라고 하는데 내부는 점토를 붙여 딱딱하게 만들었다.

만리장성의 중요한 관문이자 만리장성 관광의 중심은 팔달령장성과 거용관장성이다. 팔달령장성은 북경 시내에서 북서쪽으로 약 80킬로미터 떨어져 있는데, 케이블카가 있어서 관광객이 많이 몰린다. 거용관장성은 북경에서 서북쪽으로 약 50킬로미터 정도 떨어져 있으며 고대 중국의 9대 요새 중 하나인데, 케이블카가 없어서 그런지 상대적으로 관광객이 덜 찾는다.

요즈음 중국은 만만디가 아니고 빨리빨리

중국 개혁 개방의 지도자 덩샤오핑(등소평)이 사망한 지 올해로 꼭 10년. 중국의 발전 속도는 매우 빠르다. 중국의 도시를 방문할 때마다 건축 붐이 일어나고 새롭게 변화된 모습에 무척 놀랐었다. 중국의 급성장한 경제는 국제 원자재의 블랙 홀처럼 되어 국제 시장을 혼란스럽게 하기도 한다.

얼마 전 중국의 건축 붐으로 대량의 철재가 소비되어 국내의 고철이 중국에 빨려 들어가는 바람에 국내 철재 가격이 급등한 적이 있었다. 중국의 재채기에 우리가 감기에 걸릴 정도로 중국 경제와 우리 경제는 연관성이 매우 깊다. 그러니 싫든 좋든 우리로서는 중국 쪽을 주시해야 하는 시대에 살고 있다.

벌써 우리 밥상의 먹거리도 상당수가 중국산으로 점령된 지 오래되었고 일상에서 사용하는 생필품은 중국의 영향권 아래 들어가 있는 것이 사실이다. 첨단 과학 제품은 우리 쪽에서 수출이 용이하지만, 농산품과 일반 제품은 앞으로도 계속 중국의 영향권 아래에서 힘든 경쟁을 해야 할 것이다.

10여 년 전에는 중국을 방문하면 합작 생산을 하자고 그쪽에서 요구를 많이 했었다. 그때는 중국인이 동작이 느리고 지저분하고 우리를 따라오려면 20년~30년은 있어야 되겠다고 생각했다. 그러나 요즈음은 기술이 거의 비슷한 수준까지 치고 올라왔다. 우리나라의 거의 80~90퍼센트 수준에 이르고 있어서 우리가 정신 바짝 차리지 못하면 역전될 수 있는 상황까지 오게 되었다.

우리가 열심히 노력해서 오늘날 일본 제품과 비슷하게 상품을 만들게 되었지만, 일본인들 상당수는 한국인을, 한국의 제품을 믿지 못하고 있다. 마찬가지로, 우리도 중국 제품, 중국인에 대해 경계심을 품으면서 믿음을 갖지 못하고 있는 것이 현실이다.

관광지에서 즉석에서 사진을 찍고 몇 분 만에 기념품에다 사진을 집어 넣어 팔고 있는 신속성. 케이블카를 타고 만리장성 관광지 입구에 내려오면 어느새 사진이 먼저 준비되어 관광객의 환심을 사고 있는 중국인. 무엇이든지 다 만든다는 중국. 거기다가 우리가 알려준 '빨리빨리' 속도까지 갖게 되었으니 세계 4대 장사꾼들이 호랑이 등에 탄 형국이다. 그래서 세계는 중국을 바라보며 긴장을 하고 있는 것이리라.

풍화와 침식 작용으로 만들어졌다는 봉우리가 무려 4만여 개. 유유히 흐르는 이강이 어우러져 한 폭의 동양화를 그려내고 있다.

동양 3대 절경 1 : 계림, 이강을 유람하면 시인이 된다

"강은 푸른 비단 띠를 두른 듯 하고 산은 벽옥 비녀 같구나."

당나라 시인 한유의 시 구절이다. 천하의 절경, 계림을 찬미하는 데에는 동서고금이 따로 없다.

계림(구이린)은 중국에서 만리장성에 이어 두 번째로 해외 관광객이 많이 찾는 관광 명소다. 계수나무가 많아 붙여진 이름, 계림. 중국 광시좡족 자치구 북동부에 있는 대도시.

차창 밖으로 보이는 계림의 산들은 무척이나 아름다웠다. 가을이 되면 온 거리가 황금빛 꽃으로 물들고 향기가 진동한다는 이곳. 그래서 계림 산수는 천하 제일이라 하지 않던가! 아무리 뛰어난 풍경화 화가라 할지라도 감히 화폭에다 옮길 생각은 못하리라. 그 아름다움에 도취되어서 입을 다물지 못하고 탄성만 토해 내리라.

드디어 계림 관광의 하이라이트인 이강 유람선 선착장에 도착했다. 텔레비전의 광고 등에서 본 풍경을 떠올리며 배에 올랐다.

3억 6천만 년 전에 바다 밑 3~4천미터에 가라 앉아 있다가 융기하면서 모습을 드러낸 후, 풍화와 침식 작용으로 만들어졌다는 봉우리가 무려 4만여 개. 끝없이 펼쳐진 봉우리와 유유히 흐르는 이강이 어우러져 한 폭의 동양화를 그려내고 있었다. 진안 마이산과 같은 봉우리들이 중첩을 이룬다고 상상해 보라.

그 봉우리들 사이로 유유히 이강이 흐르고 봉우리들이 겹겹이 어우러지기에 배를 타고 유람하는 사람들은 모두들 한잔 술에 시인이 된다. 아름다운 풍광에 취하니 어느덧 세속에 찌든 때는 상큼하게 불어오는 강바람에 다 날아가 버렸다.

이강의 또 하나의 볼거리, 고기 잡는 새 가마우치. 대나무를 엮어 만든 뗏목형 배, 그 위에서 졸고 있던 가마우치가 해질녘에 고기잡이에 나서는 것을 목격했다.

계림에서는 거위만한 가마우치 한 마리가 황소보다 비싸다. 고기잡이의 명수인 가마우치는 한 마리가 보통 어부 세 사람의 몫을 한다. 뱃바닥을 노로 치며 어부가 신호를 보내면 배 위에 있던 가마우치들이 일제히 뛰어들어 큰 물고기를 잡아온다.

가마우치는 자기가 잡은 고기는 먹지 못한다. 어부들이 목을 끈으로 묶어두었기 때문이다. 다만 큰 고기를 잡으면 주인은 수고했다고 작은 새우 한 마리를 준다. 그리고 하루 이상 굶긴 뒤에 다시 고기잡이에 내보낸다. 가마우치는 2년 이상 훈련을 시켜야 물고기를 잡을 수 있고, 15세가 될 때까지 고기잡이에 사용된다.

그래, 계림은 계수나무, 이강, 가마우치가 있는 특별한 곳이구나!

고기잡이의 명수인 가마우치. 뱃바닥을 노로 치며 어부가 신호를 보내면 배 위에 있던 가마우치들이 일제히 뛰어들어 큰 물고기를 잡아온다.

동양 3대 절경 2 : 하롱베이, 섬이 수놓은 수채화

"내가 살아온 인생에서 떠나고 싶어. 행복을 찾아 떠나고 싶어."

영화 <인도차이나>에서 연인을 찾아 하롱베이까지 날아온 여주인
공 카미유가 한 말이다. 인생에서 탈출하고 싶다면 한번쯤 하롱베이
에 찾아감이 마땅하리라!

누군가는 중국의 계림을 '바다 위에다 옮겨놓은 풍경화'라고 했지
만, 하롱베이는 '산들이 바다에 솟아 있는' 형국이다. 세상에서 가장
높은 산과 가장 지형이 낮은 바다의 만남. 그 별세계 속에서 나는 다
시금 '바다 위의 계림'을 감상하고 있었다.

하롱베이는 베트남 북부 하노이에서 동쪽으로 180킬로미터 떨어
져 있는 드넓은 통킹 만에 위치한다. 1994년에 유네스코의 세계 자연
문화 유산으로 지정된 곳답게, 약 1,500제곱 킬로미터 되는 넓은 만
에 2천여 개나 되는 섬이 밀집해 있는 풍경은 세상 그 어디에서도 보
기 어려운 비경이다.

'하늘에서 용이 내려온 곳'이란 의미의 하롱. 전설에 의하면 옛날
외적의 침입으로 이곳 주민들이 고통을 받았을 때, 하늘에서 용이 내
려와서 침략자를 물리치고 다시 하늘로 올라가다가 여의주를 바다에
뿜어서 섬이 되었다고 한다. 그곳 사람들은 용이 내뿜은 여의주가 갖
가지의 기암 괴석들로 변해 지금까지도 베트남을 지키는 수호신 역할
을 하고 있다고 믿는다.

배를 타고 섬 주위를 일주하면서 경치가 빼어나게 아름답다는 하
롱베이를 속속들이 들여다보기로 했다. 하롱베이 섬 일주를 위해 선
착장에서 유람선을 대절했다. 선착장에서 10여 분 배를 타고 나와서

천하 절경 하롱베이 섬 구경을 할 수 있는 외항 입구에 도착했다. 선착장 주위의 바닷물은 누런 황토색이었다. 육지로부터 정화되지 않은 각종 부유물이 바다로 흘러드는 모양이다. 그러나 10여 분 배를 타고 나오니 바닷물이 본래의 색깔을 띠고 있었다.

다도해의 바다는 호수처럼 잔잔했고 석회암 바위들은 닭, 코끼리, 버섯, 개, 낙타 등을 닮기도 했다. 뾰족한 바위산들은 중국 장가계의 바위산들을 연상시켰는데 전부 사람이 살지 않는 무인도이다.

유람선을 타고 도는데 베트남 현지 가이드가 유명하다는 병풍바위를 가리키며 007영화 시리즈를 촬영한 곳이라 했다. 오랜 세월에 깎인 바위, 물속에 잠긴 부분이 부식되면서 언젠가는 넘어질 수도 있겠다는 생각을 했다. 잉꼬 바위(사랑 바위)라는 것도 있었다. 앞에서 보면 딱 입맞춤을 하는 두 바위의 형상이다.

유람선은 티톱 섬에서 잠시 멈춰 있고, 일행은 전망대에 오르기 위해 배에서 내렸다. 하롱베이 비경을 관람할 수 있도록 조성하였다는 전망대. 과연 전망대에서 멀리, 넓게 내려다보는 섬 주위의 경치는 무척이나 아름다웠다.

유람선은 다시 일주를 하면서 천궁 동굴(하늘의 문) 입구의 선착장에서 다시 잠시 머물렀다. 하롱베이에는 동굴이 세 곳이 있다. 가장 유명한 게 '천궁 동굴'. 1982년에 섬에서 놀던 원숭이가 없어진 것을 보고 주민들이 섬을 탐사한 결과, 산정 상부 하단에서 구멍이 뚫린 동굴을 발견하고 '하늘을 오르는 이상향 세계의 동굴'을 발견했다고 주정부에 신고했다고 한다. 1984년에 일반인에게 공개된 동굴이다.

신선한 바람에 취한 채 수상 마을, 석회암 동굴, 섬 뒤에 섬, 다시 섬 등 용들이 만들어 놓은 장관에 취해서 그렇게 선착장으로 돌아왔다.

"한국에 금강산이 있다면 베트남에는 하롱베이가 있지요."

평양 김일성종합대학에서 한국어를 배웠다는, 자칭 한국통이라는 현지 베트남 가이드의 말이다.

세계적인 불가사의 앙코르와트

단일 건물로는 세계 최대의 유적, 앙코르와트(Angkor Wat : 도시 사원이란 뜻). 동서 1.4킬로미터, 남북 1.3킬로미터. 걸어보면 그 방대한 크기를 실감할 수 있다. 예술성과 웅장함은 로마의 콜로세움, 고대 그리스의 아크로폴리스 신전과 비교해도 전혀 손색이 없을 정도인데, 이번에 세계 신 7대 불가사의에는 들어가지 못했다.

"숲 속의 광대한 지역에 중앙의 원형 탑과 4개의 탑을 가진 거대한 건물이 솟아 있었다. 푸른 하늘과 짙푸른 숲 위로 높이 솟은 이 장엄한 건물을 발견했을 때 나는 전율을 느꼈다."

수백 년 동안 밀림에 묻혀 있던 천년의 미소 앙코르와트를 1861년에 처음 발견한 프랑스의 박물학자 앙리 무오는 그렇게 첫인상을 피력했다. 당시 이 '세기의 대발견'은 전 유럽을 떠들썩하게 만들었다. 캄보디아를 식민지로 삼고 있던 프랑스가 1908년부터 정글을 제거하고 부서진 건축물을 복구하기 시작하면서 앙코르와트는 역사의 무대에 다시 등장하게 되었다.

캄보디아의 작은 도시 씨엠 립(Siem Reap). 주요 시가지는 걸어서 20~30분이면 어디든 갈 수 있는 인구 16만 명의 이 작은 도시는 이제 세계적인 유적지로 떠올랐다. 과거 앙코르 왕국이 이곳에다 세계

단일 건물로는 세계 최대의 유적인 앙코르와트.
12세기 초에 3만 명의 일꾼들이 동원되어 37년에 걸쳐 만들었다.

'커다란 도시'라는 뜻을 지닌 앙코르
돔. 성곽 안에 여러 유적이 모여 있어
한 도시를 이룬다.

161

적인 불가사의의 하나로 꼽히는 엄청난 건축물을 조성했기 때문이다.

앙코르와트는 앙코르 왕국의 전성기인 12세기 초에 3만 명의 일꾼을 동원해서 37년에 걸쳐 크메르 제국에 의해 만들어졌다. 정확히 말하면 수리야바르만 2세가 자신의 유해를 안치하고 힌두교의 주요 신의 하나인 비슈누 신과 자신의 영혼을 동일시할 수 있는 거대한 소우주의 건축물로 세우겠다고 했던 동기에서 지어졌다. 이 크메르 건축의 최대 걸작품을 건축하는 데 사용된 석재만도 어마어마했다.

앙코르와트는 후세에 불교도들이 신상을 파괴하고 불상을 모시게 되면서 불교 사원으로 보이기도 하지만 건물이나 장식 등 모든 면에서 힌두교의 사원 양식이다.

구조를 살펴보면 바깥벽은 직사각형의 엄청나게 웅장한 규모이고, 정면은 서쪽을 향하고 있다. 앙코르 유적지의 사원들은 대부분 동쪽을 바라보고 있는 것에 반해, 앙코르와트는 서쪽을 보고 있다. 그 이유는 이 사원이 묘지이기 때문이라는 설이 가장 유력하다. 또한 앙코르 유적지의 다른 사원들은 출입구가 모두 동쪽인데 반해, 앙코르와트만 서쪽이다.

입구에 돌을 깔아 놓은 참배로를 따라 450미터쯤 가면 중앙 사원을 비롯한 주요 건축물들이 보인다. 세계의 중심이며 신들의 진리를 뜻하는 수미산을 돌을 사용해서 59미터의 높이로 쌓아 놓았는데, 그 거대함과 찬란함은 이집트의 피라미드도 비교되지 못할 것 같다.

그러나 이토록 거대한 건축물과 함께 앙코르 돔을 형성했던 앙코르 제국도 13세기 이후 쇠퇴의 길을 걸었다. 앙코르 돔은 '커다란 도시'라는 뜻으로, 성곽 안에 여러 유적이 모여 있어 한도시를 나타내는 지명이다. 앙코르 제국이 쇠퇴의 길을 걷기 전인 13세기 초까지만 해도 이곳에 백만여 명이 거주했다고 전해질만큼 규모가 방대하다.

앙코르 왕국은 결국 1431년에 함락되면서 수도를 프놈펜으로 옮겼다. 이후 태국의 영향을 받은 불교 스님들이 힌두교 사원의 일부를 파괴하거나 불교 사원화하여 유지하기도 하였으나, 이후의 앙코르 유적들은 이곳에서 태어나서 죽은 원주민과 몇몇 승려와 더불어 정글에 묻혀 전설의 왕국이 되고 말았다.

고통스러운 역사 때문인가? 무수한 돌을 요철식으로 쌓아 만든 거대한 건물, 폭 200미터의 해자로 둘러싸여 있는 앙코르와트는 인간과 돌과 세월이 얽히고설키면서 이뤄진 거대한 신기루와도 같았다. 역사는 질곡 그 자체였다 해도, 돌에 스며 있는 인간의 숨결은 그 방대한 규모 못지않게 감동적이었다. 돌 하나하나에 새겨진 섬세한 조각들은 매우 생생해서 무수한 세월을 뛰어넘어 지금, 장인들의 숨결이 고스란히 느껴지는 것만 같았다.

당시 사람들의 우주관을 건축물로 표현하였으나 지금은 무너지고 쓰러진 사원 회랑과 담벽 사이에 수백 년 묵은 나무뿌리들이, 먹이를 통째로 감아쥔 거대한 뱀처럼 세월의 무게를 지탱하고 있었다.

해질녘, 앙코르와트의 중앙탑 아래 테라스에 오르니 서쪽으로 이어진 참배길 너머 서편 하늘로 붉은 노을이 펼쳐졌다. 역사학자 토인비는 캄보디아 앙코르 지역의 유적을 더듬어 보고는 감동을 감추지 못하고 '이곳에서 이 경이로운 유적과 더불어 남은 생을 살고 싶다.'고 했다.

걸터앉아 감상하는 석양 노을. 매일 반복되는 해넘이처럼, 역사도 그렇게 매일 반복되고 있는 것인가? 앙코르와트, 크메르의 미소여! 천 년의 세월을 무심히 미소만 짓고 있는가!

동양 3대 절경 3인 금강산, 나무꾼과 선녀가 있는 곳

금강산 찾아가자 일만 이천 봉
볼수록 아름답고 신기하구나.
철따라 고운 옷 갈아입는 곳,
이름도 아름다워 금강이라네, 금강이라네.

어릴 때 많이도 불렀다. 철따라 어찌나 고운 옷을 갈아입는지 이름까지 네 개로 불리는 금강산. 봄에는 봉래산, 여름에는 금강산, 가을에는 풍악산, 겨울에는 개골산!

기암 괴석으로 이루어져 산악미를 물씬 풍기는 만물상. 이름처럼 만물의 모습을 닮은 바위와 봉우리들. 망양대에 서니 깎아지른 듯한 산봉우리들이 발밑에 있어 온 천하를 얻은 듯했다.

스위스의 알프스가 남성적이라면, 동양의 알프스인 금강산은 여성적이라고 할 수 있다. 스위스 알프스의 아이거. 깎아지른 듯한 암벽이 약 1,000미터의 급경사를 이룬 산이 남성적인 커다란 스케일을 자랑하며 근육처럼 굳세게 뻗어 있다면, 금강산의 만물상은 옹기종기 모여 있는 섬세한 모습이다. 아름답게 울긋불긋 고운 옷을 입은 차려입은 여성적인 산.

나무꾼과 선녀의 애달픈 이야기가 서려 있는 상팔담. 8개의 소(조그만 웅덩이)가 깊은 산 속에 숨어 굽이굽이 수줍게 흐르면서 나무꾼과 선녀, 둘만의 사랑 이야기를 들려주고 있었다. 선녀들이 하늘에서 내려와 목욕하던 그 물은 구룡폭포로 흘러가면서 또 다른 구슬을 이어주는 연주암을 잉태했는지도 모른다.

금강산의 가을 단풍. 금강산은 남북으로 뻗은 대단층선을 따라 지층이 단락(斷落)하여 기복이 천 수백 미터에 달하는 단층지괴를 형성함으로써 경관의 골격이 구성되었다.

보현사는 묘향산에 있는 고려 시대의 절이며 주변 경치가 아름답고 건축술이 뛰어나며 임진왜란 때 의병을 일으켰던 서산 대사(휴정)가 입적한 곳으로 유명하다.

산과 강이 어우러진 계림, 산과 바다가 속삭이는 하롱베이, 그리고 산과 계곡이 노래하는 금강산. 동양 3대 절경은 각각의 특색으로 한 폭의 동양화를 그리며 아름다운 자태를 뽐내고 있었다.

세계 여행의 중착지 평양, 그리고 묘향산의 초개 선생

평양. 가장 가깝고도 먼 곳. 고구려의 수도로서, 고구려 옛 유적이 많이 남아 있는 곳. 평양성, 을밀대, 고구려 벽화, 주몽 묘 등이 산재되어 있으며 특히 평양 역사박물관에도 유물이 많이 소장되어 있다.

그동안 소홀했던 고구려 역사가 최근에 부각되고 있다. 텔레비전에서도 연개소문, 대조영, 주몽 등 고구려 사극이 인기를 얻었다. 중국의 동북 공정으로 중국이 고구려를 중국의 지방 정권으로 삼아 자기들의 역사로 편입시키려 하는 데 대한 우리 국민들의 반발도 한몫했을 것이다.

2003년 9월, 평양 역사박물관에서 본 귀중한 역사책 한 권.

박물관 관리자의 말에 의하면, 그 기록에는 우리나라가 북경까지 영토를 관장하여(당시 중국 수도는 장안) 총독까지 파견, 관리했다는 내용이 있다. 중국 측으로서는 몹시 싫어할 수밖에 없는 불쾌한 기록이라고 하는데, 우리나라 사학자들 사이에서도 반신반의하고 있다고 한다. 아무튼 진위야 어떻든 매우 통쾌한 기록임에는 분명하다.

남북이 고구려 역사에 대해서는 한 목소리를 내고 있지만 북한이 현실적으로는 중국과 내놓고 다툴 수는 없으니 남한에게 잘 해결해 달라는 게 그들의 이야기였다.

평양 외곽에 있는 고구려의 시조, 주몽 묘. 원래는 국내 성에 묻혀 있었으나 평양으로 천도하면서 수십 기의 신하 묘소와 함께 이곳으로 이장했다고 한다.

주몽 묘 뒤편으로 신하 묘소에 낯익은 이름이 있다. 바보 온달과 평강 공주. 둘은 함께 합장되어 지하에서 천 년의 사랑을 지금까지 이어오고 있었다.

산이 묘하게 생겼고 향내가 난다는 묘향산. 역사 유적과 유물이 많은 유서 깊은 곳이다. 그 중 보현사에는 보현사 9층탑. 팔만대장경 인쇄본, 서산 대사와 사명 대사의 임진왜란 때의 난중 일기 등이 있다. 충의문에 들어설 때 그곳의 역사와 일화들을 설명해 주는 여선생이 있었는데, 그 여선생한테는 야한 별명이 있었다.

여선생이 다른 관광객들에게 이런 설명을 해주다가 붙은 별명이다. 여선생의 사투리까진 완벽하게 재연하기가 힘들다.

"사명 대사가 50세가 넘어서 부인에게 잠자리를 청했답니다. '나이 드신 분이 무슨 일입니까?' 그러면서 부인은 거절을 했지요. 서산 대사는 이랬다 합니다. '부인이 잘 모르는구려. 조개도 오래된 것에서 진짜 진주가 나온다오.'"

사람들이 키득키득 웃었다. 그때부터 그 여선생 별명이 졸지에 조개 선생이 되어버렸다. 아무튼 북녘 여자들이 음담패설은 더 자연스러웠다.

세계 新 7대 불가사의 명예 후보 : 피라미드

피라미드, '오리지널 세계 7대 불가사의' 중 유일하게 영겁의 세월을 지켜온 인류의 미스 터리이다. 이집트에는 수십 개의 피라미드가 있지만, 기자의 피라미드가 가장 규모가 크고 보 존 상태가 좋다. 기자의 피라미드는 나일 강 서안의 바위 고원에 세워진 제4왕조(BC. 2575~2565년경) 시대에 만들어진 3개의 피라미드로, 고대 7대 불가사의의 하나이기도 하다. 그 중 대표적인 것이 쿠푸 왕의 대 피라미드. 대 피라미드의 남쪽으로 대 스핑크스가 피라미 드를 수호하듯 당당하게 서 있다.

오리지널 세계 7대 불가사의 중 가장 오래되었고 유일하게 현존하는 건축물

이집트 기자의 쿠푸 왕의 피라미드는 오리지널 세계 7대 불가사의 중 가장 오래되었으며 유일하게 현존하는 건축물이다. 그러므로 피라미드가 세계 신 7대 불가사의에 당연히 들어 갈 수밖에 없다는 것이 일반인의 생각이었다. 피라미드가 빠진다면 세계 신 7대 불가사의 공 신력이 떨어질 수도 있었을 것이다. 그래서 어정쩡하게 세계 신 7대 불가사의 명예 후보가 되었다.

피라미드는 이집트 고대 왕국 시대의 왕릉이다. 이집트 고대 왕국에서는 사후에 영생을 얻는 것은 단지 태양신의 아들인 파라오(왕)뿐이라 생각했다. 신하나 백성들은 파라오에게 봉 사함으로써 영생을 얻을 수 있다고 생각했다.

이집트에는 수십 개의 피라미드가 있지만, 기자의 피라미드가 가장 규모가 크고 보존 상 태가 좋아서 수많은 관광객이 몰려든다고 한다.

피라미드 그리고 코와 수염이 없는 스핑크스

3개로 이루어진 기자의 피라미드 중 대표적인 것이 4대 왕조의 둘째 왕 쿠푸의 피라미드 이다. 가장 북쪽에 있으며 가장 오래되고 가장 커서 대 피라미드라 불린다. 밑변의 평균 길이 가 약 220미터, 높이가 146미터, 무게가 거의 2.5톤에 달하는 230만여 개의 돌로 이루어진, 거대한 돌산처럼 생긴 무덤이다. 인류가 남긴 최대의 석조물 대 피라미드의 밑바탕을 이루는

스핑크스와 피라미드

사면체 방향은 정확히 지구의 동, 서, 남, 북을 가리킨다. 위치는 북위 30도. 적도와 북극 사이의 3분의 1에 해당된다.

대 피라미드의 남쪽 카프레 계곡 사원 부근에 있는 대 스핑크스. 멀리서 보면 사람 머리와 사자의 몸을 가진 스핑크스는 바위산을 깎아 만들었으며 길이는 약 73미터, 높이는 20미터이다.

하지만 가까이 가보면 스핑크스의 얼굴(가운데 피라미드에 묻힌 카프레 왕의 얼굴)은 코와 수염이 떨어져 나가서 좀 우스꽝스럽게 보이기도 했다. 코와 수염이 사라진 것은 당시 점령자들이 대포를 발사하는 과녁으로 사용하였기 때문이라고 한다. 즉 주둔중인 프랑스 군인들이 스핑크스를 대포 연습용으로 사용했다는 것이다. 코와 수염이 사라진 스핑크스는 외국 점령자들의 문화재 약탈과 훼손의 상징이 아닐 수 없다. 그러나 프랑스는 문화를 사랑하는 민족으로서 절대 그런 일을 하지 않았다고 주장한다.

스핑크스는 사막에서 불어오는 세찬 모래 바람 때문에 지금도 계속 손상되고 있다. 그러나 사실은 바람에 날려 온 모래에 묻혀 있었기 때문에 오늘날까지 잘 보존되어 있었다고 하니 아이러니하다.

낙타 타고 피라미드 보기, 그리고 관광 상술

쿠푸 왕의 피라미드는 사각 둘레의 길이가 거의 1킬로미터에 달한다. 모래 사막의 뙤약볕 아래 걸어서 한 바퀴를 도는 것은 여간 힘이 드는 일이 아니다. 그래서 기분도 좀 내면서 편하게 둘러보려고 낙타를 타고 피라미드를 일주한다.

낙타 이용료를 물으니 10달러를 불렀다. 이집트의 물가에 비해 비싸다고 생각되어서 결국 5달러까지 깎고 난 후에야 낙타 등에 올라탔다.

낙타를 타고 그 주인이 고삐를 쥐고 함께 걸었다. 몸을 공중에 띄우고 느릿느릿 거대한 피라미드 주위를 도는 기분! 마치 3천 년 전의 세월로 되돌아가 아랍 상인이 된 것 같은 기분이었다.

피라미드의 반대편으로 절반쯤 갔을 때, 낙타 주인이 갑자기 멈추었다. 무슨 일일까?

"이제부터는 혼자서 알아서 가시오. 낙타를 타는 값만 해도 5달러요. 그런데 당신은 내가 따라다니는 값은 주지 않았소."

이것 참! 낙타에서 내리지도 못하고, 그렇다고 혼자 갈 수도 없고 황당했다.

할 수 없이 5달러를 더 주고 피라미드 일주를 마칠 수 있었다. 그들의 기막힌 상술에 혀를 내두를 수밖에 없었다. 가격을 결정하고도 마음을 놓지 못하는 것이 이집트 관광의 현실이다

인류의 불가사의, 피라미드는 왜 지어졌나

고대 그리스 역사가 헤로도토스에 따르면, 쿠푸 왕의 대 피라미드를 짓는 데 20년이 걸렸고 성인 남자 10만 명의 노동력이 투입되었다고 한다.

쿠푸 왕 피라미드 입구는 북쪽 면의 지상 18미터 지점에 있다. 그곳에서 통로를 따라 아래로 내려가면 지하실에 이른다. 지하실은 아직 미완성인 채로 남아 있다. 지하실까지 못 미쳐서 내려가다 보면 위로 가는 통로가 나온다. 그리고 높이가 1미터 정도 되는 좁은 통로를 40미터쯤 가다보면 '여왕의 방'이라는 평평한 공간이 나온다. 여기에서 화강암으로 이루어진 넓은 통로를 지나면 천정 높이가 5.8미터로 확 트인 '왕의 방'에 닿는다.

왕의 방에는 부장품들은 모두 사라지고, 뚜껑 없는 빈 석관만이 덩그러니 남아 있었다. 석관이 무겁지 않았다면 다른 것들과 함께 벌써 도굴되었으리라.

이 대 피라미드는 쿠푸 왕의 묘라는 추측 이외에도 천문대다, 발전소다, 나일 강 범람 때 사용하는 수해 방지용 건물이다, 이시즈 신전이다 등 갖가지 설이 무성했다. 물론 피라미드는

묘라는 설이 가장 강력하다. 피라미드는 고대 이집트인들의 독특한 사후(死後)관과 관련이 있다.

고대 이집트인들은 두 개의 영혼 '바이' 와 '카' 를 믿고 있었다. 그들의 말에 의하면 '바이' 는 사람이 죽으면 육체를 떠나 새의 몸으로 들어가는 영혼이다. '바이' 는 새에게서 떠나 어느 때인가 다시 사람의 육체로 돌아온다고 한다. 이집트 사람들은 이러한 믿음의 영향으로 육체를 완전히 보존하기 위해 시체를 미라로 만들었다. 한편, '카' 는 죽은 뒤에도 육체를 떠나지 않고 죽은 사람의 저승 생활에 필요한 힘을 주는 생명력이라고 한다. 생사를 초월한 피라미드를 세운 힘은 이 '카' 의 신앙에서 나왔다.

고대 이집트인에게 죽음은 또 다른 삶의 시작을 의미했다. 그래서 그들은 사후 생활에 필요한 준비를 하기 위해서 피라미드를 쌓는 데 재산과 노동력을 쏟아부었다. 물론 파라오들만 그런 엄청난 재산과 막대한 노동력을 동원할 수 있었다.

피라미드가 천문대라는 설은 나폴레옹의 이집트 원정 시대였다. 피라미드의 통기 구멍을 통해서 북두칠성과 오리온 별자리를 볼 수 있다는 것이 그 근거다. 피라미드의 높이를 10억 배로 늘리면 지구와 태양의 최단 거리인 1억 4,700만 킬로미터가 되고, 질량을 100조로 늘리면 지구의 질량과 같다고 한다.

피라미드가 발전소라는 주장의 설득력이 있다. 영국 과학자들의 연구에 의하면, 지구 내부의 진동파를 증폭하거나 모으면 발전은 물론 지진을 감소하는 효과도 볼 수 있다고 한다. 나사(NASA)는 피라미드 내부에 항상 네 개의 고유한 주파수가 있다는 사실을 밝혀냈다. 이 진동은 인간이 들을 수 없는 낮은 음역이지만 '지구와 조화를 이룬 소리' 라는 기록도 있다.

오리온 좌 설은 고대 이집트의 오시리스 신을 상징하는 오리온 별자리를 가자의 피라미드가 지상에 재현했다는 것이다. 하늘에서 3개의 별이 나란히 빛나듯 기자에 3개의 피라미드가 나란히 세워져 있다고 추측하는 것이다.

소년 왕 투탕카멘의 부활

이집트 하면 피라미드와 함께 소년 왕 투탕카멘이 떠오른다. 이집트의 유적은 거의 대부분 도굴되었다고 한다. 유일하게 도굴되지 상태에서 발견된 유적이 있으니 바로 투탕카멘의 묘이다.

투탕카멘의 묘에서 나온 부장품은 카이로(이집트의 수도) 박물관에 있고, 미라는 왕가의 계

룩소르 신전

곡 작은 묘실 속에 안치된 3중 관 속에 눕혀 있었다. 가장 안에 있는 관은 순금으로 만들었고, 밖에 있는 2개의 관은 나무 틀에 금을 망치로 두드려 박아 넣었다. 미라가 된 왕의 얼굴에는 찬란한 황금 마스크가 씌워져 있고, 미라를 휘감은 싸개 속에는 수많은 보석과 부적이 놓여 있었다. 관과 관석은 글을 가득 적은 나무 판에 금박을 입힌 네 개의 제단으로 둘러싸여 있다. 다른 방들은 옷, 가구, 조각상, 전차, 무기, 지팡이 등 수많은 물건들로 가득 차 있었다.

약 3500년 전에 살았던 투탕카멘(BC. 1333~1323년 재위)의 미라를 보며 쟁이가 의아할 정도로 놀란 황금 마스크! 황금 의자, 황금 침대, 황금 신발, 화병, 무기 등도 그렇지만, 장의용 황금 마스크는 BC. 14세기에 만들어졌다고는 믿을 수 없을 정도로 정교하기가 그지없다. 현대에 제작한 것처럼 보이는 정교한 기술에 3500년의 세월이 바로 어제처럼 느껴졌다.

우리는 문명과 기술은 과거에서 현재로, 또한 미래로 발전한다고 하면서 현대인이라고 자부하고 있다. 그러나 문명과 기술을 가능하게 하는 지혜는 애초부터 우리 인간에게 고유하게 있었던 것이 아닌가 하는 생각이 들었다. 새삼스레 고대 문명의 심오함에, 고대인의 지식에 고개가 절로 숙여졌다.

19세의 어린 나이에 알 수 없는 죽음을 맞이한 소년 왕 투탕카멘. 미라의 머리에 남아 있는 상처로 의문점은 더해만 간다. 아버지가 일찍 죽어서 너무 어린 자식들은 왕위를 이어받을 수가 없어서 장남인 투탕카멘이 미망인인 왕비(자기 엄마)와 결혼해서 왕위를 이었다고 한다. 비운의 왕 투탕카멘의 무덤으로 들어가는 입구는 다른 왕들 무덤에 비해서 좁았고, 벽면의 그림도 그리 많지 않았다. 급하게, 상대적으로 작은 규모로 건설된 무덤은 그가 급사한 사실과 무관하지 않으리라.

그러나 운명을 달리한 지 3500년이나 지난 후에 세상에 모습을 드러낸 투탕카멘은 오늘날 이집트에서 가장 유명한 파라오가 되어 있다. 그의 무덤은 입구를 흙으로 덮어버렸기에 그동안 도굴되지 않았고, 그 결과 부장품의 상태가 거의 완벽하게 보존되어 있다. 그는 3500년 후의 후손들에게 얼굴을 내밀고 부활하고 있는 것이다.

기자의 피라미드

고대 이집트의 피라미드는 장제용(葬祭用) 건축물이었다. 이집트에서는 약 80기에 달하는 왕의 피라미드가 발견되었지만 그 중에 많은 무덤이 깎여내려 폐허더미로 변했고 보물은 오래 전에 약탈되었다. 가장 유명한 것은 기자의 피라미드이다.

기자의 피라미드 중에서 가장 북쪽에 있는 가장 오래되고 큰 대 피라미드는 제 4 왕조의 2대 왕 쿠푸가 세웠다. 밑변 평균 길이는 230.4미터, 원래 높이는 147미터. 가운데 피라미드는 제 4 왕조의 여덟 왕 중 4대인 카프레 왕이 세웠다. 각 밑변 길이는 216미터, 원래 높이는 143미터이다. 남쪽 끝에 있는 마지막으로 세워진 피라미드는 제 4 왕조의 6대 멘카우레 왕의 것이다. 밑변 길이는 109미터, 완공 때 높이는 66미터이다.

3개의 피라미드는 내부와 외부 모두 고대에 이미 도굴을 당해 시체 안치실에 있던 부장품이 대부분 사라졌다. 무른 흰색 석회석의 외벽도 거의 모두 벗겨져버렸기 때문에 피라미드들의 높이도 원래보다 낮아졌다. 지금까지 인류가 만든 단일 건축물로는 가장 규모가 크다는 대 피라미드도 지금은 138미터로 줄어들었다.

가자의 피라미드는 어마어마한 규모이다. 그 피라미드를 기하학적으로 정밀하게 설계하고 엄청난 크기와 무게의 돌을 정확하게 깎아낸 기술은 아주 탁월하다. 피라미드를 세운 방법에 대해서는 아직 완전한 해답이 밝혀지지 않고 있다.

룩소르에서 만난 양심 불량 가이드

이집트 관광지에서 만난 사람들의 상술은 기가 막힐 정도로 뛰어났다. 우리가 미처 생각지도 못한 요구를 하기도 했다.

관광지 입구에서 표를 구입할 때마다 가이드는 거스름돈을 건네주지 않았다. 분명 표를 구입하고 상당한 돈이 남았을 텐데 당연히 자기 돈처럼 여기고 돌려주지 않았다.

팁도 내가 알아서 주어야 기분이 좋은데, 자기가 알아서 팁을 가져가니 씁쓸하기만 했다. 귀족의 지하 무덤으로 가자고 안내한 것도 가이드였다. 이상한 지하 무덤에 안내해 등골을 오싹하게 만들더니 입장료를 제한 잔돈도 돌려주지 않았다.

아무튼 그렇게 여행을 마쳤을 때 그 가이드, 자기 수첩을 보여주며 사인을 부탁했다. 다음 한국 사람이 오면 꼭 보여주겠노라고 하길래 망설임없이.

'이 사람, 조심하세요.' 라고 사인을 했다.

"무엇이라 썼습니까?"

"당신이 안내도 잘하고 멋있는 사람이라고 했습니다."

다른 한국인이 이 수첩을 보면 분명히 웃을 것이다. 그 사람은 자랑한답시고 자기 수첩을 계속 보여주겠지?

노을 진 나일 강 선상에서 사치스런 감상

나일 강은 아프리카는 물론 세계에서 가장 긴 강이다. 아프리카 대륙의 빅토리아 호수에서 시작해서 열대 초원을 흐르는 백(white) 나일과, 에티오피아의 산악 골짜기에서 흐르는 물들이 모여 이루는 청(blue) 나일이 수단의 카르툼 남방에서 합류하여 이집트의 젖줄이 된다. 여기부터는 유입되는 물이 없이 곧장 북으로 지중해까지 흘러간다.

수백 킬로미터를 흘러온 나일 강은 카이로 북방에서 둘로 나뉘어져 나일 델타라는 넓은 대평원을 만든다. 홍수에 밀려오는 아프리카 내륙 지방의 부엽토가 서서히 침전되면서 형성된 검은 색을 띤 비옥한 땅, 나일 델타. 땅을 비옥하게도 하지만, 연중 행사처럼 매년 어김없이 범람해서 델타 지역에 수해를 안겨주곤 하던 나일 강을 고대 이집트 사람들은 모든 것의 근원으로 보며 숭배했다. 5천 년 역사와 함께 한 나일 강 선상에서 그 시대 사람들을 떠올리며 생각에 잠겨본다.

한강의 폭과 비슷한 River Nile
유구히 흐르는 그 물결 속에 인간의 생은 짧기만 하구나.
3천 년 역사의 흐름 속에서도 변함없이 또렷한 그림 벽화
방금 그린 듯한 그 그림에 3천 년 세월의 벽이 없어진다.
3천 5백 년을 기다려온 파라오 투탕카멘
지금도 긴 잠에서 깨어날 줄 모르고
그렇게 오랜 세월을 기다리고 있다
그때나 지금이나 자식 사랑은 변함없는 것일까?
자식의 영혼을 사자에게 건네는 람세스 왕의 안타까움.
그리고 어머니.
인간은 떠나가지만 그 교훈은 남겨주는구나.
천 년을 보장한다는 세계 최초의 종이 파피루스.
그 그림 위에서 변함없는 생을 살아야겠구나.
천 년의 사랑.
천년 후에 오란다.
이곳에서 품질을 책임지겠노라고.

나일 강
선상에서 쟁이가

세계 3대 폭포

세계 3대 폭포

깎아지른 절벽 위에서 엄청난 물줄기가 쏟아져 내리고 있었다. 하늘은 쾌청한데 천둥 번개가 치는 듯 우르르 떨어지는 물벼락 소리에 귀는 멍해지고 온몸에는 소름이 돋았다. 아마도 심장이 약하거나 기가 허약한 사람은 땅에 주저앉을 것 같았다.

세계 3대 폭포 중 규모 면에서 가장 큰 이과수 폭포를 찾아 브라질과 아르헨티나, 파라과이 3개국의 국경 지대로 왔다. 나이아가라 폭포와 빅토리아 폭포보다 이과수 폭포가 더 엄청났다. 사진이나 비디오로 봤음에도 설마 이 정도일 줄은 몰랐었다. 자연의 거대함을 담기에는 문명의 기기로도 역부족이란 걸 다시금 실감하는 순간이었다.

크고 작은 폭포 삼백여 개로 이루어진 이과수 폭포. 이 많은 폭포들이 하나로 합쳐진다면 어떨까? 생각만 해도 아찔했다. 그 거대한 물살에 살아남을 생명체는 없으리라!

푸르디푸른 하늘에 무심하게 떠 있는 하얀 구름들, 주변에 드넓게 펼쳐진 열대 우림, 그리고 그 속에 살고 있을 무수한 생명들. 삼백여 개의 폭포들은 이렇듯 웅장하게 그 존재를 드러내면서도, 구름과 열대 우림이 생명체들과의 조화를 이루기 위해 그렇게 적당한 간격을 유지하고 있는 것인가?

새삼 자연의 섭리에 무릎을 꿇고 싶어졌다. 폭포는 그토록 웅장하면서도 주변의 생명들을 위해 힘을 절제하고 있었다. 모든 걸 아우르는 자연은 결코 어느 한 부분에 마술 같은 힘을 부여하지 않는다. 웅장한 것 옆에서 미세한 것들도 함께 살아가도록 배려하는 자연. 자연은 결코 폭력을 휘두르는 폭군이 아니었다.

'자연처럼 적당히 선을 지키는 것' 폭포 앞에서 배운 교훈이다.

폭포수는 높은 지대의 강이나 호수 위에서 절벽을 타고 떨어져 경사가 낮은 아래쪽 강으로 흘러간다. 그렇게 흘러가 저지대에 사는 인간과 동물, 식물들에게도 식수가 되어 주고 수력 발전에 이용되어 주변 도시를 밝혀주는 전력이 된다. 물론 대기중으로 수증기가 되어 올라가 구름이 되기도 하고 그 구름은 다시 비가 되어 내린다.

이렇듯 폭포수는 위에서 밑으로, 다시 밑에서 위로 순환하면서 오늘도 거세게 흘러내리고 있다. 자연이 그렇고, 삶이 그렇듯이.

세계의 무수한 폭포들 중에서 나이아가라 폭포, 빅토리아 폭포, 이과수 폭포가 세계 3대 폭포로 꼽힌다. 빅토리아 폭포는 그 엄청난 높이(약 100미터) 때문에, 이과수 폭포는 그 엄청난 폭(약 4킬로미터) 때문에, 나이아가라 폭포는 좁은 지역에서의 엄청난 순간 수량(분당 약 50만 톤) 때문이다.

세계 3대 폭포는 가능한 한 작은 폭포부터 보는 것이 좋다. 즉 나이아가라, 빅토리아, 이과수 폭포 순으로. 처음부터 이과수 폭포를 본다면, 나머지 두 폭포는 '뭐, 별 거 아니잖아?' 하는 느낌이 들 수도 있기 때문이다.

세계 3대 폭포

나이아가라 폭포 북아메리카 대륙 북동부 나이아가라 강에 있다. 아름답고 독특하며 웅장한 자연 경관은 사람들을 매료시키며, 고트 섬을 중심으로 크게 두 부분으로 나뉜다. 나이아가라 강 오른쪽 기슭에 닿아 있는 아메리카 폭포와 왼쪽 기슭에 닿아 있는 캐나다 폭포. 캐나다 쪽의 호스슈 폭포가 아메리카 폭포보다 더 크다.

빅토리아 폭포 아프리카 대륙, 북쪽의 잠비아와 남쪽의 짐바브웨의 경계를 이루는 미들 잠베지 강에 있다. 일명 리빙스턴 폭포. 폭과 깊이가 나이아가라 폭포의 2배 이상이며, 강이 최대 너비인 곳에서 강과 같은 너비로 펼쳐져 있다. 전 세계에서 찾아오는 관광객들은 이 폭포와 함께 빅토리아 폭포 국립공원, 리빙스턴 동물보호구역의 동물 사파리도 함께 즐긴다. 빅토리아 폭포는 여성적인 폭포, 이과수 폭포는 남성적인 폭포, 그렇게 각각의 폭포는 저마다의 특징을 지니고 있다.

이과수 폭포 아르헨티나와 브라질의 국경 지역, 파라나 강과의 합류점에서 상류 쪽으로 23킬로미터 지점에 있다. 빅토리아 폭포가 일직선으로 늘어진 단조로운 폭포라면, 이과수 폭포는 넓은 면적에 분포되어 떨어지는 남성적인 기질을 지닌 폭포다. 너비는 나이아가라 폭포의 4배. 낙차 지점에 있는 절벽 가장자리의 숲으로 뒤덮인 많은 바위섬들로 인해 높이 60~82미터 정도 되는 275개의 크고 작은 폭포들로 형성되어 있다.

젊어지려면 나이아가라 폭포에 가라

세계에서 가장 신비스런 자연 장관 중의 하나로 손꼽히며 인기 있는 신혼 여행지로, 또한 사랑의 천국으로 알려져 있는 나이아가라 폭포.

나이아가라 행 리무진 버스가 폭포에 가까워질수록 가슴이 두근거렸다. '나이아가라 폭포 앞에서 세 번을 외치면 십 년 젊어진다.'는 속설을 들어서인가?

절벽을 타고 수직으로 떨어지는 거대한 물줄기에서 방출되는 음이온의 효과는 대단하다 하니, 웰빙을 추구하는 이들이라면 한 번이 아니라 여러 번이라도 가보고 싶을 것 같다.

폭포 앞에 서니 한순간 귀가 멍해지면서 세상사 온갖 소음이 싹 지워지는 기분이 들었다. 자욱한 물안개와 무지개에 휩싸여 황홀한 신비감까지 휩싸였다.

어마어마한 굉음을 토해 내면서 깊은 절벽 밑으로 기관차처럼 질주하며 쏟아져 내리는 엄청난 물줄기. 약 50미터 밑으로 우르르 쏟아져 내리고 있어서 그 반동으로 하얀 물거품을 품어내면서 푸른 하늘에는 무지개를 걸어 놓고 있었다.

폭포는 눈보다 귀가 먼저 느낀다

미국 캔자스 박람회를 돌아보고 귀국하던 중 자동차 도시 디트로이트에 도착했다. 나이아가라 폭포에 가기 위해서였다. 지도를 보니 거리상으로는 가깝게 보였다.

나이아가라 폭포 행 버스에 몸을 실고 10여 시간을 가도 목적지는 나오지 않았다. 중간에서 운전사를 교대하고 버스는 버팔로를 향해 계속 달렸다. 상황을 파악해 보니 국경선 호수를 돌아 나이아가라 폭포가 있는 버팔로로 가는 버스였다. 약 20여 시간의 버스 여행후에야 버팔로에 도착했다. 마침 금방 떠나려는 나이아가라 행 버스에 간신히 올라탄 나를 보며 미국인이 '굿 타이밍(good timing)' 하며 웃었다.

나이아가라 폭포. 주변은 경치가 아름다워 공원화되어 있으며, 교통과 관광시설이 정비되어 있어 세계 각국으로부터 많은 관광객들이 줄을 잇고 있다.

나이아가라에 도착해서 여장을 푼 후 가볍게 고트 섬으로 향했다. 시내에까지 폭포 소리가 들려오고 있었다. 마을 사람들 얘기로는 소리가 나는 방향으로 걸어가면 폭포가 나온다고 했다. 우선 폭포로 가기 전에 섬 일주를 하고 다리를 지나 고트 섬으로 들어갔다. 고트 섬에서 갈라지는 나이아가라 강을 보면서 한 바퀴를 거의 도니 바로 발밑에서 엄청난 폭포수가 떨어지고 있었다. 마치 내가 그 속으로 빨려 들어갈 것 같았다. 캐나다 쪽의 큰 폭포와 미국 쪽의 작은 폭포를 감상했다.

한마디로 나이아가라 폭포는 중후한 중년 부부의 모습이었다.

우르르 쾅! 쾅!

하늘은 구름 한 점 없이 맑고 푸르기만 한데 금방이라도 폭우가 쏟아지기라도 할 듯 천둥소리가 지축을 뒤흔들었다. 생소한 굉음에 귀가 놀라면서 몸까지 휘청거린다. '폭포는 눈보다 먼저 귀가 느낀다!'고 했던가? 전기에라도 감전된 듯 온몸의 세포들이 전율하면서 나이아가라 폭포 앞에 서 있다는 사실이 실감났다.

예전에 이 일대에 살던 인디언들은 엄청난 굉음을 내는 나이아가라 폭포를 온귀아라(onguiaahra)라고 불렀다. '천둥소리를 내는 물'이란 뜻이다. 가공할 위력을 내뿜는, 그러면서도 신비롭고 오묘한 분위기를 자아내는 폭포의 위세에 인디언들은 두려움과 함께 경외감을 느꼈을 것이다. 그리고 자연스럽게 폭포는 그들에게 숭배의 대상이 되었을 것이고…….

우연의 일치처럼, 나이아가라 폭포와 함께 세계 3대 폭포로 꼽히는 빅토리아 폭포와 이과수 폭포의 이름에도 '천둥소리'가 들어간다. 또한 3대 폭포 모두 숭배의 대상이 된 걸 보면 아마도 원주민들이 느끼는 감흥은 똑같은가 보다. 위압적인 자연의 현상을 이해하지 못하면 두려움을 느낄 수밖에 없는 법!

나이아가라 폭포의 어마어마한 물소리는 계절에 따라, 또 하루 중에도 시간에 따라 달라진다고 했다. 정말 그랬다. 몇 시간째 폭포 주변을 돌고 있어도 폭포수가 내는 변조 화음 덕분에 지루한 줄을 몰랐다. 며칠 머무르면서 폭포 소리에만 집중하면 득음의 경지에라도 오를 것만 같은 기분이 들었다.

　그런데 순진한 인디언들은 이런 자연의 현상을, 폭포 소리가 달라지는 것을 폭포의 신이 노한 것이라 생각했다. 그래서 노한 신을 달래기 위해 해마다 아름답고 순결한 처녀를 제물로 바쳤다. 산 채로 제물로 바쳐져 두려움에 떨며 깊은 폭포 속으로 삼켜졌기 때문인가? 오랜 시간이 지나도 앳된 인디언 처녀들의 혼령 일부가 폭포를 떠나지 못하는지 물안개 속에 가끔 그 형체들이 보인다고 했다.

　그 옛날, 인디언 처녀들의 몸을 집어삼켰던 폭포의 물줄기는 이미 온타리오 호를 거치고 다른 강들과 만나 저 멀리 바다로 흘러갔다. 그러나 저 세상으로 떠나지 못한 그들의 혼령들이 가끔 산 자들에게 손짓을 하는 것일까? 자연을 두려워하지 않아도 되는 이 문명 세계에서 나이아가라 폭포의 황홀한 물살에 넋을 잃고 몸을 던지는 사람들이 가끔 있단다!

나이아가라에서 다이빙한 할머니

　지금으로부터 백여 년 전. 벤처 정신이 투철한 할머니가 있었다.

　'내가 늙었다고 애처롭게 보는 사람들이 많은데, 두고 봐라. 사람들을 깜짝 놀라게 해줄 테니까.' 할머니는 나이아가라 폭포 근처에 사람들을 모아 놓고 큰 소리로 말했다.

　"나는 이 나무통을 타고 폭포 아래로 다이빙할 것입니다. 그리고 살아나올 것입니다. 지켜봐 주십시오."

　소문은 순식간에 퍼져서 많은 사람들이 모여들었다. 반신반의하면서…….

"미쳐도 단단히 미쳤구먼."

"원래 선생님이라던데 애들이 본받을까 걱정되네."

"나무통을 타고 어떻게 폭포 아래로 다이빙을 하나? 죽으려고 환장했지."

그러나 호기심 많은 사람들이 좋은 구경거리를 놓칠 리 만무했다. 나이아가라 폭포가 발견된 이래 최대의 사건이기 때문이었다.

할머니는 폭포 위의 나이아가라 강에서 나무통에 몸을 싣고 물살에 떠내려가기 시작했다. 구경꾼들은 앞으로 있을 참사(?)에 가슴 졸이면서 보고 있었지만, 할머니는 자신만만했고 확신에 차 있었다. 할머니는 50미터 높이의 거대한 폭포와 엄청난 폭포수 속으로 나무통과 함께 다이빙하였다.

엄청난 물살에 휩쓸린 할머니와 나무통은 나뭇잎처럼 소용돌이 속으로 사라져버렸다. 모든 구경꾼들은 숨소리도 죽이지 못하고 긴장했다. 잠시 후, 폭포 아래에서 할머니와 나무통은 둥실 떠올랐고, 많은 사람들은 감탄 소리와 함께 환호성을 질렀다. 할머니는 가벼운 부상만 입었을 뿐 아무렇지도 않았다.

할머니의 모험은 상식을 벗어난 무모한 도전이었다. 하지만 때로는 그런 무모함이 세상을 바꾸고 청량제 역할을 하기도 한다. 할머니 모험가의 도전 정신은 빠르게 세상에 퍼져 나갔고, 많은 모험가들이 할머니를 흉내 내려고 나이아가라 폭포에 모여들었다.

언제나 세상은 첫 번째만 기억되는 법. 수많은 모험가들이 불귀(不歸)의 객이 되었고 몇 명만이 성공했다. 하지만 그들의 이름은 기억되지 못하고, 오직 그 할머니만 '나이아가라 폭포의 전설'이 되어 기억되고 있다. 위대한 할머니, 당신의 이름은 애니 테일러(Annie Taylor)!

아름다운 여인으로 변신하는 야경의 나이아가라 폭포

'나이아가라 폭포의 야경을 보는 것은 깨어서 드림랜드로 향하는 것과 같다.'고 했다.

누군가의 말처럼, 밤의 나이아가라 폭포는 화려하게 치장하고 뭇 사람을 유혹하는 여인으로 변신하고 낮과는 전혀 다른 세상을 내 앞에 펼쳐보였다. 낮에 보는 나이아가라 폭포가 남성적이라면, 밤에 보는 나이아가라 폭포는 여성적이었다.

나이아가라 폭포에 어둠이 내리자, 빨강, 노랑, 초록, 파랑, 흰색의 불빛이 폭포를 아름답게 비추기 시작했다. 밤에 펼쳐지는 '빛의 축제(illumination show)'가 시작되었다.

오색 찬란한 야간 조명이 춤을 추듯 흘러나오며 폭포의 색깔이 계속 바뀌었다. 웅장하고 위압적이던 폭포가 화려하게 밤 화장을 한 유혹적인 여인으로 변모하고 있었다. 낮에 보는 웅장한 폭포의 모습과는 달리, 밤에 연출되는 환상적인 폭포의 모습은 전혀 색다르게 다가왔다. 반짝이는 폭포와 주변 야경이 이루는 조화, 특히 물보라가 어우러지면서 이루는 장관은 자연의 위대함과 인간의 노력이 합쳐진 '대자연의 향연'이라 아니할 수 없다.

이 대자연의 향연은 폭포의 자태가 캐나다 쪽에서 보는 것이 훨씬 감동적이었다. 야경뿐 아니라 규모, 경관 면에서도 미국 쪽보다는 캐나다 쪽이 훨씬 멋졌다.

　나이아가라 폭포는 고트 섬을 경계로 미국 폭포와 캐나다 폭포로
나뉜다. 고트 섬에서 흘러오는 나이아가라 강을 바라보면 좌측이 미
국 폭포, 우측이 캐나다 폭포이다. 호스슈 폭포로도 불리는 캐나다
폭포에 비해 미국 폭포는 지류이기 때문에 수량은 캐나다 폭포의 1/6
정도이다. 그래도 고트 섬에서 가깝게 보이는 두 폭포의 위용은 순간
쏟아지는 엄청난 수량으로 인해 현기증이 날 정도였다.

　세계 3대 폭포 중 여행자들이 가장 많이 몰리는 건 단연 나이아가
라 폭포다. 해마다 1천 2백만 명이 넘는 관광객이 이곳을 찾아온단
다. 미국 쪽은 뉴욕 주에, 캐나다 쪽은 토론토와 가까이 있어서 교통
이 편리하다는 것이 강점일 것이다. 거기다 미국, 캐나다, 두 강대국
의 품에 안겨 있는데 첨단 시설까지 갖추고 있다는 점. 한 마디로, 자
연이 연출하는 웅장함과 풍요로운 문명이 제공하는 편리함이 결합된
것이다.

　여행을 즐기는 이들은 보약 먹는 셈치고라도 한번 필히 가볼만한
곳이다. 아이들에게 경이로운 자연을 온몸으로 느낄 수 있는 기회를

나이아가라 폭포에 어둠이
내리면 빛의 축제가 시작되
고, 웅장하고 위압적이던
폭포는 화려하게 밤 화장을
한 매혹적인 여인으로 변모
한다.

주는 것도 부모가 해 줄 수 있는 큰 선물이리라.

고트 섬의 산책, 수상 스키를 즐기는 한 마리 새

고트 섬은 면적이 28헥타르 정도로, 작은 공원 같은 느낌을 주었다. 나이아가라 강의 중간에 서서, 나이아가라 강에 마중을 나가서 양쪽으로 사이좋게 물을 나누는 그런 섬이다. 미국 쪽으로 흐르는 폭포와 캐나다 쪽으로 흐르는 폭포를 만들고 있다.

만약 고트 섬이 없었다면 나이아가라 폭포는 이과수 폭포나 빅토리아 폭포처럼 계속 이어진 폭포였을 것이다. 결국, 고트 섬 때문에 나이아가라 폭포는 지금처럼 쌍둥이 폭포, 혹은 중년의 부부 같은 폭포처럼 보이는 것이다.

걸어서 고트 섬의 끄트머리까지 가보니 계속 밀려오는 나이아가라 강이 보였다. 수천 년을 계속 이어온 물결. 수만 년 전에는 폭포가 10킬로미터 하류 쪽에 있었다는데, 계속 폭포가 파여서 상류 쪽으로 이동한다면 이 고트 섬도 없어질지 모른다는, 그래서 두 폭포가 합쳐질지도 모른다는 생각에 잠겼다. 그러다 문득 인간의 짧은 생이 생각난다.

'그럴 때까지 살지도 못하면서 괜한 생각만 하는구나.'

걷다보니 나이아가라의 넓은 강물이 흐르다가 3~4미터의 작은 단층을 만나서 작은 폭포처럼 떨어지고 있었다. 그런데 거기서 새 한 마리가 물놀이를 하고 있었다. 흐르는 강물에 몸을 맡기더니 작은 폭포에 이르는 그대로 물 스키를 타고 내려오는 것이 아닌가! 그 새는다 내려와서는 다시 날아서 위쪽 강물에 다시 몸을 맡기며 그 행동을 반복하고 있다.

'야! 신기하구나. 새가 저런 행동을 할 수가 있다니!'

바로 앞에서 펼쳐지는 장면인데도 믿어지지 않는 광경이었다.

달러로 도배한 식당의 멋쟁이 할머니

미국 쪽에, 3번가와 4번가 사이에 유명한 식당이 있다는 얘기를 듣고 식사도 할 겸 한번 찾아가 봤다. 식당 이름은 프레스 박스 바 (press box bar). 주인은 나이가 지긋한 할머니라고 했다.

안으로 들어가니 벽에 온통 1달러 짜리가 다닥다닥 붙어 있었다. 수천 장은 족히 될 듯한데, 관광객으로 보이는 이들이 빈 공간을 찾아 1달러씩 붙이고는 기념으로 사진을 찍는다. 아하, 이거였구나!

식당은 아주 좁았다. 10여 평이나 될까? 그런데 이 식당을 찾는 사람들은 누구나 벽에다 1달러씩 붙이고 간다. 기념으로 사진을 찍는 사람도 있다. 그러면 연말에 주인 할머니가 이 지폐들을 모두 떼어내서 암환자를 위한 자선 기금으로 보낸다고 한다.

멋쟁이 주인 할머니의 아름다운 마음에 1달러를 기꺼이 보태고 가는 수많은 사람들의 작은 정성에 가슴이 뭉클해졌다. 기부 문화의 일면은 이렇듯 작은 식당에서도, 평범한 사람들의 일상에서 피어나고 있었다.

"좋은 일도 하고, 장사도 잘 되고, 유명세도 타고……."

화사하게 웃어주는 주인 할머니의 눈에서 나이아가라 강 위쪽으로 걸린 무지갯빛이 퍼져 나오고 있는 것만 같았다.

문득 우리나라 강원도 시골의 어느 휴게소 식당에서 봤던, 벽에 걸린 칠판이 떠올랐다. 수없이 붙여진 명함들. 칠판엔 '나 이런 사람이오!' 하고 으스대듯 그 식당을 거쳐 간 사람들이 기념으로 붙이고 간 명함들이 붙어 있었다. 드러내기 좋아하는 우리의 의식. 한국인과 미국인의 의식이 오버랩 되는 이유는 무엇일까?

아니야, 우리나라 사람들도 나이아가라 폭포에 와서는 이 식당 얘기를 들었을 것이고 이곳의 작은 정성에, 이 아름다운 기부 행위에 많이들 참여하고 갔겠지! 나도 지갑에서 1달러 지폐를 꺼내었다.

'그래! 좋은 일하면 장사도 잘된다.'

기분이 좋았다. 나이아가라 폭포에 와서 장사의, 사업의 기본을 또 다시 확인한 셈이었다.

나이아가라 폭포 (Niagara Falls)

북아메리카 대륙 북동부 나이아가라 강에 있는 폭포. 수십 년 동안 신혼 여행지로서, 또한 폭포 위로 외줄타기, 통을 타고 건너기 등의 묘기를 부리는 곳으로 젊은이들의 인기를 끌었다. 그러다 점점 아름답고 독특하며 웅장한 자연 경관에 매료된 사람들이 모여들고 있다.

폭포는 고트 섬을 중심으로 크게 두 부분으로 나뉜다. 더 큰 부분은 왼쪽 기슭, 즉 캐나다 쪽 기슭에 닿아 있는 호스슈 폭포이다. 높이 49.4미터, 굽이진 폭포 마루의 길이 약 790미터. 오른쪽 기슭에 닿아 있는 아메리카 폭포는 높이 51미터, 너비 305미터. 암반으로부터 수직으로 떨어지는 폭포수는 무엇보다도 맑고 깨끗해서 순결함이 느껴진다.

폭포의 장관을 특히 더 잘 볼 수 있는 곳은 캐나다 쪽에서는 퀸 빅토리아 공원이다. 미국 쪽에서는 아메리카 폭포의 끝에 있는 프로스펙트 포인트, 그리고 프로스펙트 포인트에서 300미터 하류 쪽으로 내려간 계곡에 걸쳐 있는 무지개(레인 보우) 다리다. 미국 쪽에서 고트 섬까지 인도교를 통해 건너가 폭포 밑까지 승강기를 타고 내려가서 수직으로 떨어지는 폭포수 뒤의 '바람의 동굴'을 가볼 수 있다.

폭포 주변의 아름다운 자연이 연출하는 장관이 관광객들을 끌어들이자, 캐나다의 온타리오 주와 미국의 뉴욕 주는 폭포의 중요성을 인식해서 폭포 주위의 땅을 공원으로 조성했다.

선의 작품 그랜드 캐니언, 하나님을 만나러 가는 길

미국의 3대 유명 여행지이자 휴양지를 꼽으면 나이아가라 폭포, 그랜드 캐니언, 플로리다 지역이다. 나이아가라 폭포는 미국 북동부, 그랜드 캐니언은 미국 서부, 플로리다는 미국 동남부 지역이므로 이 세 곳을 밟아보면 넓디넓은 미국 땅을 아우른 셈이 된다.

애리조나 주에 있는 그랜드 캐니언 계곡의 광대한 장관은 경이롭다는 말로밖에는 표현할 수가 없었다.

"지구상에 이런 곳이 있다니!"

천지를 창조하신 하나님의 작품이라고 할 수밖에 없다.

바위에 새겨진 깊은 협곡은 세월의 흔적을 눈으로 직접 확인할 수 있는 곳. 그 사이로 흐르는 약 200미터 폭의 콜로라도 강이 가느다란 실처럼 보였다.

도박의 도시 라스베이거스에서 소형 경비행기를 타고 날아오면 약 1시간 정도 걸린다. 10년이면 강산이 변한다는 말이 있지만, 1990년

그랜드 캐니언. 서울에서 부산 정도의 길이로 광대하게 이어진 협곡은 어떠한 형용사도 거부한다.
18억 년 전에서부터 2억 7천만 년 전 단층들이 차곡차곡 쌓여 있다.

대 중반에만 해도 그랜드 캐니언에 오려면 자동차를 타야 했다. 보통 애리조나 주의 피닉스, 캘리포니아 주의 로스앤젤레스, 네바다 주의 라스베이거스에서 차를 타고 출발했다. 하지만 지금은 경비행기(sonic air)를 타고 간다. 라스베이거스에서 자동차로는 최소 2박 2일이 걸렸는데, 경비행기를 타면 당일치기였다(아침 6시, 7시에 출발해서 오후 5시 15분, 6시 15분에 라스베이거스로 돌아오는 식으로 운행).

문명의 편리함이 새삼 고마웠다. 현대인들의 '돈'인 시간을 엄청 줄여주지 않는가! 물론 차를 빌려서 직접 몰고 네바다 주나 애리조나 주의 사막 지대를 통과하는 것도 젊은이들에게는 돈 주고도 못살 낭만과 경험이겠지만.…….

그랜드 캐니언에 도착한 경비행기는 계곡 안으로 비행을 계속했다. 세계적인 댐이라는 후버 댐이 큰 호수를 막은 성냥갑처럼 작아 보였다. 경비행기는 바닥이 투명해서 좌석 밑을 내려다보면 아찔했다.

경비행기 조종사는 좌우로 날개를 흔들며 우리에게 사진을 찍으라고 했다. 협곡 안으로 들어선 경비행기는 기류에 잘못 휩쓸리면 추락할 수도 있다면서. 그러나 배짱이 두둑하지 못하면 감히 카메라를 꺼내들 엄두도 내지 못할 것이다.

하지만 이런 상태에서 안전을 걱정하거나 불안에 싸이는 일은 그야말로 전혀 불필요한 일. 내 의지나 노력으로 어찌해 볼 수 없는 이런 상황에서는 안전은 조종사에게 맡기고 느긋하게 즐기는 것이 상책이요, 최선이라고 생각한다.

느긋한 마음으로 내려다보니 발밑에 보이는 인디언 촌, 그리고 장대한 폭포, 끝없이 펼쳐지는 협곡이 한편의 파노라마처럼 계속 밀려오고 있었다.

생의 마지막, 기나긴 여행을 떠날 때 만날 수 있는 그런 곳 같았다. 하나님을 만나러 가는 길, 그런 길이라 생각되었다.

2007년 3월에는 그랜드 캐니언 서쪽 벼랑에 '스카이 워크(sky walk)' 전망대가 새로 개장했다. U자형으로 협곡 쪽으로 돌출된 바닥이 강화 유리로 된 전망대이다. 계곡 아래에 흐르는 콜로라도 강에서 전망대까지의 높이가 무려 1,200미터. 콜로라도 강과 깎아지른 듯한 협곡을 허공에서 볼 수 있어서 개장과 동시에 전 세계의 이목을 집중시키고 있다. 입장료도 저렴하고 하늘을 걷는 듯한 착각에 빠져 볼 수 있을 것이다.

모든 것을 잊고 즐기는 플로리다

1년 내내 따뜻하고 온화한 기후 조건, 최고급 오락 시설과 휴양 시설로 전 세계 사람들에게 '꿈의 휴식처'가 되고 있는 곳, 플로리다 주.

월트 디즈니 월드를 비롯해 수많은 테마 파크가 있는 올랜도, 대도시와 대자연이 공존하는 특급 리조트 단지 마이애미, 헤밍웨이가 사랑했던 남쪽 끝 키웨스트 등, 플로리다는 스페인 어로 '꽃이 피는 나라'라는 말 그대로였다. 엄지손가락을 닮은 플로리다의 면적은 15만 제곱 킬로미터로 한반도의 약 1.5배 정도다. 지형이 낮고 평평한 평야 지대로, 표고가 높은 곳도 100미터 정도에 지나지 않는다.

플로리다 반도의 중앙에 위치한 리조트 도시 올랜도에는 200여 개가 넘는 호수와 80여 개의 공원이 있다. 캐네디 우주 센터를 비롯하여, MGM 스튜디오, 월트 디즈니 월드, 타이푼라군 등의 테마 파크와 쇼핑카, 호텔 촌, 골프장을 갖춘 방대한 규모의 종합 리조트 단지로 조성되었다.

우선 거대한 해양 수족관이 있는 씨 월드(Sea World)부터 찾았다. 수족관 입구로 들어가 양쪽으로 유리로 이어진 터널을 지나가며 상어와 가오리에서부터 물개, 희귀한 열대어에 이르기까지 다양한 수중 생물들을 만났다. 여기가 아니라면 평생 보지도 못했을 생물들도 있어 신기하기만 했다.

아이들뿐 아니라 청소년, 부모들까지 마음이 하나가 되어 맘껏 즐길 수 있는 곳은 월트 디즈니 월드다. 올랜도 서남쪽 33킬로미터에 위치한 세계 최대 규모의 리조트 지역으로, 매직 킹덤 파크, 디즈니 애니멀 킹덤 파크, EPCOT, 디즈니-MGM 스튜디오가 있다.

온난한 기후와 짙푸른 바다, 끝없이 펼쳐지는 흰모래 해변, 호텔 객실 수 5만 2천 실에 이르는 세계적인 휴양지 마이애미. 특히 카리브 해 크루즈의 기지이자 마이애미의 상징인 마이애미 비치는 총 16킬로미터의 모래밭이 이어지며 해변을 따라 고층 빌딩이 줄지어 서 있다.

미국 최남단의 작은 섬 키웨스트. 지리적으로 쿠바와 가까워서 그런지 담배 산업을 비롯해 쿠바로부터 받아들인 것이 많았다. 헤밍웨이가 사랑한 섬으로 유명하며 겨울철에도 수영할 수 있을 정도로 따뜻한 지역이다. 아울러 모든 해양 스포츠를 즐길 수 있는 멋진 곳이기도 했다.

젊은 시절, 정열적인 기질과 휴머니스트의 따뜻한 심성에 반했던 헤밍웨이. 키웨스트에서 그가 생전에 자주 왔다던 술집에 찾아가 맥주잔을 마주하니 감회가 새로웠다.

세계 3대 폭포

21 빅토리아 폭포

검은 대륙의 심장, 여성적이고 정적인 빅토리아 폭포

남아프리카의 요하네스버그 공항에서 짐바브웨까지 비행기로 도착한 후 공항에서 빅토리아 마을까지는 버스로 왔다. 멀리서 빅토리아 폭포의 굉음이 들리며 커다란 물안개가 하늘 높이 치솟았다. 가슴을 설레이며 맞이한 빅토리아 폭포는 직선거리상으로 마을에서 약 10킬로미터였다. 물안개와 함께 무지개가 '빨리 오라!'고 환영하는 것 같았다.

처음 본 빅토리아 폭포는 그 본모습을 숨긴 채 일부분만을 보여주었다. 하늘에는 폭포의 영향으로 이슬비가 내리고, 나는 우비를 입은 채 한 걸음 한 걸음 폭포 중심으

가지런히 죽 늘어서 있는 빅토리아 폭포의 여성적인 모습. 물안개를 뿌리며 아름다운 자태로 이방인을 유혹했다.

로 다가갔다.

마침 폭포에는 무지개가 걸려 있었다. 그래서 더욱 신비감을 주고 있었는데, 폭포에 가까이 가서 거대한 물줄기를 바라보니 가슴이 두근거렸다. 맞선을 보는 느낌이었다. 150여 년 전에 리빙스턴도 이곳에서 이런 느낌을 받았을까?

빅토리아 폭포는 1855년 영국의 탐험가이자 선교사인 데이비드 리빙스턴에 의해 처음 발견되었고, 당시의 여왕인 빅토리아 여왕의 이름을 따서 불리게 되었다. 현지어로는 '모시오아투냐', '천둥과 번개를 동반한 영원히 솟아오르는 연기' 라는 뜻이다.

폭포의 산책로는 아찔한 곳이 많았다. 편의 시설이 완벽하지 않아서 발을 잘못 디디면 곧장 낭떠러지로 떨어질 것만 같았다. 폭포 주변은 언제나 물안개가 자욱하여 우비를 입고 구경을 해야만 했다. 넓은 폭에서 쏟아진 폭포수는 흩어졌던 친구들이 한곳에 모여들듯이 그렇게 모여서 유유히 흘러가고 있었다. 보름달이 뜨면 달 무지개가 폭포에 걸려서 환상적이라는데, 마음속으로 그 영상을 그려 보았다.

빅토리아 폭포는 앙골라에서 시작하여 짐바브웨와 잠비아, 그리고 모잠비크를 통해 인도양으로 흘러가는, 아프리카 대륙에서 네 번째로 긴 강인 잠베지 강 중류에 위치하고 있다. 짐바브웨 쪽에서 본 폭포의 폭은 약 2/3 정도, 잠비아 쪽에서는 약 1/3 정도 됨직했다. 짐바브웨와 잠비아 국경에 걸쳐진 폭포의 최대 폭은 약 1,700미터, 최고 높이는 108미터로, 나이아가라 폭포, 이과수 폭포보다도 높았다. 세계 3대 폭포 중 유일하게 일직선상으로 늘어진 키다리 폭포이기도 하다. 그래서 정적(靜的)인 폭포이며, 이름도 아름다운 여성적인 폭포가 아닌가 싶다.

하늘에서 내려다 본 빅토리아 폭포의 나선

잠베지 강이 유유히 흐르고 있다. 문득 낭떠러지에 떨어지는 웅장한 폭포수의 전체 모습이 보고 싶어졌다. 그동안 구간 구간마다 보여주던 폭포수의 웅장한 자태를 한눈으로 확인하고 싶어진 것이다. '너의 전체 모습을 보겠노라.' 며 헬리콥터에 몸을 실었다.

거대한 대자연 앞에서 기개를 드높이는 인간이 가소로운지, 잠베지 강은 무심히 흘러만 간다. 헬리콥터가 허공으로 떠올라 강을 따라 비행하여 폭포에 다다르니 문득 낭떠러지에 곤두박질칠 것만 같은 착각에 온몸의 신경이 곤두섰다.

상공에서 내려다본 웅장한 자태의 빅토리아 폭포는 마치 군인들을 정렬시켜 놓은듯 그렇게 기다리고 있었다. 일부분씩만 보여주던 빅

비행기에서 내려다본 빅토리아 폭포. 폭과 깊이가 나이아가라 폭포의 2배 이상이며,
강의 폭이 최대로 넓어지는 지점에서 폭포를 이루고 있다.

토리아 폭포의 속살은 이제 나신(裸身)이 되어 부르짖고 있다.

"그동안 당신을 기다렸노라, 당신을 사랑하겠노라. 내 이름은 빅토리아!"

가지런히 죽 늘어서 있는 빅토리아 폭포의 여성적인 모습. 남자의 근육질처럼 여기저기 울퉁불퉁하게 산재해 있는 이과수 폭포와는 대조적으로, 물안개를 뿌리며 무지개의 아름다운 자태로 그렇게 이방인을 유혹하고 있었다.

폭포를 마주보면서 잠베지 강을 가로지르는 기차 철로도 보였다. 누군가가 밀림 속을 헤치며 아프리카 횡단 열차를 계획하였다가 남아프리카에서 여기까지만 건설했다던 그 철로였다.

철로 옆에는 번지 점프대가 설치되어 있었다. 자연적인 폭포, 인위적인 철로와 번지 점프대는 그렇게 조화가 되어 또 하나의 명물이 됨으로써 수많은 관광객을 유치하고 있었다.

'원초' 싸움에 휘말린 리빙스턴

교통 시설이 거의 없는 아프리카 오지에서 빅토리아 폭포를 처음 발견한 것은 리빙스턴이다.

그의 탐험가 정신은 후손들에게 두고두고 교훈이 되고 있다. '남이 가지 않는 길'을 좇아서 살다간 리빙스턴. 그래서 사람들은 탐험가 하면 그를 제일 먼저 떠올리는 것이리라!

아프리카를 사랑한 리빙스턴. 그가 보여준 탐험가 정신은 오늘의 우리에게 투철한 모험 정신을 가르쳐 주고 있다. '남이 가지 않는 길

빅토리아 폭포를 발견한 리빙스턴. 그가 보여준 탐험가 정신은 오늘의 우리에게 투철한 모험 정신을 가르쳐 주고 있다.

에는 황금이 기다리고 있다.'고 했던가.

그러나 정작 빅토리아 폭포가 있는 짐바브웨, 잠비아는 빈민 국가들이다. 적도 부근이라 더워서 그런지 사람들은 게으르고 노력하는 모습이 전혀 보이지 않는다. 오죽하면 아프리카에서는 이런 말이 유행한다고 했다.

"일을 빨리 빨리하면 복이 달아난다!"

그래도 다행히 이 두 나라는 빅토리아 폭포라는 세계적인 관광지를 보유하고 있다. 빅토리아 폭포는 아프리카를 여행하는 사람이라면 거의 들르는 곳이어서 관광 수입이 만만치 않다. 그래서 짐바브웨와 잠비아는 서로 자기 나라의 관광 수입을 위해 열을 올리면서 폭포가 걸쳐 있는 두 나라 양쪽에 리빙스턴 동상을 똑같이 세워 놓고 있다. 이름까지 짐바브웨 쪽에서는 빅토리아 폭포, 잠비아 쪽에서는 리빙스턴 폭포라 부르며 '원조' 싸움을 벌이고 있다.

그래, 폭포는 같은데 이름이 다르구나. 세계적으로 유명한 폭포라 그런지 두 나라는 서로 주도권 싸움을 계속 하고 있었다. 한국 음식만 서로 원조라 하며 경쟁하는 줄 알았는데 이곳도 원조 싸움이 치열하였다!

아주 특별한 코끼리 이벤트

잠베지 강이 흐르고 있는 빅토리아 폭포 지역은 짐바브웨, 잠비아, 보츠와나 등 아프리카 3개국이 국경 지대에 맞닿아 있다. 마치 이과수 폭포가 인근의 브라질, 아르헨티나, 파라과이 3개국의 국경 지대에 모여 있는 것과 흡사했다.

전 세계에서 찾아오는 관광객들은 빅토리아 폭포와 함께 빅토리아 폭포 국립공원(짐바브웨), 리빙스턴 동물보호구역(잠비아)의 동물 사파리도 함께 즐긴다는데, 나는 보츠와나의 쵸베 국립공원을 둘러보기로 했다. 코끼리의 천국답게 약 7만 마리의 코끼리가 서식하고 있으며, 보트를 타고 구경하는 수상 사파리는 1만 제곱 킬로미터의 초원이 펼쳐져 있는 쵸베 국립공원이 최고로 손꼽힌다고 해서이다.

지상 최대의 동물 코끼리. 과연 여기서 보니 큰 놈들은 수천 킬로그램은 됨직했다. 그 크나큰 코끼리 떼가 쵸베 강(보츠와나에서는 잠베지 강을 쵸베 강이라 부른다)을 헤엄치며 건너는 모습은 한 마디로 장관이었다.

강물 속에서는 각각의 구역에서 악어와 하마가 노닐고 있었다. 하마는 물속에서 등만 내밀고 있어서 얼마나 큰지 짐작하기 어려웠다.

마침 강을 건넌 5~6마리의 육중한 코끼리가 초원에서 휴식을 취하며 놀고 있었다. 그렇게 큰 코끼리를 지금껏 본 적이 없어 입을 벌리고 감탄하고 있는데, 갑자기 커다란 코끼리 한 마리가 다른 코끼리에게 달려들었다. 큰 싸움이 나는가 싶어 숨을 죽이면서 긴장했다.

공격을 당한 코끼리는 달려드는 코끼리를 머리로 들이대며 쫓아내었다. 조금 있다가 또 다른 코끼리가 달려들었다. 재차 공격을 당한 코끼리가 머리를 맞대고 쫓아내었다.

'어라? 세 번째 코끼리가 달려들었는데 계속 공격을 당하던 코끼리가 이번에는 다소곳이 상대를 해주고 있네. 지금 지상 최대의 동물인 이놈들이 짝짓기를 하고 있구나.'

빅토리아 폭포를 보겠다고 아프리카까지 오느라 피로에 지친 관광객을 위해 코끼리들이 사랑의 이벤트를 벌이고 있는 것 같았다.

관광객들은 한바탕 웃으며 연신 셔터를 눌러댔다.

"어디서 저런 기막힌 쇼를 보나!?"

잠베지 강에서 물놀이를 끝내고 나오는 코끼리들. 보츠와나의 쵸베 국립공원에는 약 7만 마리의 코끼리가 서식하고 있다.

짝짓기하는 코끼리. 아프리카를 찾은 관광객에게 보기 드문 이벤트를 보여줬다.

빅토리아 폭포
(Victoria Falls)

아프리카 대륙, 북쪽의 잠비아와 남쪽의 짐바브웨의 경계를 이루는 미들 잠베지 강에 있다. 일명 리빙스턴 폭포. 폭포 주변에 빅토리아 폭포 국립공원, 리빙스턴 동물보호구역이 갖추어져 있다.

폭과 깊이는 나이아가라 폭포의 2배 이상이며, 강이 최대 너비인 곳에서 강과 같은 너비로 펼쳐져 있다. 깎아지른 절벽 위에서 최대 108미터의 낙차를 이루며 떨어진다.

폭포에 가까워져도 강의 흐름이 빨라지지 않으나, 우렁찬 폭포소리와 물안개로 폭포에 다가간다는 것을 알 수 있다. 이 때문에 칼롤로로지족은 이 폭포를 '천둥치는 연기'라고 불렀다. 폭포 가장자리에서 45미터 떨어진 곳에서도 폭포 소리가 천둥 소리같이 크게 들리며, 물보라 벽이 공중으로 305미터 이상 튀어 올라 65킬로미터 떨어진 곳에서도 이 광경을 볼 수 있다.

빅토리아 폭포수는 넓은 웅덩이로 떨어지는 것이 아니라 폭이 25~75미터인 깊은 틈으로 모이는데, 이 틈은 폭포의 절벽과 같은 높이의 반대편 절벽으로 형성된 것이다. 폭포 반대편의 벼랑을 따라 레인 포리스트(rain forest)라는 나무가 우거진 지역이 나타나며 폭포에서 물이 튀어 1년 내내 푸른빛을 띤다. 이 폭포벽의 선반처럼 튀어나온 부분이 폭포의 서쪽 끝에서 레인 보우 폭포 반대편, 좁은 협곡을 내려다보는 데인저 포인트(danger point)까지 뻗어 있다.

세계 최대의 분화구 응고롱고로는 동식물 백화점

아프리카 여행의 하이라이트 '사파리'. 아프리카에 가서 동물 사파리를 경험하지 않고 온다면 그야말로 그 멀리까지 가서 헛고생만 하고 온 셈이다.

아프리카에서 사파리 구경을 여러 번 해봤는데, 빅토리아 폭포 주변국인 보츠와나의 코끼리 사파리, 탄자니아의 세계 최대 국립공원인 세렝게티 동물 사파리와 세계 최대의 분화구인 응고롱고로의 빅파이브 사파리 등이 인상이 깊었다. 아프리카의 최고봉인 킬리만자로 산과 암보셀리 국립공원의 사파리도 세계적으로 유명하다.

평온 속에서의 약육강식! 이것은 사파리의 경험과 느낌을 한 마디로 표현하는 말이다. 아프리카의 동물들은 우리 인간 세계에 커다란 교훈을 던져주고 있다.

탄자니아의 응고롱고로 분화구는 응고롱고로 보호 구역 안에 있다. 마사이 어로 '큰 구멍'을 뜻하는 '응고롱로고' 보호 구역은 루샤 시내에서 북서쪽으로 180킬로미터 지점에 있으며 총면적이 6,475제곱 킬로미터이다. 공원의 북동쪽에 위치한 분화구의 총면적은 약 261제곱 킬로미터 정도, 분화구의 깊이는 약 610미터, 지름은 약 20킬로미터다.

세계 최대의 분화구의 산 정상에 있는 로지(lodge)에서 조망하는 전망은 가장 뛰어났다. 분화구에서 밀림으로 우거진 숲을 걸어 내려오면서 에덴동산이 이런 곳일 것 같다는 생각이 들었다.

응고롱고로 분화구는 아프리카 최고의 야생 사파리 지역 중의 하나로 꼽힌다. 하마가 서식하고 있는 히포 포인트 습지대, 플라밍고와 펠리컨이 서식하는 호수, 그리고 풍부한 먹이 사슬로 인해 언제나 완벽한 사파리를 즐길 수 있는 곳이다. 동물 사파리에서는 표범, 사자, 코끼리, 코뿔소, 버팔로를 봐야 한다.

이곳 응로롱고로 분화구에 만약 물이 꽉 차 있다면 지금처럼 수많은 식물들과 야생 동물들이 살고 있는 '동물 백화점'이 아니라, 우리나라의 백두산 천지처럼 커다란 호수가 되었을 것이라는 생각이 든다.

응로롱고로 사파리, 평온 속에서의 약육강식

다음날 아침, 사파리 차를 타고 산 정상에서 분화구 평지를 향해 계곡을 타고 내려갔다.

내려오는 도중에 마사이족을 만났다. 마사이족은 맨손으로 사자를 잡는다는 용맹스런 부족이다. 이들은 주로 빨간 옷을 입는데, 역시 빨간 옷을 입은 마사이족 남자가 자기 집을 방문해 달라고 했다. 돈을 받고 자신들의 생활상을 보여주는 일명 '장사꾼' 마사이족이다. 나중에 시간이 있으면 꼭 가보겠다고 하고 헤어졌다. 마사이족이 사는 모습도 궁금하긴 했지만, 난생 처음 보는 사파리에 관심이 온통 쏠리고 있기 때문이었다. 긴장감에 신경이 팽팽하게 조여 오는 기분도 유지하고 싶었다.

분화구 평지에 닿으니 '꽤 넓다'는 느낌이 들었다. 제일 먼저 우리를 반겨준 건 얼룩말과 들소, 처음 보는 야생 동물이라 호기심이 발동했지만 아프리카에서 제일 흔한 동물들이라고 했다. 멀리서 코끼리 떼의 행진이 보이고, 며칠 전에 죽었는지 뼈만 앙상하게 남아 있는 동물들의 잔해 주변에는 독수리들이 몰려와 있었다.

동물이 죽으면 처음에는 사자가 사냥하고, 사자가 먹다 남은 것은 하이에나가 먹고, 마지막으로 독수리가 달려들어서 청소를 한다고 한다. 말 그대로, 이곳에서는 뼈도 못 추린다! 사냥감을 잡아서 먹을 때도 동물들은 철저히 서열을 지켰다. 먹고 싶어서 안달하는 독수리가 우두머리 독수리한테 혼나고 쫓겨나는 것을 종종 볼 수가 있었다.

사파리에서는 여러 대의 사파리 차가 이곳저곳 돌아다니다가 맹수를 발견하면 서로 연락해서 한곳으로 모인다. 연락이 왔다. 정글의 왕 사자를 발견했다고 했다. 가서 보니, 다섯 마리의 사자 가족이 나무 위에서 혹은 밑에서 놀고 있었다. 우리 구경꾼들을 힐끗 쳐다보더니 무덤덤하게 자기들 일에 열중한다. 아마도 사자들이 철창 사파리 차에 갇힌 우리 인간들을 힐끔거리면서 즐기고 있는 줄도 모른다.

"우리는 이렇게 평원에서 마음대로 놀고 다니는데 너희는 갇힌 신세구나! 으르렁!"

마침 멧돼지 한 마리가 길을 잘못 들어서 사자들이 있는 곳으로 걸어왔다. 인간과 사자, 그리고 멧돼지가 서로 안전 거리를 확보한 채 조우를 한 것이다. 사자를 본 멧돼지는

사파리 도중 만난 사자 가족. 우리 구경꾼들을 힐끗 쳐다보더니 무덤덤하게 자기들 일에 열중이다.

너무 놀랐는지 도망도 가지 못하고 서 있었다. 사자들도 쉽게 나서지 않고 멧돼지를 주시하고만 있었다.

우리들도 주시했다. 과연 사자가 사냥을 할 것인가?

멧돼지는 우리들을 쳐다보았다. 구원을 바라고 있는 것만 같았다. 다행히 구경꾼의 많은 시선 때문일까? 사자는 사냥은 하지 못하고, 멧돼지는 몇 걸음 뒷걸음치더니 쏜살같이 내달렸다.

사자의 얼룩말 사냥을 보면서

세렝게티 국립공원에서 사파리를 위해 대평원 이곳저곳을 다녔다. 사파리 차량의 지붕이 열린 곳으로 머리를 내밀고 망원경으로 바깥을 바라보니, 나무 밑에 커다란 바위 비슷한 것이 눈에 띄었다. 뭔가 움직여서 자세히 보니 커다란 수사자였다.

사파리 차는 잠시 정지했고, 나는 본능적으로 사방을 둘러보았다. 수사자가 있으면 그 주위에는 많은 사자 가족이 있기 때문이다. 사자는 일부다처제를 이루며 산다. 역시 이 수사자도 몇 마리의 암컷과 새끼들을 거느리고 있었다.

사파리 차는 계곡 쪽으로 서서히 다가갔는데, 일순간 차 안에 있던 사람들이 깜짝 놀랐다. 바로 2미터 정도 거리에서 사자가 우리를 바라보고 있었다. 운전사도 미처 사자를 발견하지 못했는지 당황했다. 그는 침착하게 차를 후진해서 안전 거리를 확보했다. 코끼리도 화가 나면 사파리 차를 들이받아 넘어트리는 경우도 있고, 갑자기 차에 돌진할 수도 있다고 한다.

안전 거리만큼 떨어져서 20여 마리의 사자 가족들을 오랫동안 관찰할 수 있었다. 조금 시간이 지나니 암사자 두 마리의 눈빛이 이상해졌다. 사냥감을 발견한 것이다. 암사자들은 뚫어져라 얼룩말들을 주시했다. 30여 마리 됨직한 얼룩말들이 풀을 뜯고 있었다. 양쪽에서 한 마리씩 보초를 서서 경계하고 있었지만 사자는 보호색처럼 누런 풀색과 같아서 쉽게 눈에 띄지 않았다.

약 1시간 정도 탐색의 시간이 흘렀다. 훌륭한 사냥꾼에게 필요한 덕목은 '잘 기다리는 것'이다. 드디어 사자는 슬금슬금 얼룩말들 근처로 가기 시작했다. 조금 가며 쳐다보고, 또 조금 가며 쳐다보면서, 최소한 가깝게 다가가면서 얼룩말을 노리고 있었다. 그 순간! 단 몇 초의 순간에 사자는 얼룩말 떼 속으로 쏜살같이 달려 들었다. 먼지 바람을 일으키며 아비규환의 장면이 벌어지면서 얼룩말들이 이리저리 도망쳤다.

미처 도망을 치지 못한 얼룩말은 사자와 결투를 벌였다. 코너에 몰리면 쥐도 고양이한테 달려드는 법! 사자한테 목이 물렸는데도 얼룩말은 최후까지 목숨을 다해 싸웠다.

사자보다 2배 크기의 얼룩말인데, 갑자기 얼룩말과 사자가 공중으로 솟구쳤다. 그러더니 얼룩말이 힘이 센지 사자가 밑으로 깔리고 얼룩말이 위로 올라탄 자세로 땅으로 떨어졌다. 우리는 숨을 죽이고 약자인 얼룩말을 응원하고 있었으므로 얼룩말이 승자가 된 줄로만 알았다. 그때 다른 암사자가 달려들어 사자 위에 있는 얼룩말의 배를 물어뜯었다. 얼룩말은 더 이상은 힘을 쓰지 못하고 눈을 뜬 채로 죽어갔다.

'그렇구나. 사자는 꼭 두 마리 이상이 사냥을 한다는 게 바로 이거구나.' 사자 한 마리는 약 5분 정도 얼룩말의 목을 물고 있었는데, 또 한 마리의 사자는 주위를 경계하고 있었던 것이다.

사냥이 끝나자 주위가 어수선해졌다. 달아났던 얼룩말들이 모여들었다. 약 100미터 떨어진 곳에서 수십 마리의 얼룩말은 동료가 죽어가고 있는 광경을 지켜보고 있었다. 죽어가는 얼룩말은 그들의 가족이자 친구였다. 몇 마리의 얼룩말은 '히잉!' 소리를 내며 우는 것 같았다.

얼마 후 살아남은 얼룩말들은 다른 장소로 이동했다. 가면서 뒤를 돌아보고 또 쳐다보고, 그렇게 미련을 떨치질 못했다.

그 모습을 보면서 마음이 아려옴을 느꼈다. 운전사는 씩 웃으며 말했다.

"사파리 여행은 짐승들을 보는 수준입니다. 사자의 사냥 장면은 거의 보기 힘든 명장면이지요. 그걸 보았으니 운이 참 좋은 겁니다."

일생에 단 한번, 세렝게티 대평원에서의 열기구 사파리 여행

열기구를 타고 사파리 여행을……. 언젠가 사자가 열기구를 신기한듯 바라보는 모습을 사진으로 본 적이 있었다. 무엇이든지 한번쯤 해보고 싶은 욕망이 또 발동했다.

열기구 사파리의 포스터 광고 문구, 'Once in a lifetime.'

"일생에 단 한 번! 꼭 나보고 하는 말 같아. 내 평생 마지막일 거야."

의사 출신의 70대 관광객은 이 말을 하며 나와 함께 열기구 사파리 관람을 신청했다.

열기구는 네덜란드인이 운영하고 있었다. 사람들은 아침 일찍 일어나 열기구를 타야 한다고 말했다. 아침 해뜨기 전에 짐승들의 이동이 많아서 그것을 보려면 일출 전후에 봐야 한다는 것이다.

세렝게티 공원 중앙에 위치한 로지에서 30분쯤 걸어가니 열기구 타는 곳이 있었다. 어디를 가나 야생 동물이 출몰하는 지역이라 긴장하지 않을 수가 없었다. '처음 타 보는 열기구를 이곳 아프리카에 와서 타게 되다니! 대평원의 동물들 위로 날아가는 모험인데, 혹시라도 열기구가 고장이 나서 맹수들 속에 떨어진다면……'

16명 정원에 조종사 1명이 타는 커다란 열기구에는 사각형의 대바구니 안에 칸이 있어서, 칸마다 사람이 들어가 누운 채 대기하고 있었다. 헬륨 가스를 채우니 바구니가 세워져 열기구가 날아오르기 시작했다.

지상에서 약 30~40미터 높이로 날아가는데, 열기구 가스의 주입 소리에 놀란 동물들이 이리저리 달아나고 있었다. 특히 겁이 많은 임펠라는 떼를 지어 달아났다. 마침 10여 마리의 코끼리 가족은 어디론가 이동하고 있고, 하이에나는 놀라는 기색도 없이 동굴 속에서 나오고 있었다. 4미터쯤 돼 보이는 커다란 기린은 아침 인사를 하듯 긴 목을 늘어트리며 우리를 바라보고 있었다.

동쪽 하늘에서 해가 떠오르기 시작했다. 대평원 지평선 위로 올라오는 붉은 기운. 바다에서, 산에서는 수없이 해돋이를 보아왔지만, 대평원 끝머리 지평선에서 떠오르는 해돋이는 처음이었다.

"원더풀!"

주위를 붉게 물들이며, 어둠을 불태우며 떠오르는 태양을 바라보면서 모두들 엄지손가락을 치켜세우며 탄성을 질렀다.

1시간 만에 열기구는 땅에 착륙했다. 무사 귀환을 축하하면서 여럿이 샴페인을 터뜨렸다. 샴페인으로 시작한 대평원에서의 아침 식사. 일명 대평원의 가든파티가 벌어졌다. 야생 동물들과 함께 식사하는 기분이었다. 티 없이 맑게 웃어주며 서비스하는 탄자니아 청년의 눈빛도 아프리카의 순수함이 자연과 어우러져 빛을 더해 주고 있었다.

소 세 마리에 아내 한 명, 즐거운 마사이족 촌장

아프리카 탄자니아의 원주민인 마사이족은 맨손으로 사자를 때려잡는 용맹스런 부족이다. 빨간색 옷을 입고 있어 들녘에서 일하거나 양들을 돌보면서 혼자 있을 때 맹수들이 경계를 한다고 한다. 마사이족은 또한 품 안에 나무 망치를 지니고 다닌다. 맹수가 나타나면 그 망치로 머리를 내리친다고 했다.

그런 마사이족이 물질 문명에 물들어 돈벌이에 나섰다. 일명 '촌락 구경시켜 주고 돈 받기'이다. 관광객에게 접근하는 촌락의 대변인인, 영어를 할 줄 아는 젊은 총각이었는데, 휴대 전화와 시계를 차고 있었다. 촌락에 물이 떨어지면 휴대 전화로 연락하면 물이 배달된다고 했다.

그를 따라 촌락 안으로 들어섰다. 원주민 수십 명이 뛰면서 큰 소리를 쳤다. 환영 행사라고 했다.

10여 채의 집이 빙 둘러 있었다. 짚으로 엮은 집 안으로 들어가 보니 두 개의 방이 있었는데, 한 방은 부부가, 다른 방은 아이들이 생활

탄자니아 마사이 촌락의 야외 학교.
마사이족은 맨손으로 사자를 잡는다는 용맹스런 부족으로 통한다.

하고, 가운데는 불을 지피는 부엌이었다. 방바닥에는 나무 위에 짐승 가죽을 깔고 있었다. 벽은 흙으로 미장하여 바람이나 먼지를 막고 있었다.

젊은 총각은 자기 아버지는 부인이 열두 명이라고 했다. 거기 사는 사람들은 모두가 그 열두 명의 부인에게서 낳은 자식들과 그 자식들이 낳은 아이들, 즉 사촌 형제들이라고 했다. 그리고 그곳 남자들은 이웃 부족에서 부인을 데리고 올 때마다 소를 세 마리씩 주고 데려온다고 했다. 물론, 그 촌락에서 자란 여자들이 다른 촌락으로 시집을 갈 때도 소 세 마리를 받는다고 했다.

이곳저곳 안내하던 총각은 학교에 가보자고 했다. '이런 곳에 무슨 학교가 있을까?' 하고 따라 나섰다. 학교란 곳에 가보니 큰 나무 그늘에서 30여 명의 꼬마들이 A, B, C를 따라 하며 배우고 있었다. 아이들 나이는 대략 3세에서 6세까지였다. 더 큰 애들은 다른 곳의 학교로 보낸다고 했다.

조교는 다름 아닌 10여 살쯤 된 바로 위 또래의 어린이였다. 모래가 날리고 바람이 부는 가운데 아이들은 식사를 하고 있었다. 척박한 자연에서 제대로 영양을 섭취하지 못하고 자라서인가? 마사이족의 평균 수명이 약 40세라니! 위생적인 문제는 뒤로하고 이들은 하루하루를 그렇게 살고 있었다. 인생 40년을 숙명으로 받아들이면서…….

휴대전화 맡기고 물 없는 화장실에서 일을 보던 흑인 여자

아프리카 말리 여행. 말리에는 세계 21대 불가사의가 있는 '팀북투'가 있다. 흙으로 만든 세계적인 건축물이 있는 곳이다. 사하라 사막에 있는 그곳은 캐러밴 등의 휴식처이다. 팀은 '물'이고 북투는 '여자'를 뜻한다. 즉 '물과 여자가 있는 도시'라는 뜻이다.

어느 나라든지 방문하면 그곳의 전통 음악과 춤을 알고 싶다. 그곳 사람들의 '삶의 여정'을 느낄 수 있기 때문이다. 이번에도 아랍의 전통 음악 홀에 가봤다. 음료수와 맥주를 마시는 조그마한 전통 홀에서 백여 명이 넘는 그곳 사람들이 음악과 춤을 즐기고 있었다. 전통 밴드의 반주에 맞춰 가수가 노래를 부르면 사람들이 무대에 나와서 음악에 맞춰 춤을 추었다.

이슬람교를 믿는 정열적인 아프리카인들의 춤과 노래는 자연스런 율동에 활기가 넘쳤다. 어떤 이가 기나긴 도포를 입고 춤을 추는 폼이 꼭 도사가 춤추는 것 같았다. 비록 춤은 우리와는 달랐지만 계속 이어지는 흥겨운 노랫소리에 쟁이도 용기를 발휘해서 무대로 나갔다.

처음에는 그곳 춤을 따라해 보았

팀북투 박물관에서 볼 수 있는 우물. 팀은 '물'이고 북투는 '여자'를 뜻하는 말로서, 팀북투는 '물과 여자가 있는 도시'라는 뜻이다.

소금을 운반하는 당나귀

팀북투에 있는 흙으로 만든 세계적인 건축물

다. 그 사람들의 춤을 느끼고 싶었기 때문이다. 춤은 보는 것과 직접 춰보는 것과는 그 맛이 달랐다. 이제는 우리 춤에 맞춰서 그 흑인 여성에게 따라해 보라고 했다. 나중에는 모두가 빠져나갔고 무대에는 쟁이인 나와 흑인 여성, 둘만이 춤을 추고 있었다. 우리 춤이 신기한지 모두가 바라보며 박수를 쳤다. 아마도 그곳 사람들은 어디에서도 보지 못한 용감한 동양 남자의 춤에 호기심어린 눈초리로 바라보고 있으리라. 나중에는 그 흑인 여자에게 뺑뺑이 춤(여자가 도는 춤)을 시켰는데, 어색해 하면서도 잘 따라 했다. 음악과 함께, 춤판이 마무리되었고 자리로 돌아가려는데, 사회자가 '어디에서 왔습니까?' 하고 물었다.

"코리아에서 온 미스터 킴(Mr. Kim)이오."

그 사회자는 '오! 미스터 킹(Mr. King)!' 하며 탄성을 질렀다. 나는 졸지에 미스터 김이 아니라 왕이 되어 버렸다. 한바탕 웃으며, 박수를 받았다. 여기저기서 남자들이 킹이라고 하며 엄지손가락을 치켜세워 주었다.

시간이 흘러 화장실에 갔더니 남자 화장실과 여자 화장실이 같이 있는 공용 화장실이었다. 일을 보면서 뒤돌아보니 여자 화장실 문이 없었다. 여성들이 종종 앉아서 일보는 것이 보였다. 마침 함께 춤을 추었던 흑인 여성이 들어왔다. 나를 보고 아는 체하며 휴대 전화 좀 갖고 있으라고 부탁했다. 휴대 전화를 건네주더니 내 앞에서 바지를 내리고 볼기짝을 보이면서 일을 보지 않는가! 난생 처음, 여성이 내 앞에서 일을 보는 충격적인 모습을 보았다. 그러나 그 여성은 전혀 어색해하지도 않았고, 자연스럽게 그곳 남성들이 보는 앞에서 서로 섞여서 일을 보았다.

그런데 아뿔싸! 더욱 놀랄 일이 벌어졌다. 그 여인, 앞에 놓여 있었던 페트병 속의 물을 자기 손바닥에 부었다. 그러더니 물을 묻힌 손으로 자기의 귀중한 곳을 씻지 않는가! 이걸 어찌한담? 보는 사람은 당황하고 있는데, 그 여인은 아무렇지도 않은 듯 많은 남자들이 오가는 문 없는 화장실에서 그렇게 일을 끝내고 있었다. 이방인은 당황하여 어찌할 바를 몰라했다. 못 볼 것을 본 죄인 마냥…….

이과수 폭포 | 3

세계 3대 폭포의 종착지, 이과수 폭포 앞에 서다

아르헨티나의 부에노스아이레스 공항을 떠나 아르헨티나 쪽의 이 과수 공항에 도착했다. 이과수 폭포는 아르헨티나와 브라질 두 나라에 걸쳐 있어서 여행자들은 양쪽 공항을 이용한다. 나는 다른 여행객들과 함께 오전에 공항에 도착해서 곧바로 버스를 타고 이과수 폭포 쪽으로 갔다. 굉음이 들리는 폭포를 향해 버스는 앞으로, 앞으로 가고 있었다.

과연 세계 최대의 폭포는 어떠한 모습일까? 폭포가 가까워지자 우르릉거리는 굉음이 들려왔는데, 조용한 밤이면 20킬로미터 밖에서도 이 물소리가 들린다고 한다.

웅장하게 터져 나오는 힘찬 물소리, 하얀 물거품을 일으키며 밑으로 곤두박질치는 엄청난 물줄기, 그 위력에 가만히 숨을 죽이고 있는 것만 같은 열대 우림. 드디어 세계 3대 폭포의 마지막 종착지인 이과수 폭포 앞에 섰다.

삼백여 개나 되는 크고 작은 폭포들이 약 4킬로미터에 걸쳐 병풍처럼 늘어서서 평균 60~82미터의 낙차를 가진 폭포수가 되어 밑으로 와르르 쏟아져 내렸다.

큰 낙차가 만들어내는 분무 같은 물안개 때문에 폭포수가 떨어지는 저 아래는 가물가물했고, 시선은 허공에서 헤맸다. 햇빛에 따라 물 색깔은 계속 변하면서 푸르른 하늘과 하얀 물줄기가 어울려 무척이나 아름다웠다. 폭포 중간쯤에 걸린 무지개는 영롱한 빛줄기를 그려 냈다.

폭포 규모 면에서 세계 제일의 이과수 폭포. 이과수란 원주민 인디오들이 불러오던 호칭으로, 이구(igu)는 물을 의미하고 아수(assu)는 웅장함에 대한 경탄을 나타내는 말이다. 즉 이과수는 상상을 초월한 '웅장한 물'이란 뜻이다.

물벼락 소리에 귀는 멍해지고 온몸에는 소름이 돋을 정도.
심장이 약하거나 기가 허약한 사람은 땅에 주저앉을 것만 같다.

그렇다. 끊임없이 이어지는 폭포의 웅장한 광경은 상상을 초월하고 감동을 초월하여 공포심마저 느끼게 했다. 이과수 폭포의 하이라이트인 '악마의 목구멍(가르간타델디아블루)'처럼 깊은 웅덩이에서 입을 쫙 벌리고 있었다. 그 많은 폭포들 중에서 가장 큰 폭포. 그 깊은 수렁에 잘못 빨려 들어갔다간 다시는 빛을 못 보리라. 그래서 '악마의 숨통'이라고도 불리는 것이리라.

아르헨티나 쪽에서 우르르 쏟아지는 폭포, '악마의 목구멍' 등을 감상하고 나서 버스를 타고 국경선을 넘었다. 오후에는 브라질 쪽에서 폭포를 감상했다. 멀리서 바라보는 한 폭의 그림 같은 폭포였다.

다음날은 이과수 강에서 폭포를 본 다음 헬기를 타고 하늘에서 폭포를 내려다봤다. 세계 최대 폭포의 위용은 "나이아가라 폭포는 이과수 폭포에 비하면 불쌍한 생각이 든다."는 클린턴 힐러리 상원 의원의 한 마디에 함축되어 있다.

나이아가라 폭포에서 빅토리아 폭포로, 그리고 마지막으로 이과수 폭포로 이어지는 세계 3대 폭포 순회 여행의 종착지에 이르니 만족감에 휩싸였다.

하늘에서 내려다본 이과수 폭포와 '악마의 목구멍'

이과수 폭포는 폭이 너무 넓어서(4킬로미터) 지상 어디에서도 한눈에 보이는 곳이 없다. 아르헨티나 쪽에서는 폭포를 앞에서 가까이 볼 수 있었다. 그러나 브라질 쪽에서는 먼 곳에서 보는 경치가 좋지만, 전체를 보려면 몇 군데로 나눠서 봐야만 했다. 즉 악마의 목구멍이 있는 지역과 병풍처럼 서 있는 폭포들을 부분적으로 감상해야 했다.

그래서 전체적인 폭포를 감상하려고 헬리콥터를 타기로 했다. 비행 시간은 15분 정도. 이곳은 유네스코에서 세계 문화 유산으로 지정한 곳이기에 유네스코의 관련 규정을 따라야 한다고 했다. 특히 폭포수에서의 고도 제한은 엄격하게 지켜야 한다. 너무 낮게 날면 짐승들이 놀라서 환경 보호에 문제가 생기므로 약 300미터의 고도를 유지해야 한다는 것이다.

공중에서 내려다보니 이과수 강의 누런 물줄기가 유유히 흐르고 있었다. 그런데 문득 길을 잃은 물줄기는 곤두박질치며 천 길 낭떠러지로 떨어지면서 '악마의 숨통'으로 휩쓸려 들어갔다. 물안개가 자욱하게 피어나고 무지개가 찬란하게 온 누리를 밝혔다.

이과수 폭포의 하이라이트인 악마의 목구멍은 수많은 물줄기를 표주박처럼 생긴 품에 안고 있었다. 높이와 깊이가 100여 미터 정도 된다는데, 폭포가 만들어내는 물안개로 밑바닥은 드러나지 않았다. 악마의 목구멍 옆에서도 수많은 폭포들이 연신 물을 쏟아 부었다. 여기만도 웅장한데, 넓게 퍼져 있는 이과수 폭포의 일부분일 뿐이라니 놀랍기만 했다.

삼백여 개의 폭포가 하나로 합쳐졌으니 그 웅장함이란 다시 생각해도 아찔하다. 푸르디푸른 하늘에 무심하게 떠 있는 하얀 구름들, 주변에 펼쳐진 열대 우림, 그리고 그 속에 살고 있을 무수한 생명들. 삼백여 개의 폭포들은 웅장하게 그 존재를 드러내면서도, 구름과 열대 우림과 생명체들과 조화를 이루기 위해 그렇게 서로, 적당한 간격을 유지하고 있는 것이리라.

빅토리아 폭포가 일직선으로 늘어진 단조로운 폭포라면, 이과수 폭포는 넓은 면적에 분포되어 떨어지는 남성적인 폭포였다. 웅대한 대자연의 광경은 평생 잊을 수 없을 것이다.

새축는 곰이넘고, 돈은 뛰놈이 번다

이과수 폭포는 이과수 강이 서쪽으로 굽이치며 파라나 고원의 가장자리를 흐르다가 협곡으로 흘러들어가는 지점에서 생긴다. 폭포와 관련된 섬들 중에서는 폭포 바로 위에 있는 산마르틴 섬과 그란데 섬이 가장 유명하다. 그란데 섬을 중심으로 두 개의 지류로 갈라진 이과수 강이 다시 합류해 현무암과 용암층을 지나 악마의 목구멍이라 불리는 깊은 틈으로 낙하한다. '심연으로 뛰어드는 대양'이 바로 이런 것이란 듯이.

이과수 강은 협곡을 지나 계속 흐르다가 파라나 강과 합류한다. 각각의 많은 폭포 줄기들은 돌출한 암붕(巖棚)으로 인해 중간에서 부서지고 있었다. 이때 생기는 물보라와 물의 굴절로 생긴 무지개가 장관을 이루었다. 한 층의 안개가 폭포의 아래 지점에서부터 위로 150미터 되는 곳까지 드리워져 웅장하고 수려한 경관에 한몫을 더 하고 있다.

아르헨티나 영토에 해당하는 폭포의 장관은 아르헨티나 영토에 속한 이과수 강 절반 지역에 있는 산마르틴 섬에서 볼 수 있다. 이곳에서 산마르틴, 보세티, 도스에르마나스(두 자매), 미트레, 트레스모스케테로스(삼총사) 폭포 등을 볼 수 있다. 폭포를 방문하는 관광객들은 아르헨티나 쪽에서 자유롭게 돌아다니거나 폭포 안쪽으로 오를 수 있다. 반면, 브라질 해변에서는 폭포 전체를 볼 수 있다. 브라질 쪽에 있는 폭포들로는 벤자민콘스탄트, 데오도루, 플로리아누 폭포 등이 있다.

아르헨티나 쪽의 폭포는 바로 가깝게 볼 수 있다는 것이 특징이다. 바로 앞에서 쏟아지는 그 웅대함을 실제로 느낄 수 있었다. 이과수 최대의 폭포인 악마의 목구멍까지는 걸어서 약 10여 분. 가는 도중에 이과수 강의 아기자기한 모습을 볼 수 있었다.

악마의 숨통의 휑하니 뚫린 구멍 속으로 물이 잇달아 빨려 들어가는 모습을 가장 가깝게 본다는 것. 그것은 장관이라기보다는 공포에 가까웠다. 공중으로 떠오르는 물보라로 옷은 흠뻑 젖었는데, 그래도 무지개가 살포시 반겨주었다.

브라질 쪽에서 폭포를 보는 맛은 먼 곳에서 바라보면서 즐긴다는 데 있다. 먼 거리에서 보는 악마의 목구멍은 또 다른 모습을 보여주었다. 병풍처럼 축 늘어져 떨어지는 폭포는 글자 그대로 한 폭의 병풍 그림 같았다. 악마의 목구멍으로 가려면 폭포를 가로지르는 다리를 건너야 한다. 그 다리를 따라 사람들과 함께 노란색 우비를 입고 조망로를 통해 폭포 근처 아래로 접근해 갔다. 그곳까지 가면 우비를 입고 있어도 순식간에 온몸이 젖어 물에 빠진 생쥐 꼴이 되지만, 놀

한 폭의 병풍 그림 같은 이과수 폭포. 폭포는 거리에 따라
다른 모습을 보여준다.

나무 사이로 멀리 보이는 폭포의 정경

라운 광경을 접한 사람들은 절대 물러서지 않는다. 그것은 감동을 넘어 공포에 가까운 느낌이다.

폭포수의 양이나 면적은 아르헨티나 쪽이 우세한데, 경관은 브라질 쪽이 훨씬 좋았다. 그래서인지 브라질 쪽에 관광객이 많다.

'아하! 재주는 곰(아르헨티나)이 넘고, 돈은 뙤놈(브라질)이 버는구나!'

이과수 폭포 속으로 전진하다가 물벼락을 맞다

이과수 폭포의 진면목을 보기 위해서는 이과수 강에서 직접 폭포 속으로 들어가는 게 좋을 것이라는 생각이 들었다. 스릴도 있지 않겠는가!

이과수 강에서 보트를 타기 위해서 사파리 차를 타고 정글을 지났다. 정글에는 태고의 모습을 간직한 2천여 종의 희귀 식물과 천여 종의 각종 동물이 서식하고 있다고 했다. 살아 있는 자연 박물관인 것이다. 먼저 우비를 입었다. 주황색 구명 보트까지 갖추니 마치 전쟁터에 나가는 것 같은 기분이 들었다. 하지만 비장한 마음도 잠시, 무사함을 빌며 보트를 모는 사람에게 잘해 달라며 1달러 팁을 건넸다.

시동이 걸리고 보트는 강물을 따라 쾌속으로 올라갔다. 10여 분쯤 올라간 보트는 악마의 목구멍이 있는 폭포 쪽으로 다가갔다. 고개를 쳐들고 밑에서 위로 올려다보는 폭포수는 엄청난 위력으로 쏟아졌다. 보트는 가속 페달을 밟더니 갑자기 폭포 속으로 돌진했다.

고개를 앞으로 숙였다, 뒤로 젖혔다, 몇 번 휘둘리다 눈을 떠보니,

폭포수는 높은 지대의 강이나 호수 위에서 절벽을 타고 떨어져 경사가 낮은 아래쪽 강으로 흘러가서 저지대에
사는 인간과 동물, 식물들에게도 식수가 되어 주고 수력 발전에 이용되어 주변 도시를 밝혀주는 전력이 된다.

남녀노소 가리지 않고 모두들 앞으로, 뒤로 점프를 하며 물 세례를 받고 있었다. 공포에 휩싸인 표정들이었다.

이젠 됐다 생각 했는데, 보트는 또 다시 폭포 웅덩이로 뛰어들었다. 전후 사방에서 폭포의 굉음과 함께 울려 퍼지는 사람들의 비명 소리. 나도 모르게 고래고래 소리를 질러댔다. 세상의 온갖 번뇌가 소리가 되어 사라지고 동심으로 돌아가는 순간이었다. 영원한 추억으로 간직될 것이다.

이 정도로 끝내면 좋으련만, 보트 운전사는 재미있는 듯 계속 폭포 속으로 보트를 들이댔다.

"괜히 팁 주었네."

후회했지만 어쩔 수 없었다. 여기서는 운전사 마음대로였다. 이리 저리 끌려 다니면서 물에 빠진 생쥐가 된 관광객들. 그래도 폭포 밑에서 보트가 빠져나가면서 정신이 들었는지 껄껄, 하하, 웃어댔다. 시련을 이겨낸 자들의 웃음소리가 정글로 퍼져나갔다.

이과수 폭포
(Iguassu Falls)

아르헨티나와 브라질의 국경 지역 그리고 파라나 강과의 합류점에서 상류 쪽으로 23킬로미터 지점에 있다. 병풍 모양으로 되어 있으며 높이는 82미터, 너비는 북아메리카에 있는 나이아가라 폭포의 4배인 4킬로미터이다. 낙차 지점에 있는 절벽 가장자리의 숲으로 뒤덮인 많은 바위섬들 때문에 높이 60~82미터 정도 되는 275개의 크고 작은 폭포들로 형성되어 있다. 강의 이름과 마찬가지로 폭포의 이름도 '거대한 물'을 의미하는 과라니 어에서 유래했다.

이과수 폭포를 방문한 최초의 스페인 탐험가 알바르 누녜스 카베사 데 바카는 1541년에 폭포에 '살토데산타마리아'라는 이름을 붙였다. 하지만 곧 이과수라는 본래 이름을 되찾았다. 18세기에 예수회 선교사들이 폭포를 탐사하기 시작했지만 1767년에 남아메리카에서 온 예수회 선교사들의 제지로 중단되었다.

폭포의 지형도는 1892년에 처음 만들어졌다. 1897년, 브라질의 장교 에드문두 데 비루스는 미국의 옐로스톤 국립공원에 필적할 만한 국립공원을 이과수 폭포에 세울 것을 구상했다. 브라질과 아르헨티나 사이의 국경이 조정된 후에 각 나라에 별도의 국립공원이 세워졌는데, 두 공원 모두 폭포와 관련된 식물, 야생 동물, 아름다운 풍경 등을 보존하기 위해 만들어졌다. 공원에서는 사냥은 금지되어 있지만 낚시는 허용된다. 아르헨티나 쪽의 공원에는 자연사 박물관이 있다. 반낙엽성 식물에서 열대 식물에 이르기까지 풍부하고 다양한 식물도 분포하고 있다.

파라과이 인디오 촌에서 만난 한국판 소서노

이과수 강이 합류하는 파라나 강은 파라과이, 브라질, 아르헨티나, 세 나라를 가르는 자연적 경계이다.

이과수 강은 원래 파라과이 땅에 속했다. 삼국(三國) 전쟁 전에는 파라과이가 가장 강한 나라였고 지금보다 영토가 넓었다. 그러나 당시 약했던 브라질과 아르헨티나가 서로 힘을 합친 결과, 파라과이는 전쟁에 패하게 되었고 많은 영토를 잃었다. 그 과정에서 이과수 강이 파라나 강에 합류하는 지점이 세 나라의 국경이 되었다.

파라과이의 인디오 촌을 방문하기 위해서 이과수 강에서 배를 타고 강을 따라 내려갔다. 한참을 내려가다가 이과수 강은 파라나 강과 합류했다. 파라나 강은 강폭이 이과수 강보다 두 배 정도 넓고 물결도 상당히 거세게 흘렀다.

파라과이 쪽의 검문소에 간단한 서류를 제출하고, 배를 타고 계속 인디오 촌을 향해 내려갔다. 내려갈 때는 물결의 흐름을 타서 1시간 반 정도 걸렸는데, 올라올 때는 2시간 정도 걸린다고 했다.

배는 드디어 파라과이 땅에 도착했고, 일행은 배에서 내려 밀림 속에 난 오솔길로 접어들었다. 삼림욕을 하는 기분도 들고 산책 코스로는 그만이었다. 중간 지점에 식물학자가 지은 전람실이 있었고 그 주변에는 각종 식물이 식물원에 온 것처럼 짜임새 있게 자라고 있었다.

전시실 길목에 꼬마들이 좌판을 벌리고 선물을 팔고 있었다. 귀엽고 다부지게 생긴 꼬마 아가씨를 눈여겨보면서 인디오 촌을 향해 발길을 돌렸다.

조그마한 하천을 건너서 동네 입구에 다다르니 나무로 깎아 만든 뱀 등 각종 형상들이 반겨주었다. 집이 몇 채 있는 전형적인 우리의 시골 모습이었다.

족장이 원주민 악기를 들고 켜기 시작했다. 앞마당에서는 꼬마 장사꾼 몇 명이 좌판을 벌렸는데, 좀 전에 지나쳤던 꼬마 아가씨가 보였다. 전시실 길목에서 장사를 하다가 우리 일행이 떠나니까 곧바로 뒤따라 와서 좌판을 벌리며 또 장사를 하고 있었다. 생활력이 강해 보였다.

그래서 붙여준 이름. 소서노.

"그래, 너는 한국판 소서노구나!"

브라질 아가씨와 즉석에서 벌인 선상 댄스

파라과이의 인디오 촌 방문을 끝내고 보트에 오르니 음악이 흘러 나왔다. 우리 노래 '소양강 처녀'. 강바람에 딱 어울리는 노래였다.

가사는 못 알아들어도 흥겨운 곡조인지라 손뼉을 치며 흥얼거렸다. 흥겹게 노래를 따라 부르니 긴 여행에의 피로가 싹 가셨다.

두 시간의 긴 유람선 여행. 이국에서 듣는 우리 노래가 분위기를 띄웠다. 분위기가 한창 무르익었는데, 브라질 아가씨 둘이 춤을 추자고 했다. 15세, 17세의 정도의 쾌활한 자매였다. 우리나라 같으면 상상도 못할 텐데 그렇게 적극적으로 춤을 추면서 내 손을 잡아끌었다.

여자가 둘이니 한 명하고만 춤을 추겠다고 하고 자매에게 '가위, 바위, 보'를 시켰다. 이긴 아가씨하고 노래에 맞춰서 신나게 몸을 흔들었다. 즉석 쇼를 벌인 것이다. 조금 망가지기는 했지만, 그래도 환호하는 사람들을 보니 기운이 생겼다.

삼바의 나라 브라질 아가씨들이라 그런지 자매는 몸놀림이 경쾌했고 부끄럼도 없이 여러 종류의 춤을 선보였다. 나도 질 새라 내친 김에 아가씨들하고 어울려 춤판을 벌였다.

브라질 노래가 나와서 자매 둘만이 계속해서 춤을 췄다. 환호하는 박수 소리에 신이 났는지, 자매는 계속 손과 엉덩이를 흔들며 선상 파티는 무르익어 가고 있었다.

'그래! 흥이 나면 시간, 장소에 구애받지 않고 추는 거, 그게 진짜 춤이다!'

세계 최대의 댐 이타이푸 수력 발전소, 5만 명 대 5명

이과수 지역에서는 이과수 폭포와 이타이푸 댐, 이 두 곳이 세계적인 관광 자원이다.

이과수 시에서 약 20킬로미터 지점에, 브라질과 파라과이의 국경 지대인 파라나 강에 세워진 이타이푸 발전소는 세계 최대의 수력 발전소. 브라질과 파라과이의 공동 사업으로 1975년에 착공, 1984년에 완공했다. 주요 댐의 길이 1,406미터, 모든 댐의 총길이 8킬로미터, 높이 최고 약 185미터, 저수면적 1,350제곱 킬로미터, 저수량 약 2천억 톤, 전력량 1,260만 킬로와트로 우리나라 소양강 댐의 약 60배이다.

댐의 규모가 얼마나 거대한지, 댐 공사에 사용된 철강재로 프랑스

세계 최대의 댐 이타이푸 수력 발전소. 우리나라 소양강 댐의
약 60배로 브라질과 파라과이에 전력을 제공한다.

의 에펠탑을 380개나 세울 수 있다고 한다. 현재 브라질 전력의 25 퍼센트, 파라과이 전력의 80퍼센트를 담당하고 있다.

이타이푸 댐은 특징이 있었다. 우리나라는 계곡을 막아서 일직선으로 댐을 쌓았는데, 이타이푸 댐은 8킬로미터 길이를 반원 형식으로 막아서 물의 마찰을 최대한 줄였다고 한다.

이타이푸는 그곳 원주민 언어인 파라니 말로 '이타'는 '돌'이고, '이푸'는 물소리 때문에 돌이 노래를 하는 것처럼 들리는 소리라고 한다. 그 돌섬 부근에 댐이 건설되었고 지금은 댐이 쏟아내는 물이 더욱 우렁찬 노래를 하고 있다.

현재까지 165개국에서 천만 명이 넘는 관광객이 이곳을 방문했다고 한다. 나라별로 집계한 수치가 있는데, 우리나라는 5만여 명, 북한은 단 5명이었다. 같은 핏줄인데도 여기서도 그 격차를 느끼게 되니 허전한 마음을 금할 수 없었다.

봉지야, 봉지야? 따봉, 따따따봉

이과수 폭포를 안내하던 현지 가이드가 브라질 말을 한마디씩 배우라고 했다. 나중에 시험 봐서 성적이 나오지 않으면 한국으로 보내지 않겠노라고 하였다.

다름 아닌 '봉지야'였다. 듣기 편한 한국말처럼 들렸지만, 브라질어로 안녕 혹은 좋은 아침이란 뜻이었다. 재미있게 들려서, 아침에 사람들하고 만나기만 하면 웃으면서 반복했다.

"봉지야, 봉지야."

브라질 커피 맛이 세계 최고라고 했다. 그중에서도 이과수 커피맛
이 좋다 하기에 커피를 샀다. 그런데 하필 봉지 커피였다.

"뭐야, 이것도 봉지야? 여기도 봉지, 저기 가도 봉지로구나!"

많은 사람들이 한참을 웃었다.

외국에 나와서 돌아다니다 보면 이렇게 사소한 일에도 웃음을 터
트린다. 평소에는 무심코 지나치던 것들도 새삼스럽게 느껴진다는
것, 한국에서만큼 심각하지 않다는 것. 이것이 바로 여행이 주는 여
유로움이다. '평소의 경직된 세계'를 탈출해서 낯선 곳으로 날아오는
이유들일 것이다.

가이드는 브라질 어를 하나 또 가르쳐 준다.

"따봉, 포르투칼 말로 '감사하다, 반갑다, 맞다, 오케이, 넘버 원'
이라는 뜻입니다."

낯선 사람이라도 서로 눈만 마주치면 '따봉.' 하며 엄지손가락을
치켜들고 미소를 지으면 만사형통, 금방 친구가 될 수 있고 했다.

그래? '따봉' 하면 주스만 생각나는데……. 그래도 배웠으니 사용
해 봐야지……. 저쪽에서 착해 보이는 브라질 청년이 다가오기에 평
소보다 크게 미소를 짓고 엄지손가락을 치켜들었다.

"따봉."

그 친구도 씩 웃으며 답례를 했다.

"따봉."

그럼 난 한 번 더.

"따따봉."

세계 3대 미항

세계 3대 미항

어려서부터 바다가 가까운 데서 살아서 그런 걸까? 외국에 나가
도 넘실거리는 푸른 물 앞에 서면, 무조건 옷을 훌훌 벗어던지고 그
넓은 품 속으로 풍덩 뛰어들고 본다. 그럴 때면 몸에서 떨어져나가는
옷가지들을 따라 사회라는 울타리 속에서 지켜왔던 체면도 하나하나
떨어져 나가는 것 같다.

알몸으로 풍덩 뛰어들어 넓은 바다를 헤엄치며 노는 한 마리 물고
기가 되고 싶은 마음이야 굴뚝같다. 하지만 최소한의 사회적인 약속
까지 저버릴 수는 없어 수영복은 미리 챙겨 입는다. 어쩌면 그것이
인간으로서 우리의 한계일지도 모른다는, 수영복을 챙겨 입는 순간
부터 스멀스멀 따라붙던 씁쓸한 느낌도 바닷물 속에 뛰어든 순간부
터는 희한하게도 감미로운 느낌으로 변한다.

인간의 가능성과 한계를 동시에 갖고 사는 것,
그것이 우리 인간의 운명이다. 물론 우리는 운명
과 피터지게 싸워내야 한다. 허나 순순히 받아들
이고 나를 대신 이 드넓은 우주에 의탁해야 하
는 순간도 있다는 것을 배웠다. 20년 넘게 세계 각
국을 누비면서 온갖 인생들이 엮어가는 파란만장한 삶들을 보았기
때문이다. 또한 우리 인간들이 각기 어떠한 모양새로 삶을 만들어나
가다가 오늘 이 자리에 섰건 간에, 언제나 그 자리에서 우리를 기다
려주었다가 품어주는 대자연의 그 넓은 품에 안겨본 경험들 때문이
리라.

바다 속에 들어가면 바다 생명들이 뿜어내는 그 비릿한 냄새도 어린 시절 어머님이 끓여주시던 된장국 냄새처럼 구수하기만 하다. 내 몸을 가볍게 받쳐주는 바닷물에 몸을 맡기고 차분하게 떠 있노라면 마음속은 점점 고요해진다.

어느 정도 시간이 흘렀을까? 내가 살아갈 터전으로 다시 돌아가라고 몸이 신호를 보내온다. 그래, 돌아가야만 한다! 육지로 돌아가야 한다. 거기서 우리의 꿈을 펼치고 노력을 다 해야 한다. 자의이든 타의이든, 길을 떠나온 이상 우리는 앞으로, 앞으로 나아가야 한다. 여행이 그렇고, 또한 삶이 그렇다.

바다가 육지와 맞닿는 곳에는 항구 혹은 항만이 있다. 육지에 자리 잡은 인간이 바다를 이용해 교역하면서 문명을 이루며 살아가는 인간 삶의 터전. 항구는 우리 인간이 바다로 진출하면서 문명을 이루는 데 중요한 역할을 해왔다. 현대의 대도시들 중에는 바다와 가까운 점을 이용해서 성장한 도시들이 많다.

그 중에서도 오스트레일아의 시드니, 이탈리아의 나폴리, 브라질의 리오데자네이루, 이 세 곳이 세계에서 가장 아름다운 항구와 항구도시로 꼽힌다.

세계 3대 미항

시드니 오스트레일리아 뉴사우스웨일스 주의 중심 도시, 오스트레일리아 남동 해안을 끼고 있다. 남태평양에서 가장 중요한 항구 중 하나이며 세계에서 가장 훌륭한 천연항의 하나. 포트 잭슨이라고도 하며, 오페라 하우스와 자연의 조화가 아름다운 항구이다.

나폴리 세계에서 가장 아름다운 항만의 하나를 끼고 있는 항구 도시 나폴리는 이탈리아 남부 캄파니아 지방 나폴리 주의 중심 도시이다. 나폴리 만은 지중해 어귀인 티레니아 해에 있는 반원형 만으로, 입구에는 북쪽으로 이스키아 섬, 남쪽으로 카프리 섬이 있다. 소렌토에서 버스를 타고 해안 도로를 따라 구경하는 해안 절경은 내셔널 지오그래픽이 선정한 '평생 가 보아야 할 곳 50곳' 중 자연 경관 부분 1위를 차지하였다.

리오데자네이루 시내 어디에서든 볼 수 있는 거대한 코르코바두 예수 상이 상징인 도시. 그러나 1960년대까지 2백 년간 브라질의 수도였으며 산과 바다가 아름답게 어우러진 리오데자네이루 항이 아니었더라면 예수상도 그저 거대한 조각품 정도로 여겨졌을 것이다. 이 예수상은 '세계 신 7대 불가사의' 편에서도 나온다.

조개껍질(오페라 하우스) 묶어 그녀의 목에 걸고

가방을 둘러메고 무작정 집을 나서서 다시 또 가보고 싶은 도시, 시드니! 아련하게 피어오르는 오페라 하우스의 아름다운 노래 향연이 유혹의 손짓을 하고 있는 것만 같던 그곳. 조가비 같은 건물들이 옹기종기 모여 사랑스런 자태를 풍기고 있어서, '조개껍질(오페라 하우스) 묶어 그녀의 목에 걸고…….' 노래가 절로 나오던 곳.

시드니 공항에서 시내로 들어가는 버스를 타고 30분 정도 걸려서 시드니 시로 들어왔다. 지하철을 타고 20분이면 센트럴 역까지 갈 수 있지만, 도심도 보고 넘실거리는 바닷물도 보려면 버스나 택시가 좋다.

하버 브리지와 태평양의 물결이 어우러진 낭만의 도시 시드니. 과연 세계 굴지의 미항답게 그 자태를 마음껏 뽐내고 있었다. 날씨도 온화하고 공기도 청량했다. 따뜻한 햇살 아래 펼쳐진 아름다운 항구와 해변은 이방인을 편안하게 감싸주었다.

시드니는 태평양 연안을 끼고 80킬로미터, 내륙은 블루 마운틴까지 50킬로미터에 달한다. 시내의 해안은 윈드서핑과 요트, 보트, 해수욕장 등 수상 스포츠에 최적인 곳이다. 북쪽은 헌터 강변의 포도

하버 브리지와 오페라 하우스. 하버 브리지는 수면으로부터의 높이가 52미터로서 다리 밑으로 큰 선박들이 임의로 왕래할 수 있다.

시드니는 태평양 연안을 끼고 80킬로미터, 내륙은 블루 마운틴까지 50킬로미터에 달한다.
시내의 해안은 윈드서핑과 요트, 보트, 해수욕장 등 수상 스포츠에 적격인 곳이다.

원, 서쪽은 블루 마운틴으로, 내륙 방면은 더보(Dubbo)를 중심으로 목양 지대를 이룬다.

시드니 시내의 크고 작은 공원들과 유럽식 주택들은 '진정한 삶의 여유'를 보여주며, 아름다운 시드니의 밤은 휘황 찬란했다.

시드니에서는 조상에 대한 이야기는 하지 말라

시드니의 역사는 범죄자들의 유배지로서 시작된다. 오스트레일리아(호주)를 식민지로 편입한 당시의 영국은 산업 혁명으로 실업자가된 사람들, 대지주의 농지 병합으로 인해 토지를 잃은 사람들이 대도시로 몰려들면서 범죄자가 많이 늘었다. 범죄자들을 나라 안에 가두는 것보다 먼 데로 유배를 보내는 것이 죄수 처리 비용도 절약하고 골치 아픈 일도 해결하는 묘안이라 생각한 영국의 통치자들은 그 유배지로 식민지인 호주를 택했다.

220여 년 전인 1788년, 아더 필립 함장이 식민지에 대한 일체의 책임을 맡고, 죄수 883명, 감시군인 252명, 선원 433명 등이 11척의 배에 나눠 타고 8개월의 항해 끝에 제임스 쿡 선장이 상륙했던 포타니 만에 도착했다. 그러나 그곳은 습지가 많아서 일행은 잭슨 만의 시드니로 옮겼다. 이후 호주의 역사는 죄수들의 착륙으로 시작되었고, 시드니는 호주의 탄생지가 되었다. 이러한 이유로 호주 사람에게는 '조상에 대한 이야기를 말라.'는 말이 있다.

유배지에 세운 거대한 도시 시드니. 죄를 지은 손으로 에덴동산을 꿈꾸며 도시를 건설한 것은 어쨌거나 죄수들의 드높은 개척 정신이 있었기에 가능한 일이었다.

우리나라의 유배지였던 강화도와 제주도. 그곳에 유배 갔던 우리 조상들이 생각나면서 어쩔 수 없이 비교가 되었다. 비록 유배되어 불모의 땅으로 가게 된 곳이지만 우리 조상들도 그 유배지를 옥토로 개간하면서 먼 미래를 준비했다면, 강화도와 제주도는 어떤 모습이었을까?

호주로 유배 온 영국인들은, 아니 호주인이 된 그들은 '한다(doing)'는 적극적인 마음으로 불모지를 옥토로 만들어낸 데 반해, 우리 조상들은 막연히 '된다(becoming)'는 소극적인 생각으로 한 많은 세월이 지나가기만을 바라며 산 건 아닌지 의문이 들었다.

오페라 하우스, 순간적인 아이디어로 대박을 터트리다

개인적인 경험으로 봐도 그렇지만, 세계적인 설계나 발명은 실험실이나 책상에서만 이루어지지 않는다. 섬광처럼 반짝하며 순간적으로 퍼뜩이는 영감에서 대단한 작품이 구상되거나, 그 실마리가 풀리는 경우가 많다.

물론 오랜 기간 심혈을 기울인 노력이 없다면 영감이 떠오르는 일 같은 것은 없다. 고군분투하다가 더 이상 진전이 안 돼서, 머리가 꽉 막힌 것 같아 책상을 박차고 나와 멍하니 푸른 하늘을 바라보다가 한 점 구름에 머릿속이 환해지면서 실마리가, 새로운 아이디어가 떠오르기도 한다. 영감이란 노력하는 자에게 하늘에서 주는 선물이다.

오페라 하우스를 설계한 덴마크 건축가 욘도 이러했다. 오페라 하우스 설계에 공모하기 위해 고심하던 남편을 위해 욘의 부인은 차와 과일을 준비했다. 접시에 놓여 있던 오렌지를 본 욘은 '바로 이거다!' 하고 외쳤고, 그 외침이 실마리가 되어 오렌지 조각을 본 뜬 유연한 곡선의 오페라 하우스가 설계되었다.

1959년에 착공해서 1973년에 완공된 오페라 하우스는 약 1억 2천만 달러가 들어갔다. 바다를 향해 돌출된 기이한 모습이 조개껍질 같다. 지붕 10개를 가진 이 건축물은 특이한 구조로도 유명하지만, 앞으로 4년 간의 공연이 이미 다 예약되어 있다고 한다.

세계적으로 이름난 건축물 오페라 하우스는 '세계 신 7대 불가사의' 최종 21개 후보지에 올랐었다.

오렌지 조각을 본 뜬 유연한 곡선의 오페라 하우스. 지붕 10개를 가진 이 건축물은 특이한 구조로도 유명하지만, 앞으로 4년간 공연이 이미 다 예약되어 있다고 한다.

세상에서 가장 미친 짓, 하버 브리지 오르기

요즈음 매스컴에서는 '경기 부양'이란 말이 자주 나온다. 불경기가 계속되면 실업자가 넘쳐나고 사회 불안이 야기되기 때문에 '경기를 부양'해서 대처를 하자는 것이다. 각종 공사 등을 빨리 발주해서 경기를 살리고 실업자도 구제하자는 의미이다.

세계적인 다리인 시드니의 하버 브리지(Harbor Bridge)도 1920년 경에 불어 닥친 경제 공황을 타파하고자 건설된 다리다. 시드니 하버(Sidney Harbor)로도 불리는 포트 잭슨(Port Jackson)에 놓인 이 철교는 6년을 들여서 1932년에 완공한 아치형의 거대한 다리다. 총길이 1,149미터, 수면으로부터의 높이 59미터로 다리 밑으로 큰 선박들이 임의로 왕래할 수 있다. 다리 위에는 2개의 철도와 8차선의 차도가 있고, 다리 양측은 보도이다.

포트 잭슨은 세계에서 가장 훌륭한 천연항의 하나이므로 하버 브리지의 전망대에서 바라보는 경관은 참으로 빼어나다. 우리나라의 한강 다리들과 고수부지와 비슷하게, 하버 브리지 밑에서 느긋한 호주인들이 잔디밭에 누워서 낮잠도 자고 책을 읽는 모습도 눈에 띄었다.

"여기 왔으니 세상에서 가장 미친 짓 한 번 해봐야지. 다시 없는 기회인데 무섭다고 안 해보고 가는 게 미친 짓 아닌가?"

그것은 다름 아닌 하버 브리지 클라임! 하버 브리지의 아슬아슬한 골조 위를 걸어 올라가는 것이다. 올라가서 좀 멈추었다가 다시 올라갔다 멈추길 반복하면서 드디어 다리 끝까지 올라갔다. 생각보다 험난했지만, 시선을 멀리 두고 바라보니 시드니 전체가 한눈에

다 들어오는 것 같아 가슴이 벅차올랐다. 전망대에서 느긋하게 바라보는 경관도 좋았지만, 아슬아슬한 재미까지 느끼면서 사방을 둘러보는 그 묘미란!

하지만 겁이 많은 사람이나 고소 공포증이 있는 사람은 절대로 하면 안 된다. 누구의 말도 들리지 않을 것이다. 다리가 부들부들 떨리고 아무 생각도 할 수 없어서.

'몰라요, 몰라'가 캥거루가 된 재미있는 사연

호주의 상징인 캥거루는 '숲의 왕'이라고 한다.

1770년 영국인 제임스 쿡 선장이 섬에 착륙했을 때, 폴짝폴짝 점프하는 이 짐승의 이름이 무엇인지 원주민에게 물었다.

"캥거루, 캥거루."

원주민들이 그렇게 대답하기에 쿡 선장은 '캥거루'가 이름이라고 생각했다. 하지만 나중에 알고 보니, 캥거루는 원주민 말로 '모른다.'라는 뜻이었다. 그때까지도 이 짐승의 이름을 짓지 못하고 있던 원주민은 '몰라요, 몰라.' 하고 대답했던 것이다.

캥거루는 재미있고 사랑스런 동물이다. 배주머니 안에는 젖꼭지가 달려 있다. 어미 캥거루가 새끼 캥거루 한 마리를 배주머니에 넣고 달리고, 점핑하는 동작은 매우 미묘해서 사람들의 호기심을 증가시킨다. 포물선을 그리며 스치듯이 묘하게 뛰어넘는 그 행동은 캥거루 전형의 포크 댄스인지 모른다.

또한 캥거루의 배주머니는 많은 웃음을 자아낸다. 새끼 캥거루가 얼굴만 내밀고 쏙 들어가는 모습이 귀엽고 재미있기 때문이다. 조물주가 인간에게 웃음을 선물하려고 이런 사랑스런 짐승을 지구상에 내려 보낸 것은 아닐까!

시드니 항
(Sydney Harbour)

오스트레일리아 뉴사우스웨일스 주의 주요 항구. 포트 잭슨이라고도 불린다. 오스트레일리아 남동 해안을 끼고 있는 남태평양의 작은 만으로, 세계에서 가장 아름다운 천연 항의 하나. 길이 19킬로미터, 면적 55제곱 킬로미터. 썰물시 최고수심 47미터, 최저 수심 9미터. 불연속적으로 펼쳐진 240킬로미터의 갯벌로 선착장도 넓게 형성되었다.

주요 부두는 시드니의 상업 지구 근처에 있다. 노스헤즈와 사우스헤즈 사이에서 만이 시작되며(너비 2.3킬로미터), 해군 · 육군 기지가 있다. 코카투 섬에서 흘러나오는 파라마타 강과 미들하버 강이 각각 이 만의 서쪽 · 북쪽 지류이다.

세계 최대의 강철 아치교 가운데 하나인 시드니 하버 브리지(1932년 완공)는 경간(徑間)의 길이가 495미터로 남쪽 해안에 있는 시드니와 북쪽 교외 지역을 연결한다. 하버 브리지 동쪽의 베너롱 포인트에는 부풀어 오른 돛 모양의 공연 예술 센터 시드니 오페라 하우스(1973년 완공)가 있다.

현재 오스트레일리아의 최대 대도시권인 시드니 시는 이 포트 잭슨(시드니 항)을 둘러싸고 있는 낮은 구릉 위에 세워진 도시. 시드니의 대도시권은 서쪽의 블루 산맥에서 동쪽의 태평양까지, 북쪽의 호크스베리 강에서 보터니 만의 남쪽까지 뻗어 있다.

날씨는 온화하며 가장 따뜻한 2월에는 평균 기온 22도, 가장 서늘한 7월에는 평균기온이 12도. 연평균 강우량은 1,140밀리미터로, 대부분이 여름 몇 개월 동안에 쏟아진다. 수상 스포츠와 위락 시설이 발달해서 문화의 중심지이기도 하다.

블루 마운틴으로 세 자매를 만나러 가다

세 자매 봉우리(The three sisters). 짙은 원시림으로 뒤덮인 숲 속에서 망부석처럼 한 자리에 서 있는 블루 마운틴의 지킴이!

이 세 자매의 요염한 자태를 감상하기 위해, 세 자매를 호위하고 있는 그 넓디넓은 원시림으로 들어가기 위해 블루 마운틴으로 향했다. 일단 시드니에서 교외 철도를 타고 2시간쯤 가서 카툼바 역에서 내렸다.

카툼바는 원주민 말로 '물이 언덕에서 떨어진다.'는 뜻으로, 블루 마운틴 관광의 기

짙은 원시림으로 뒤덮인 숲 속에서 망부석처럼 한 자리에 서 있는 블루 마운틴의 지킴이, 세 자매 봉우리.

점이 되는 작은 마을이다. 인구 2만 명이 사는 영국풍의 거리가 인상적인 이 작은 마을은 1년 내내 기온이 온난하고 풍광이 밝고 아름다워서 외국 관광객들을 포함해 연간 백만 명 이상이 찾아온다. 에코 포인트나 사이크로라마 포인트는 걸어서도 갈 수 있다.

에코 포인트, 일명 '리틀 그랜드 캐니언'으로 가기 위해 카툼바 역에서 남쪽으로 20분 정도 걸었다. 짙은 원시림으로 뒤덮인 한편에 전망대가 있었다. 전망대에 오르니 기암 절벽 위에 솟은 세 자매 봉우리와 재미슨 밸리(jamison's valley) 숲의 절경이 보인다.

전망대에서 바라보는 세 자매 봉우리, 아빠를 원망하고 있을까,

아빠를 기다리고 있을까? 그 깊은 숲 속에서 나오지 못하고 있는 이들 세 자매. 세 자매에 얽힌 호주의 전설은 슬프고도 안타깝다.

그 옛날, 마법사에게는 아름다운 세 딸이 있었다. 이들의 아름다움에 반한 마왕이 이들을 손아귀에 넣으려고 했을 때, 마법사는 마법을 써서 이들을 바위로 만들어 마왕의 손아귀에서 벗어나게 했다. 그러나 마법사는 마왕에 의해 목숨을 잃었고, 마법이 풀리지 않은 세 자매는 지금까지 바위로 남아 아빠를 기다리고 있는 것이다.

세 자매를 뒤로 하고 사이코로라마 포인트로 향했다. 세계 제일의 경사를 자랑하는(약 40도) 시닉 레일웨이(scenic railway)를 타면, 거리는 짧지만 절벽을 거꾸로 떨어지는 기분을 맛보면서 푸른 숲의 절경 속으로 들어갈 수 있다. 하지만 공중 케이블(scenic skyway)을 타고 블루 마운틴에 흠뻑 젖어보기로 했다. 가능한 한 높은 곳에서 전체를 내려다보고 싶은 마음에서.

시드니 서쪽 약 100킬로미터에 있는 블루 마운틴 국립공원은 울창한 원시림이다. 유칼립투스에서 분비된 수액이 햇빛에 반사되어 대기가 푸르게 변했고, 멀리서 바라보니 산 전체가 푸른 구름에 뒤덮여 보였다. 그래서 블루(Blue) 마운틴이라 하지 않는가! 500미터 정도를 가는 도중에 공중에서 바라보는 파노라마 경치는 숨을 멎게 할 만큼 아름다웠다.

블루에 취해, 아름다움에 취해 한참을 비틀거린 것 같은데, 좀 전에 본 세 자매의 영상이 슬그머니 머릿속을 비집고 들어왔다. 한자리에 못 박힌 채 하염없이 아빠를 기다리는 세 자매는 케이블카를 타며 자신들이 있는 원시림을 이리저리 다니는 인간들의 모습을 어떻게 보고 있을까?

'세 자매야 용서하렴. 인간들은 원래 그렇단다.'

세계적인 가든 시티, 크라이스트 처치

호주까지 온 김에 뉴질랜드까지 가보기로 했다.

은퇴자의 천국이라는 뉴질랜드. 특히 뉴질랜드 남섬 동부에 있는 크라이스트 처치(Christ church)는 6개월만 살면 축농증이 낫는다고 할 만큼 공기가 아주 맑다. 그래서인지 건강하게, 여유롭게 살고 싶은 노년의 사람들이 많이 몰려 온다.

크라이스트 처치는 호주의 죄수 유배지 정책과 달리, 영국 성공회 교도들이 1850년에 4척의 이민선을 타고 와서 개척한 도시로, 독특한 역사와 전통을 지닌 곳이기도 하다. 영국 성공회교도들은 이곳에 도착하자마자 제2의 영국을 세우려고 교회를 짓고 대학을 세웠다. 공원이나 공공 건물들도 영국풍이며, '영국 밖에서는 가장 영국풍이 깃든 도시'가 되었다. 그래서 영국에 있는 크라이스트 처치라는 도시 명을 그대로 뉴질랜드에서도 사용하고 있다.

뉴질랜드에서 두 번째로 큰 도시 크라이스트 처치. 그러나 아본 강을 끼고 있으며 공원과 공공 정원, 기타 휴양지들이 많아서 '평원의 정원 도시'라는 닉네임이 먼저 다가온다. 정원 도시답게 시내 곳곳에 물이 흐르고 커다란 물고기가 살고 있으

은퇴자의 천국이라는 뉴질랜드, 그 중에서도
남섬 동부에 있는 크라이스트 처치는 여기서 6개월만 살면
축농증이 낫는다고 할 만큼 공기가 아주 맑다.

며, 사람들은 곤돌라를 이용한 뱃놀이를 즐기며 평화스럽게 지내고 있었다.

영국성공회 대성당, 로마 가톨릭 임시주교좌 성당, 로버트 맥두걸 미술관, 캔터베리 박물관, 식물원, 천문관 등을 찬찬히 둘러보았다. 바닷가에는 해산물이 풍부하고, 마운트 쿡 등 남부 알프스는 자연 경관을 뽐내며 은퇴자들이 노후 생활을 보내기에 안성맞춤인 지역으로 보였다. 팔뚝만한 연어 한 마리 회를 안주삼아 술 한 잔을 기울며 그렇게 뉴질랜드 남섬의 밤은 깊어만 갔다.

요트의 도시 오클랜드와 온천의 도시 로토루아

뉴질랜드 북섬에 뉴질랜드 최대의 항구 오클랜드를 끼고 있는 오클랜드(Auckland) 시.

마오리 원주민이 가장 많이 살고 있으며 남태평양의 다른 섬에서 온 폴리네시아인도 많이 살고 있는 도시다. 마누카우, 크라이스트 처치에 이어 지형적으로는 뉴질랜드에서 세 번째로 크지만, 인구(약 백만 명)로는 뉴질랜드 최대의 도시이며 도심 지역이 가장 넓다. 뉴질랜드 전체 인구의 1/3을 차지하는 경제·산업의 중심지답게, 시내에는 고층 건물이 빽빽이 들어선 국제 관광지이기도 하다.

오클랜드 항 부둣가에는 주차장에 나란히 주차한 차들처럼 하얀색 요트들이 늘어서 있었다. 푸른 바다로 나가니 하얀색 돛을 나부끼는 요트들도 간간히 보였다. 크라이스트 처치가 정원의 도시라면, 오클랜드는 과연 '요트의 도시'다.

따사로운 햇살을 받으며 해변으로 발걸음을 옮겼다. 태평양의 푸른 물살을 가르며 서핑을 즐기는 청년들. 짜릿한 스릴이 내게까지 전해져오는 것만 같았다. 요트를 타고 넓은 바다로 나가는 청년들의 패기와 도전 정신, 그리고 거찬 물살과 싸우기 위해 긴장을 놓치지 않으면서도 즐길 수 있을 때 즐길 수 있는 여유가 좋아 보였다.

전원의 도시, 요트의 도시를 봤으니 이제 '온천의 도시' 로토루아로 스케줄을 잡았다. 세계적인 온천 관광지로, 미국인 관광객을 상대로 조성한 도시라고 하는 곳, 로토루아(Rotorua)는 '제 2의 호수'라는 뜻으로, 원주민인 마오리족이 가장 많이 사는 지역이다. 온천 풀장에 가보니 사방이 50미터 정도 보였으며 남녀가 함께 수영하며 온천을 즐기고 있었다.

로토루아에 왔으니 그 유명한 '와이또모 동굴의 반딧불'을 그냥 지나칠 수는 없다. 로토루아에서 서쪽에 있는 와이또모 동굴 (Waitomo Caves). 실제로 보니 자연이 만들어낸 종유등도 신기하기 그지없지만, 동굴 속에 사는 무수한 반딧불이 천장에 매달려 있는 광경은 경이감마저 주었다.

동굴 천장과 벽을 가득 메우고 있는 모기만한 크기의 미세한 벌레들이 빛을 발하는 광경에 매료된 사람들. 입을 열어 감탄사를 연발하는 것도 잊었는지 들떠 있던 분위기는 차츰 가라앉았다. 로토루아에서 차로 2시간 반을 달려서 이곳까지 오기를 참 잘했다는 생각이 스쳤다.

그 신비함과 호화찬란함에 반했는지 누군가 감탄을 했다.

"우와, 이건 세계 8대 불가사의야!"

나폴리를 보고 나서야 눈을 감으리라

로마에서 출발한 차가 나폴리에 가까워지자, 코발트색의 지중해 바다에 떠있는 하얀색 요트들과 해안의 아름다운 절벽에 나는 그만 취해 버렸다. 황혼 무렵에 카스텔 델로보가 석양빛을 받아 반짝이는 모습은 가히 인상적이다. '나폴리를 보고 죽자.'는 이탈리아인의 심정을 이해할 것만 같았다.

고대 시대부터 '새로운 도시'란 뜻의 네아폴리스(neapolis)로 불리며 휴양지로서 각광을 받아온 나폴리. BC. 4세기경부터 고대 로마의 지배를 받게 되면서 나폴리는 황제들이 즐겨 찾는 휴양지가 되었다.

나폴리는 활화산인 베수비오 산을 비롯해서 화산으로 생긴 가파른 구릉들에 둘러싸여 있다. 그래서 더욱 나폴리

고대로부터 '새로운 도시'란 뜻의 네아폴리스로 불리며 휴양지로서 각광을 받아온 나폴리. BC. 4세기경부터 고대 로마의 지배를 받게 되면서 나폴리는 황제들이 즐겨 찾는 휴양지가 되었다.

항에서 바라보는 경치가 아름다운 것이리라.

나폴리 전경이 한눈에 들어온다는 보메르 언덕으로 발걸음을 옮겼다. 정상에 오르니, 과연 나폴리 전경이 펼쳐지고 그 뒤로 산타루치아 항과 베수비오 화산의 절경까지 한눈에 들어왔다. 민요 '산타루치아' 로 유명한 산타루치아 항구는 원래는 한적한 어촌이었는데, 지금은 호텔이 늘어선 관광 명소가 되었다.

나폴리 항구에 우뚝 솟아 있는 견고한 성 카스텔 델로보로 향했다. 12세기에 노르만족이 세웠다는 '달걀 성' 이다. 1691년에 개축되었고 오랜 세월 감옥으로 사용되었다. 또 한편에 서 있는 카스텔 누오보. 3개의 탑이 있는 프랑스풍의 성으로 '새로운 성' 이라는 뜻이다. 15세기에 아라곤족이 앙주 가문을 격파하여 승리를 거둔 것을 기념하여 세운 성이다. 바로 옆에는 왕궁이 자리 잡고 있고 배후에는 해안이 펼쳐지고 있었다.

맑은 공기와 따스한 햇살이 목을 살살 간질였다. 나도 모르게 어릴 때 불러봤던 노래가 절로 나와서 어린 날의 기쁨을 다시금 느껴보았다.

"산타루치아! 산타루치아!"

손자와 어울리려면 할아버지도 피자를 먹어야

나폴리 음식은 전주의 비빔밥처럼 이탈리아에서도 손꼽히는 먹거리로 유명하다. 그 중에서도 대표적인 것이 피자!

피자의 본고장답게 나폴리 거리에서는 우리나라 포장마차처럼 호

떡만한 피자를 싸게 팔고 있었다. 호주머니가 가벼운 젊은 배낭 여행
객들도 부담 없이 피자를 즐기고 있는 걸 보니 내 배도 불러오는 것
만 같았다.

바닷바람을 타고 '태양의 토마토' 라 불리는 피자 소스의 향이 코
끝에 와 닿았다. 피자를 한입 베어 먹으니 부드러운 빵 맛이 우리나
라에서 먹던 맛과는 달랐다. 나폴리 지역에서만 맛볼 수 있는 별미라
는 말에 수긍이 갔다.

수많은 피자 중에서 제일 유명한 피자는 피자의 여왕 '마르게리
따'. 마르게리따 여왕에게 찬사를 받아서 유명해진 피자요, 녹 · 적 ·
백의 이탈리아 국기 색깔이어서 이탈리아 국민에게 사랑을 받는 피
자이다.

우리나라 할아버지, 할머니도 손자들과 입맛을 맞추어 어울리려
면 피자 먹는 연습을 해야 한다. 그래야 외식 때 할아버지, 할머니를
제외하는 경우가 없을 테니 말이다.

나폴리 만
(Golfo di Napoli)

이탈리아 남부 캄파니아 지방 나폴리 주의 주요 도시인 나폴리는 세계에서 가장 아름다운 만의 하나인 나폴리 만을 끼고 있다. 나폴리 시의 남서쪽, 지중해 어귀인 티레니아 해에 있는 반원형 만이다. 너비는 16킬로미터, 카페미세노 곶에서 캄파넬라포인트 곶까지 남동쪽으로 32킬로미터 길이로 펼쳐져 있다. 나폴리 만의 입구에는 북쪽으로 이스키아 섬, 남쪽으로 카프리 섬이 놓여 있다.

세계 3대 미항의 하나인 나폴리 항이 있는 나폴리 만을 따라 포추올리, 토레아눈치아타, 카스텔람마레디스타비아, 소렌토 등의 해안 도시가 이어진다. 고대 도시인 폼페이와 헤르쿨라네움의 유적들도 해안선을 따라 널려 있다.

나폴리 항에서 바라보는 경관은 경치가 아름답기로 유명한데, 나폴리 시는 활화산인 베수비오 산을 비롯해서 화산으로 생긴 가파른 구릉들에 둘러싸여 있어 그 경관이 한층 돋보인다.

나폴리 만을 따라 자리 잡은 해안 도시들과 항구들 중에서도 나폴리에서 소렌토로 이어지는 해안선과 항구들이 특히 아름답다.

섶의 분노로 잿더미가 된 폼페이는 살아 있는 박물관

나폴리에서 1시간쯤 걸려서 폼페이에 도착했다. 로마의 영향권 아래 비옥한 땅과 지리적 위치 덕택에 경제적으로 크게 번성한 폼페이 (Pompeii). 그러나 그칠 줄 모르고 성장하던 폼페이는 위기를 맞았다. 서기 62년에 발생한 대지진으로 폼페이 지역이 엄청나게 파괴되었고, 피해 복구 작업은 쉽지가 않았다. 주택 복구 작업을 하는 중 운명의 날이 찾아 왔다.

서기 79년 8월 24일, 폼페이를 수호신처럼 지켜주던 베수비오 화산이 폭발하여 폼페이는 겨우 몇 시간 만에 2만 명의 시민이 잿더미에 묻히면서 죽음의 도시가 되어버렸다. 베수비오 화산의 주변 도시

폼페이의 신전 유적. 폼페이에는 제우스 신전, 아폴로 신전, 비너스 신전 등이 있다.

에는 화산재와 화산석, 그리고 용암들이 비 오듯이 쏟아졌다. 이로써 폼페이의 시간은 영원히 멈추고 말았다.

화산 폭발은 폼페이 사람들에게는 엄청난 재앙이었지만 그들은 오늘날 타임머신을 타고 되살아나 지금 우리와 마주하고 있다. 우리는 폼페이라는 창을 통하여 2천 년 전의 도시뿐 만 아니라, 당시의 일상생활이 한순간에 마치 화석처럼 굳어져버린 고대 로마의 도시를 볼 수 있다.

즉 폼페이는 고대 로마인들의 예술과 관습, 일상생활 등을 있는 그대로 보여주는 세계 유일의 '살아 있는 박물관 도시' 라 할 수 있다. 인류 역사의 한 토막을 현대에 옮겨놓은 것 같은, 지구상 그 어디에서도 이처럼 몇 천 년 전 한시대의 삶을 그대로 보여주는 유적지는 없다. 그래서 폼페이는 '인류 역사의 보고서' 이다.

2천 년 전이나 지금이나 생활상은 똑같구나

폼페이는 당시 로마 세계에서 경제적으로 가장 활발하고 가장 화려한 도시들 중의 하나였다. 특히 교역과 해운업에 관련된 분야는 더욱 발전하여 대외적으로는 폼페이의 위상이 매우 높았고, 대내적으로는 여러 사회 계층의 생활 수준이 매우 높았다. 중산층, 즉 상인과 기업인들의 층이 두터워져 폼페이의 경제를 일으켜 세웠으며 그것으로부터 많은 이득을 얻어 풍족한 생활을 하였다.

폼페이 시내에는 작업장을 갖춘 상점이 많이 있었다. 특히 옷감을 가공 처리하는 공장은 폼페이 경제에 매우 중요한 부분을 차지했었

폼페이의 도로. 도시 계획이 잘 돼 있었음을 엿볼 수 있다.

폼페이의 건물 유적. 폼페이의 건물들은 대단히 아름다웠고
난방 장치를 비롯하여 생활 전반의 시설들이 뛰어난 수준이었다고 한다.

다. 공장이 많아 섬유업자 조합 건물이 생기고 그 안에는 상점과 창고도 갖춰졌다.

다방도 있었는데, 부뚜막 같은 곳에 음료수를 담는 항아리가 있고 곡식창고에 빵 굽는 화로와 맷돌이 있었다. 또한 여관과 셋방도 있었는데, 어떤 건물에는 세를 놓는다는 광고가 아직도 남아 있다. 개인 목욕탕도 세를 놓기도 하였고 도박장과 창녀촌도 있었다. 교차로가 있는 시내 거리에는 징검다리를 놓고서 비가 올 때 보행자의 발이 물에 젖지 않도록 신경을 쓴 흔적도 있었다.

상점 간판도 흥미로운 게 있었다. 취급하는 업종을 그림으로 설명하는가 하면, 주인 이름을 써 놓기도 했다. 주택의 외벽에는 여러 가지 글자가 보이는데 공연 안내문, 선거 구호문, 특정 인물이나 특정 상황을 풍자하는 문구 등이었다. 주택에는 모자이크를 장식용으로 많이 사용하였는데 입구에 개를 그려놓고서 '개 조심'이란 글씨를 써 놓았다.

"세월의 무상함이란! 2천 년 전이나 지금이나 생활상은 똑같구나!"

2천 년 전 창녀의 집과 풍자적이고 음란한 낙서들

당시의 폼페이 사람들은 '창녀의 집'을 루파나라(lupanara)라 불렀다. '늑대 암컷'을 의미하는 루파(lupa)에서 기인한 말이다. 즉 '루파'는 창녀를 지칭했다.

창녀의 집은 여러 곳이 있었는데, 가장 큰 집은 2층으로 작고 어두운 여러 방들 외에도 화장실과 대기실이 있었다. 객실에는 돌침대가 있었고 벽에는 성적인 충동을 위한 에로틱한 그림과 글이 있었다. 당시 폼페이 사회의 한 단면을 적나라하게 보여주고 있는 것이다.

한편, 폼페이 사람들은 벽면을 긁어서 낙서를 남겼는데 당시의 사회상을 솔직하게 표한 것들이리라. 특정 미녀에 대한 찬사, 특정 인물이나 특정 사건에 대한 풍자, 음란한 농담, 창녀촌에서의 경험 그리고 물건 매매 및 이익 계산을 한 낙서, 공연에 대한 것, 선거 구호문, 당시의 검투사에 관한 낙서, 개조심 등 현대판의 사회상 표현과 다름이 없는 것 같았다.

창녀의 집을 둘러보는데 낯익은 얘기가 귀에 들려왔다. 폼페이가 최후의 날을 맞이한 것은 성경의 '소돔과 고모라' 처럼 타락한 인간들에 대한 신의 정벌이라는…….

매춘은 지구상에서 가장 오래된 직업의 하나다. 그리고 사람 사는 모양새는 고대 사회이건 현대 사회이건 그 근간은 엇비슷할 터. 우리 인간이 감추고 싶어 하는 것, 밝은 데 드러내 놓고 싶지 않은 것, 그러나 결코 무시하거나 뛰어넘을 수 없는 것들이 현대 사회에서는 좀 더 세련된 형태로, 혹은 좀 더 치졸한 형태로 유지되고 있지는 않는가? 오히려 고대인들은 자신들의 본성을, 한계를 노골적으로 드러내 놓는 용기를 갖고 있지 않았나 싶다.

인간 화적 사이로 삐죽이 보이는 하얀 발톱

죽은 자들의 모습을 보니 가슴이 턱 막혔다. 얼마나 뜨거웠을까?

편히 누워 죽은 자의 모습을 거의 찾아볼 수가 없는 인간 화석들. 고통에 신음하다가 옆으로 혹은 엎어져서 죽은 모습에 같은 인간으로서 측은함이 앞선다.

그들은 죽어서까지도 2천 년의 세월을 훌쩍 뛰어넘어서 산 자들에게 너무나도 강렬한 인상을 주고 있었다. 폼페이 최후의 날의 모습을 생생하게 보여주기 때문이다.

미처 준비할 틈도 없이 죽음을 맞이한 그들은 무슨 생각을 하며 눈을 감았을까? 갑자기 하늘에서 쏟아지는 화산재와 물밀듯 밀려오는 빨간 용암을 보며 세상의 종말이 온 것이라 생각했을까? 그런 생각도 할 새 없이 거대한 죽음의 그물을 벗어나기 위해, 한 가닥 목숨을 부지하기 위해 이리저리 날뛰다가 죽음을 맞이했을까? 찰나였겠지만, 사랑하는 이들이 먼저 불길 속에 삼켜지는 모습을 보면서 가슴이 먼저 애간장으로 끓지 않았을까? 우리도 어느 날 갑자기 지진 혹은 쓰나미같은 태풍이 덮쳐온다면 이들처럼 한순간에 사라질 수도 있지 않을까?

폼페이 유적지에 널려 있는 대부분의 인간 화석들은 죽은 사람의 석고를 뜬 것이다. 사람이 화산재에 매몰되어 오랜 세월이 지나면 시체를 덮었던 화산재와 화산 용암은 그대로 굳어진다. 굳어진 화산재와 화산석 안에는 시체가 썩어 없어지고 빈 공간이 생기게 된다.

이 빈 공간에 석고를 부어 굳게 한 다음, 사체를 덮고 있는 화산재와 화산석을 걷어내면 죽은 사람의 모습이 그대로 떠진다. 이렇게 폼페이 최후의 날에 죽었던 모습 그대로, 서로 부둥켜안고 죽은 모습, 도망치다가 죽은 모습, 겁에 질려 죽은 모습, 귀중품과 돈을 꺼내려다 죽은 모습들이 생생하게 재현되었다.

그런데 혼자 옆으로 누워 있던 인간 화석의 발끝에서 하얀 발톱을 보았다. 찐한 아픔이 다가왔다. 과연 누구인가, 당신은?

돌아오라 소렌토로……, 삶은 아름답다

나폴리의 민요로 유명한 소렌토(Sorrento). 나폴리 중앙 역에서 열차로 1시간 거리, 나폴리 만 남동쪽에 솟아 있는 소렌토 반도 끝의 낭떠러지 위에 있다.

나폴리 만을 따라 아름다운 해안 도시들과 항구들이 자리 잡고 있는데, 그 중에서 나폴리에서 소렌토로 이어지는 해안선과 항구들이 특히 아름답다.

나폴리에서 소렌토로 이어지는 해안선의 경관은 숨이 막힐 정도로 정말 아름다웠다. 우리는 왜 아름다운 것 앞에서는 숨이 막히는 것만 같고, 기가 막힐 정도로 아름답다는 표현을 쓰는 것일까? 잠시 궁금해진다. 숨이 막히거나 기가 막히면 살 수가 없는데…… 어쩌면 우리가 평소에 너무나 볼품없고 추한 것들에 둘러싸여 살기에 그런 것인가? 추한 것들 앞에서 숨이 막히고 기가 막혀야 할 텐데, 그러다보면 이 세상에서 살아남을 자가 거의 없기 때문에?

폼페이 유적지에서 죽은 자들의 화석을 보고 난 뒤라 이런 뒤숭숭한 생각에 잠기는 것이리라. 하지만 산 자는 계속 살아가야 한다. 어쩔 수 없는, 어찌해 볼 도리가 없는 재난 앞에서 우리 인간은 바람에 훅 꺼지는 촛불처럼 연약하다. 하지만 우리가 어찌할 수 있는, 어찌해 볼 도리가 있는 상황에서는, 그 낮은 가능성에라도 희망을 걸고 살아내야 한다. 그렇게 해서 인간은 단순히 생존하는 단계에서 벗어나 문명을 이루고 역사를 만들어 왔다.

자연은 폼페이 최후의 날에서처럼 무지막지하게 인간을 집어삼키는 괴물같이 생각되기도 하지만, 우리 인간이 안심하고 살아갈 터전이 되어주지 않는가! 그리고 그 어떤 화가도 그려낼 수 없는, '숨을 멎게 하는' 아름다움으로 우리에게 벅찬 감동을 주지 않는가! 살아 있다는 것이 얼마나 아름다운 일이며, 경이로운 일인지를 깨닫게 해주기 위해서, 자연은 우리에게 잠시 '숨이 멎는' 경험을 주는 것일 것이다.

해안 도로 언덕길에서 바라본 나폴리와 소렌토의 야경은 반짝이는 별빛과 어우러져, 크리스마스 트리가 그려진 그림과도 같았다. 활처럼 휘어진 항만의 모습은 금강산의 장전항과 매우 흡사하다. 레몬과 오렌지 과수원이 펼쳐져 있는 주변을 보니 연중 상쾌한 휴양지가 된 이유를 알 것만 같았다.

에메랄드 빛 바다와 그곳에 떠 있는 카프리 섬, 그리고 오렌지 숲에 둘러싸인 소렌토에서는 앞으로만 달려오느라 바빴던 이들이 모든 걸 탁 놓아버리고 여유로움을 한껏 누릴 수 있으리라. 아름다운 해안이 있는 도시, 파란 바다와 절벽 위에 모여 있는 멋진 풍경은 많은 이들을 불러 모으고 있었다.

고향을 그리며 찾아가는 고향 같은 곳, 소렌토. 그래서 만들어진 노래이리라.

"돌아오라, 소렌토로⋯⋯."

하루 1달러로 4개월간 아프리카를 여행하던 아가씨

로마에서 나폴리까지는 기차로 2시간. 대학생들의 여름 방학과 맞물린 여행 성수기인지라, 유럽의 여느 기차들과 마찬가지로 내가 탄 기차도 여행객으로 만원이었다.

태평양의 폴리네시아 섬을 돌고 있다는 청년. 그리고 수많은 배낭 여행객들.

그런데 특히 유난히 목소리가 큰 한국 청년들. 기차 안은 한국말로 이미 점령되었다. 배낭 여행 중인 우리의 젊은이들을 보면 언제나 힘이 난다. 쾌활해서 좋다. 우리나라의 미래를 짊어질 '젊은이의 힘'을 볼 수 있기 때문이다.

이스라엘 키부츠에서 혼자 시나이 반도를 건너서 카이로에 왔다는 이스라엘 유학 여학생. 하루 1달러로 아프리카를 4개월 여행 중이라던 그녀는 영어 선생님이지만 '기대 반, 걱정 반'이라고 했다.

한편으로는 걱정이 앞서지만, 그래도 '큰 고기는 먼 바다에 나가야 잡을 수 있다.'는 확신에 찬 자신감으로 세계를 향해 뛸 수 있는 용기가 있어서 좋다. 그런 용솟음치는 힘이 있기에 우리나라는 희망이 보인다.

그런 젊은이들을 한국에서 다시 한 번 만나고 싶다. 그들의 성공을 믿고 있기에 그들이 가는 길을 직접 보고 싶다.

해외 여행은 빠를수록 좋다. 한참 자라나는 중·고등 학생이면 더좋다. 중·고등 학교 때 세계 역사와 지리를 배우기 때문에 학습한 것을 직접 확인하는 교육이 더 효과가 있다고 생각한다. 나이 드신 분들은 '은퇴하면 여행해야지.' 하고 생각하지만 그때는 이미 늦다.

체력의 한계가 오기 때문이다. 잘못하면 여행이 아니라 뒤늦게 극기 훈련을 할 수가 있기 때문이다.

바쁘다는 핑계로 앞만 보고 달려온 일상생활. 하지만 '시간은 기다리는 자의 것이 아니라 만드는 자의 것'임을 되새겨야 할 것이다.

'집이'의 눈에 비친 리오데자네이루

정열과 욕망을 상징하는 삼바의 도시, 리오데자네이루(Rio de Janeiro : 약칭 Rio).

여기 사람들은 '하느님이 일주일 중에 6일을 일하고, 하루를 쉬었는데 그중 4일은 리오를 만드는데 사용했다'고 하여 그 자부심이 대단하다.

코파카바나 해변을 비롯하여 이파네바, 보타포고, 플라맹고 등 아름다운 모래 해안들이 즐비한 곳. 그러나 리오를 가장 빛나게 하는 것은 세계에서 쉽게 볼 수 없는 다양하고 섹시하며 정열적인 사람들과 패션이었다. 색깔도 화려하여 그야말로 원색의 물결을 이루었다.

리오데자네이루 국제 공항에서 차를 타고 도심으로 들어가니 1960년대까지 2백 년간 브라질의 수도였던 리오의 원색 풍광이 펼쳐졌다. 멀리 산꼭대기에 우뚝 솟은 십자가가 보였다. 리오의 상징인 그 유명한 코르코바두의 예수상은 얼마나 높은 데 있는지, 또한 얼마나 큰지 리오 어디에서든 볼 수가 있었다. 햇살을 받아 흰색으로 빛날 때는 마치 아래에 있는 인간들에게 흰빛을 뿌려주는 것만 같다.

리오데자네이루란 지명은 포르투갈 어로 '1월의 강'이란 뜻이다.

1502년 1월 1일, 신대륙을 찾아 대서양을 건너온 포르투갈 항해자들은 최초로 이곳 과나바라 만에 도착했다. 오랜 항해에 지쳐 있던 항해자들은 대서양과 좁은 입구로 연결되어 있는 과나바라 만을 강으로 착각했다. 물살이 잔잔해서 1월에 발견한 강. 그래서 '1월의 강'이란 이름을 붙였다.

리오는 과나바라 만의 좁은 입구로 풍랑을 막아주는 천혜의 항구 조건을 갖추고 있을 뿐만 아니라, 내륙의 금광과도 가까워서 급성장할 수 있었다. 대서양 해안에 자리 잡고 있고 적도에서 흘러들어오는 난류의 영향을 받아서 연중 기온차가 작은 열대 기후의 특징을 보인다. 그 덕분에 연중 많은 관광객이 삼바와 함께 밤을 지새우려고 찾아오고 있다.

다시 만난 코르코바두 언덕과 예수상

해발 710미터 코르코바두 언덕 꼭대기에 서있는 예수상은 브라질 독립 백 주년을 기념하여 만들었다는 거대한 석상으로, 리오의 상징이다. 1931년에 만들어졌으며 높이 30미터, 한 일(一)자로 벌린 양팔의 길이가 28미터이다. 전신에는 납석을 발랐으며 무게가 1,145톤이나 나간다.

해안 지구에서 보는 그 모습은 햇빛을 받아 새하얀 십자가 같다. 일몰 후에는 빛을 받아 어둠 속에서 성스럽게 보인다.

이 예수상이 '세계 신 7대 불가사의'에 들어가면서 사람들을 놀라게 했다. 개인적으로도 좀 의아했다. 이스터 아일랜드의 모아이 석상이 더 불가사의한데……. 어쨌거나 최종 결과가 발표되기 전에 브라질 정부는 투표를 독려하는 캠페인을 벌였고 정열적인 브라질 사람들이 일을 제대로 해낸 셈이다.

예수상이 있는 코르코바두 언덕에서는 리오의 전경이 한눈에 들어온다. 멀리 보이는 리오시내와 리오항의 모습.

이로써 브라질의 리오는 세계 3대 미항과 세계 신 7대 불가사의라는 영광을 곱빼기로 걸머쥐었다. 앞으로 관광객이 더 밀려들 건 당연한 일.

예수상은 리오의 기원이 되는 동쪽 과나바라 만을 바라보며 남북 방향으로 팔을 벌리고 있다. 왼팔이 가리키는 북쪽 방향이 중심가인 센트로, 오른팔이 가리키는 방향이 남부 지역인 코파카바나, 이파네마 해안을 가리킨다.

언덕 정상으로 올라가는 케이블식 등산 열차는 중간 역에서 현지 주민들의 교통 수단으로도 이용되고 있다. 등산 열차를 타고 철로변의 우거진 숲을 따라 올라가면서 열대 밀림 지역 사이로 간간히 리오 시내의 멋진 경치가 눈에 들어왔다.

정상에 오르니 10여 년 만에 다시 만난 예수상이 양팔을 벌리며 반겨주었다. 예전과 다른 것은 새로이 에스컬레이터가 설치되어 좀 더 많은 사람들을 편리하게 해주고 있다는 것뿐이었다. 이 예수상은 '세계 신 7대 불가사의' 편에서 자세하게 다루기로 하고, 여기서는 세계 3대 미항의 하나인 리오 해안을 중심으로 살펴보겠다.

코르코바두 언덕에 서니 대서양을 마주 보고 있는 미항 리오의 전경이 한눈에 들어온다. 과나바라 만, 팡데아수카르, 코파카바나 해변, 플라밍고 해변, 마냐카나 축구장, 삼바 경기장, 센트로 지역까지 한눈에 들어오는 멋진 경치. 역시 리오가 '세계 미항들 중 최고의 미항'이라는 찬사를 받을 만하다. 정상에 있는 카페에서의 훌륭한 경치와 맥주 한잔의 맛은 영원히 잊혀지지 않을 것이다.

기가 찌르르 흐르는 바위산 팡데아수카르와 신앙의 마이산

바게트 빵처럼 생겼다 해서 '빵 산'이라고도 불리는 팡데아수카르. 바위산 앞에서 큰소리 '얍' 하고 소리를 지르며 기를 받는 여인.

우르카 해안과 베르멜랴 해안 사이 작은 반도에 있는, 럭비 공이 불쑥 튀어 나온 것 같은 바위산 팡데아수카르(Pao de Acucar). '아수카르'는 포르투갈 어로 설탕을 가리키므로, 일명 '설탕 산' 즉 '슈가로프(sugar loaf)' 산이다. 화강암으로 된 산이지만, 설탕 가루를 수북이 쌓아 놓은 모양을 보고 붙인 이름이라 한다.

팡데아수카르는 예수상과 아울러 리오를 상징하는 또 하나의 자연 명물이다. 멀리서 보는 바위산의 모습도 장관이지만, 이 바위산에 올라서 보는 리오의 모습도 정말 아름답다.

저녁에 케이블카를 두 번 갈아 타고 약 396미터의 가파른 암벽을 올라갔다. 리오 시내와 과나바라 만 전체가 시야에 들어왔다. 코르코바두 언덕에 비하면 낮지만 바다로 돌출해 있기 때문에 마치 바다 위에서 도시를 내려다보는 것 같은, 스릴 있는 경관이었다. 검푸른 바닷물 건너에 자리 잡은 도심의 따사로운 불빛이 아련한 수채화를 펼쳐 놓고 있었다. 특히 리오의 야경은 여기서 보는 게 좋다.

산 정상에는 원뿔형으로 치솟은 바위가 있다. 바게트 빵처럼 생겼다 해서 '빵 산'이라고도 불린다. 남성의 거시기를 닮았다고 해서 정력을 키우고 싶은 남자들이 여기서 정기를 받아간다고 한다. 피식 웃음이 나왔다. 햇살을 받아 구릿빛 피부가 반들거리고 육체 노동으로 단련되었는지 근육질 몸매를 드러내 놓고 다니는 브라질 남자들. 이들도 정력 키우기에 급급하단 말인가?

어쨌거나 생긴 모양도 그렇고 정기를 받아간다는 것도 그렇고, 자연스럽게 우리나라 진안의 돌출 바위 마이산이 떠올랐다.

어쩜 그렇게 비슷하게 생겼을까? 바위산 앞에서 큰소리로 '얍!' 하고 소리를 지르면 기를 받는다는 것도 비슷하다. 마이산도 신성시되어 사람들이 그곳에서 기도하고 기를 받으면 경건해진다고 한다. 다만 바위산 팡데아수카르와 비교하면 바닷가와 산 속에 있다는 것만 다를 뿐.

삼바에 취해 흐느적거리는 리오

리오는 삼바의 도시다. 삼바(samba)의 어원은 아프리카 반투족의 말 셈바에 기원을 두고 있다. '원을 지어 춤을 추는 사람들이 서로 배꼽을 들어 올려 부딪치는 춤의 형태'를 뜻한다.

리오 사람들은 1년 내내 이 삼바 춤과 함께 산다고 해도 지나친 말이 아니다. 특히 토요일 밤부터 수요일 새벽까지 4일 동안 걸쳐서 벌이는 삼바 카니발 혹은 리오 카니발에서 사람들은 광란적으로 삼바의 리듬에 몸을 맡긴다. 한낮에는 강렬한 태양 아래서, 밤에는 밝은 조명을 받으면서, 삼바의 리듬을 타며 집단마다 격렬하게 춤을 춘다. 템포가 빠르고 굉장히 리드미컬한 삼바. 여성 댄서들이 쉴 새 없이 허리와 엉덩이를 흔들어 대는 모습은 도발적이다.

리오 카니발을 즐기는 것은 크게 3가지 형태로 나뉜다. 표를 구입해서 관람석에서 퍼레이드를 즐기는 것, 거리에서 시민 퍼레이드에 참가하는 방법, 클럽 하우스에서 열리는 카니발에 참석하는 것. 클럽 하우스에서의 카니발은 연중 관람할 수 있으며, 탱고 등 여러 나라의 댄스도 볼 수 있다.

리오의 카니발을 단순히 반라의 댄서들이 삼바 춤을 추는 '광란의 축제'로 생각하는 것은 오해일 것이다. 그것은 남녀노소 할 것 없이 주민 전체가 합세한 공동의 작품이었고 함께 어울리며 즐기는 놀이마당이었다.

프랑스인들은 '1년의 절반은 다음 휴가에 대해 이야기하고, 나머지 절반은 지난 휴가를 추억하며 보낸다.'는 말이 있을 정도로 여름 휴가에 의미를 두는데, 리오 사람들은 1년 내내 삼바 축제와 더불어 사는 것 같다. 준비 과정부터 지역 삼바 스쿨을 통해 주민과 일상적으로 밀착돼 있었고, '내 존재 이유는 이것' 이라는 듯 이 날만을 위해 기다렸다는 듯 신나했다. 그들이 펼치는 카니발 기간 동안에 세계에서 70여 만 명의 관광객이 리오를 찾는다. 그들과 함께, 그들 사이에 섞여서 삼바 춤에 취한 여행을 즐기기 위해서일 것이다.

삼바 카니발의 주 대회장인 삼바 경기장 삼보드로모(Sambodromo). 대행진이 있는 날마다 밤낮으로 4일 동안 삼바 경기장에서는 삼바 축제가 계속되며, 리오 카니발에서 1등을 한 단체가 마지막 날 퍼레이드를 하는 영예를 안는다. 이때가 당연히 삼바 카니발의 절정이다.

삼보드로모는 길이 약 800미터에, 양쪽에는 콘크리트로 만든 관람석이 설치되어 있고, 입장권 없이는 들어갈 수 없다.

삼보드로모에는 삼바 옷 가게가 있다. 삼바 옷을 입어 보고 기념 촬영을 할 수 있는데, 나도 삼바 옷을 입어봤다. 수백만 원을 호가한다는 옷인데, 비싼 것은 수천만 원이나 나간다고 했다. 삼바 옷은 그리 무겁지는 않았고 조금 헐렁한 느낌이 들었으며, 머리에 쓰는 모자

삼바드로모에서 삼바 옷을 대여할 수 있다. 삼바 옷만 입어도 카니발에 참석한 것처럼 기분이 들뜬다.

는 수많은 깃털과 조각으로 되어 있어 어쩐지 잉카의 원주민처럼 느껴지게 했다. 삼바 옷만 입었을 뿐인데도 직접 삼바 카니발에 참석한 것처럼 기분이 들뜨고 즐거웠다.

들뜬 기분에서였나? 즉석에서 만난 카니발 복장의 외국 여인하고 기념 촬영도 하고 같이 삼바 댄스를 추었다. '삼바' 여인과의 춤! 절로 흥이 났다.

"얼씨구 좋구나, 좋아! 지화자 좋구나!"

그러나 삶은 어디까지가 현실이고 어디부터가 환상인가? 양지가 있으면 음지가 있는 게 우리네 삶인가? 삼바의 여인과 삼바 춤을 추고 난 다음날, 전날의 흥을 깨는 얘기를 들었다. 리오 카니발의 숨은 공로자는 마피아라는…….

브라질 마피아들은 당국의 적극적인 방조(?)하에서 카니발 행사장의 티켓 판매를 독점한다고 한다. 그 대가로 축제 기간 동안 리오의 치안을 책임진다고 한다. 술, 마약, 광란의 퍼레이드가 뒤엉킨 리오 페스티벌이 큰 사고 없이 치러질 수 있는 게 마피아의 도움 때문이라니!

'그래, 빛이 있으면 어둠이 있는 법! 어둠을 부정할 수는 없지만 빛을 거부할 수는 없다. 빛 속으로 들어갈 수 있을 때에는 빛 속에서 어우러지자!'

삼바 댄스클럽에 울려 퍼진 대한민국 짝짝짝

관광객을 위해 연중 삼바 댄스가 공연되는 삼바 클럽이 있다. 2월 중에 열리는 삼바 카니발에 참석하지 못한 여행객은 삼바 클럽에서 삼바 춤, 탱고 등 여러 나라의 춤을 보며 그 아쉬움을 달랠 수가 있다.

많은 관광객이 모인 삼바 댄스 클럽. 삼바 댄스 못지않게 중요한 이벤트 중 하나가 각국 관광객이 자기 나라 춤과 특징을 소개하는 마지막 코너이다. 사회자가 아주 유머러스하게 진행하는 코너였다.

우리 한국인은 승부욕이 매우 강해서, 즉석 쇼를 보일 망정 열성적으로 최선을 다했다. 그래서 삼바 댄스 클럽에서도 최고의 인기를 누렸다.

간단하게 '대한민국, 짝짝짝!' 예행 연습을 하고 나니 사회자가 '코리아!' 하고 외쳤다. 그때 예행 연습을 한 우리들뿐 아니라, 언제 어디서 나타났는지 미국, 브라질, 아르헨티나 교포 등이 가세했다. 갑자기 인원이 많이 늘어나서 좀 어리둥절해졌다.

하지만 어리둥절함도 잠시, 우렁차게 '대한민국, 짝짝짝!'이 울려 퍼지자, 수많은 관광객이 열광하며 박수를 치면서 즐거워했다. 아울러 '아리랑'이 울려 퍼지자, 순간 너, 나 할 것 없이 어깨동무를 하며 흥겨운 여행지에서의 감동을 만끽했다.

리오데자네이루
(Rio de Janeiro)

　언제인가부터 우리말 표기로 '리우데자네이루'로 표기되고 있다. 포르투갈 어 (브라질은 포르투갈의 지배를 받은 탓에 남미에서 유일하게 스페인 어가 아닌 포르투갈 어를 쓴다) 'R'은 'ㅎ'에 가까운 발음이 나서, 현지에서는 '히오데자네이루'로 들린다. 리오데자네이로는 영어 발음이다.

　대서양 해안, 브라질 남동 지역에, 과나바라 만의 좁은 입구가 거센 풍랑을 막 아주어 천혜의 항구 조건을 갖추고 있는 항구 도시 리오데자네이루. 상파울로에 이어 브라질 제2의 도시 리오는 인공적인 아름다움이 아니라 자연의 아름다움 으로 돋보이는 최상의 국제 관광 도시이다.

　리오 동쪽으로는 세계 3대 미항의 하나로 알려진 과나바라 만(Guanabara)의 맑고 푸른 바다를 휘감고 하얀 모래 사장이 펼쳐진다. 바다에는 수백 개에 이르 는 작은 열대 섬이 점점이 박혀 있다. 물결이 굽이치는 듯한 리오의 거리들 위 로는 푸른 산이 솟아 있고, 그 산꼭대기에 세계 신 7대 불가사의의 하나인 유명 한 예수상이 우뚝 서서 두 팔을 벌리고 사람들을 품어준다.

　브라질의 독립, 유럽 예술의 상륙, 또한 보사노바 음악의 발상지인 리오를 탐 험하고 나면, 남미 여행자들은 보통 아르헨티나와 브라질의 국경 지대를 흐르는 이과수 강 관광을 다음 스케줄로 잡는다. 열대 우림 속에 웅장하게 펼쳐진 이과 수 폭포를 보기 위해서다. 이과수 폭포는 세계 3대 폭포 편에 있다.

손바닥만한 비키니가 가장 많은 코파카바나 해변

리오의 낭만과 아름다움, 그리고 자유분방함을 상징하는 곳은 단연 코파카바나 해변이다.

해안선은 바다에서 육지를 향해 부채를 펼쳐 놓은 듯한 모양을 하고 있었다. 모래밭의 길이는 약 5킬로미터 정도. 간지러울 정도로 무척 곱디고운 모래를 간직하고 있는 해변이다. 해변 주위로 아름다운 경관이 펼쳐졌다. 리오는 연중 기온이 높아서 1년 내내 해수욕을 즐길 수 있어서 세계 여러 나라에서 온 관광객이 해변에 누워서 일광욕을 즐긴다.

관광객이 항상 붐비는 이곳. 손바닥만한 비키니를 걸친 아가씨들

리오의 낭만과 아름다움, 그리고 자유 분방함을 상징하는 코파카바나 해변.
간지러울 정도로 곱디고운 모래가 약 5킬로미터의 길이로 펼쳐져 있다.

은 노출에 대한 거부감도 없는지 북적대는 사람들과 하나가 되어 리오의 해변을 달구고 있었다. 남자들도 질세라 대부분 몸에 딱 달라붙는 삼각 수영복을 입고 일광욕도 하고 공놀이도 하면서 연인과 함께 즐기고 있었다.

리오 카니발이 열리는 2월의 풍경을 마음속으로 그려본다. 코파카바나는 2월에 리오 카니발이 열리면 축제의 열기로 휩싸인다는데, 그 열기를 생각해 보는 것만으로도 온몸이 화끈하게 달아오른다.

어둠이 짙어진 후 코파카바나 해변을 거닐어 봤다. 리오의 밤 풍경을 배경으로 펼쳐진 대서양 바다가 커다란 파도를 일으키며 연신 인사를 해왔다. 그래서 답례를 해주었다.

'그래, 코파카바나를 사랑하련다. 그래서 잊지 않고 또 왔지 않느냐? 리오의 밤이여! 영원하리라!'

가림출판사 · 가림M&B · 가림Let's에서 나온 책들

문 학

바늘구멍 켄 폴리트 지음 / 홍영의 옮김
신국판 / 342쪽 / 5,300원

레베카의 열쇠 켄 폴리트 지음 / 손연숙 옮김
신국판 / 492쪽 / 6,800원

암병선 니시무라 쥬코 지음 / 홍영의 옮김
신국판 / 300쪽 / 4,800원

첫키스한 얘기 말해도 될까 김정미 외 7명 지음
신국판 / 228쪽 / 4,000원

사미인곡 上 · 中 · 下 김충호 지음
신국판 / 각 권 5,000원

이내의 끝자리 박수위 스님 지음
국판변형 / 132쪽 / 3,000원

너는 왜 나에게 다가서야 했는지 김충호 지음
국판변형 / 124쪽 / 3,000원

세계의 명언 편집부 엮음
신국판 / 322쪽 / 5,000원

여자가 알아야 할 101가지 지혜
제인 아서 지음 / 지창국 옮김 / 4×6판 / 132쪽 / 5,000원

현명한 사람이 읽는 지혜로운 이야기 이정민 엮음
신국판 / 236쪽 / 6,500원

성공적인 표정이 당신을 바꾼다 마츠오 도오루 지음
홍영의 옮김 / 신국판 / 240쪽 / 7,500원

태양의 법 오오카와 류우호오 지음 / 민병수 옮김
신국판 / 246쪽 / 8,500원

영원의 법 오오카와 류우호오 지음 / 민병수 옮김
신국판 / 240쪽 / 8,000원

석가의 본심 오오카와 류우호오 지음 / 민병수 옮김
신국판 / 246쪽 / 10,000원

옛 사람들의 재치와 웃음 강형중 · 김경익 편저
신국판 / 316쪽 / 8,000원

지혜의 쉼터 쇼펜하우어 지음 / 김충호 엮음
4×6판 양장본 / 160쪽 / 4,300원

헤세가 너에게 헤르만 헤세 지음 / 홍영의 엮음
4×6판 양장본 / 144쪽 / 4,500원

사랑보다 소중한 삶의 의미
크리슈나무르티 지음 / 최윤영 엮음 / 신국판 / 180쪽 / 4,000원

장자-어찌하여 알 속에 털이 있다 하는가
신국판 / 4×6판 / 180쪽 / 4,000원

논어-배우고 때로 익히면 즐겁지 아니한가
신도희 엮음 / 4×6판 / 180쪽 / 4,000원

맹자-가까이 있는데 어찌 먼 데서 구하려 하는가
홍영의 엮음 / 4×6판 / 180쪽 / 4,000원

아름다운 세상을 만드는 사랑의 메시지 365
DuMont monte Verlag 엮음 / 정성호 옮김
4×6판 변형 양장본 / 240쪽 / 8,000원

황금의 법 오오카와 류우호오 지음
민병수 옮김 / 신국판 / 320쪽 / 12,000원

왜 여자는 바람을 피우는가? 기젤라 룬테 지음
김현성 · 진정미 옮김 / 국판 / 200쪽 / 7,000원

세상에서 가장 아름다운 선물 김인자 지음
국판변형 / 292쪽 / 9,000원

수능에 꼭 나오는 한국 단편 33 윤종필 엮음 및 해설
신국판 / 704쪽 / 11,000원

수능에 꼭 나오는 한국 현대 단편 소설 윤종필 엮음 및 해설
신국판 / 364쪽 / 11,000원

수능에 꼭 나오는 세계단편(영미권) 지창영 옮김
윤종필 엮음 및 해설 / 신국판 / 328쪽 / 10,000원

수능에 꼭 나오는 세계단편(유럽권) 지창영 옮김
윤종필 엮음 및 해설 / 신국판 / 360쪽 / 11,000원

건 강

아름다운 피부미용법 이순희(한독피부미용학원 원장)
지음 / 신국판 / 296쪽 / 6,000원

버섯건강요법 김병각 외 6명 지음
신국판 / 286쪽 / 8,000원

성인병과 암을 정복하는 유기게르마늄
이상현 편저 / 쿄오 샤오 감수 / 신국판 / 312쪽 / 9,000원

新 방약합편 정도명 편역 / 신국판 / 416쪽 / 15,000원

자연치료의학 오홍근(신경정신과 의학박사 · 자연의학박사)
지음 / 신국판 / 472쪽 / 15,000원

약초의 활용과 가정한방 이인성 지음
신국판 / 384쪽 / 8,500원

역전의학 이시하라 유미 지음 / 유태종 감수
신국판 / 286쪽 / 8,500원

이순희의 순수피부미용법 이순희(한독피부미용학원 원장)
지음 / 신국판 / 304쪽 / 7,000원

21세기 당뇨병 예방과 치료법 이현철(연세대 의대 내과 교수)
지음 / 신국판 / 360쪽 / 9,500원

신재용의 민의학 동의보감 신재용(해성한의원 원장) 지음
신국판 / 476쪽 / 10,000원

치매 알면 치매 이긴다 배오성(백상한방병원 원장) 지음
신국판 / 312쪽 / 10,000원

21세기 건강혁명 밥상 위의 보약 생식 최경순 지음
신국판 / 348쪽 / 9,800원

기치유와 기공수련 윤한홍(기치유 연구회 회장) 지음
신국판 / 340쪽 / 12,000원

만병의 근원 스트레스 원인과 퇴치 갑지혁(김지혁한의원 원장)
지음 / 신국판 / 324쪽 / 9,500원

김종성 박사의 뇌졸중 119 김종성 지음
신국판 / 356쪽 / 12,000원

탈모 예방과 모발 클리닉 장정훈 · 전재홍 지음
신국판 / 252쪽 / 8,000원

구태규의 100% 성공 다이어트 구태규 지음
4×6배판 변형 / 240쪽 / 9,900원

암 예방과 치료법 이춘기 지음
신국판 / 296쪽 / 11,000원

알기 쉬운 위장병 예방과 치료법 민영일 지음
신국판 / 328쪽 / 9,900원

이온 체내혁명 노보루 야마노이 지음 / 김병관 옮김
신국판 / 272쪽 / 9,500원

어혈과 사혈요법 정지천 지음
신국판 / 308쪽 / 12,000원

약손 경락마사지로 건강미인 만들기 고정환 지음
4×6배판 변형 / 284쪽 / 15,000원

정유경의 LOVE DIET 정유경 지음
4×6배판 변형 / 196쪽 / 10,500원

머리에서 발끝까지 예뻐지는 부분다이어트
신상만 · 김선민 지음 / 4×6배판 변형 / 196쪽 / 11,000원

알기 쉬운 심장병 119 박승정 지음
신국판 / 248쪽 / 9,000원

알기 쉬운 고혈압 119 이정균 지음
신국판 / 304쪽 / 10,000원

여성을 위한 부인과질환의 예방과 치료 차선희 지음
신국판 / 304쪽 / 10,000원

알기 쉬운 아토피 119 이승규 · 임승엽 · 김문호 · 안유일
지음 / 신국판 / 232쪽 / 9,500원

120세에 도전한다 이권행 지음
신국판 / 308쪽 / 11,000원

건강과 아름다움을 만드는 요가 정판식 지음
4×6배판 변형 / 224쪽 / 14,000원

우리 아이 건강하고 아름답게 롱다리 만들기 김성훈 지음
대국전판 / 236쪽 / 10,500원

알기 쉬운 허리디스크 예방과 치료 이종서 지음
대국전판 / 336쪽 / 12,000원

소아와 전문의에게 듣는 알기 쉬운 소아과 119 신영규 · 이강우 ·
최성항지음 / 4×6배판 변형 / 280쪽 / 14,000원

피가 맑아야 건강하게 오래 살 수 있다 김영찬 지음
신국판 / 256쪽 / 10,000원

웰빙형 피부미용을 만드는 나만의 셀프 피부건강
양해원 지음 / 대국전판 / 144쪽 / 10,000원

내 몸을 살리는 생활 속의 웰빙 항암 식품 이승남 지음
대국전판 / 248쪽 / 9,800원

마음한송 느낌한글 박완식 지음
4×6배판 / 300쪽 / 15,000원

웰빙 동의보감식 발마사지 10분 최미희 지음 / 신재용 감수
4×6배판 변형 / 204쪽 / 13,000원

아름다운 몸, 건강한 몸을 위한 목욕 건강 30분 임하성 지음

대국전판 / 176쪽 / 9,500원

내가 만드는 한방생주스 60 김영섭 지음
국판 / 112쪽 / 7,000원

몸을 살리는 건강식품 백은희 · 조창호 · 최양진 지음
신국판 / 384쪽 / 11,000원

건강도 키우고 성적도 올리는 자녀 건강 김진돈 지음
신국판 / 304쪽 / 12,000원

알기 쉬운 간질환 119 이관식 지음
신국판 / 264쪽 / 11,000원

밥으로 병을 고친다 허봉수 지음
대국전판 / 352쪽 / 13,500원

알기 쉬운 신장병 119 김형규 지음
신국판 / 240쪽 / 10,000원

마음의 감기 치료법 우울증 119 이민수 지음
대국전판 / 232쪽 / 9,800원

관절염 119 송영욱 지음
대국전판 / 224쪽 / 9,800원

내 딸을 위한 미성년 클리닉 강병문 · 이향아 · 최정원 지음
국판 / 148쪽 / 8,000원

암을 다스리는 기적의 치유법
케어 세이헤이 감수 / 카와키 나리카즈 지음
민병수 옮김 / 신국판 / 256쪽 / 9,000원

스트레스 다스리기 대한불안장애학회 스트레스관리연
구특별위원회 지음 / 신국판 / 304쪽 / 12,000원

천연 식초 건강법 건강식품연구회 엮음 / 신재용(해성한
의원 원장) 감수 / 신국판 / 252쪽 / 9,000원

암에 대한 모든 것 서울아산병원 암센터 지음
신국판 / 360쪽 / 13,000원

알록달록 컬러 다이어트 이승남 지음
국판 / 248쪽 / 10,000원

불임부부의 희망 당신도 부모가 될 수 있다 정병준 지음
신국판 / 268쪽 / 9,800원

키 10cm 더 크는 키네스 성장법 김양수 · 이종균 · 최형규 ·
표재환 지음 / 대국전판 / 316쪽 / 12,000원

당뇨병 백과 송춘희 · 송영득 · 안철우 지음
4×6배판 변형 / 396쪽 / 16,000원

호흡기 클리닉 119 박성학 지음
신국판 / 256쪽 / 10,000원

교 육

우리 교육의 창조적 백색혁명 원상기 지음
신국판 / 206쪽 / 6,000원

현대생활과 체육 조장남 외 5명 공저
신국판 / 340쪽 / 10,000원

퍼펙트 MBA IAE유학네트 지음
신국판 / 400쪽 / 12,000원

유학길라잡이 I - 미국편 IAE유학네트 지음
4×6배판 / 372쪽 / 13,900원

유학길라잡이 II - 4개국편 IAE유학네트 지음
4×6배판 / 348쪽 / 13,900원

조기유학길라잡이.com IAE유학네트 지음
4×6배판 / 428쪽 / 15,000원

현대인의 건강생활 박상호 외 5명 공저
4×6배판 / 268쪽 / 15,000원

천재아이로 키우는 두뇌훈련 나카마츠 요시로 지음
민병수 옮김 / 국판 / 288쪽 / 9,500원

두뇌혁명 나카마츠 요시로 지음 / 민병수 옮김
4×6배판 양장본 / 288쪽 / 12,000원

테마별 고사성어로 익히는 한자 김경익 지음
4×6배판 변형 / 248쪽 / 9,800원

生생 공부비법 이은숭 지음
대국전판 / 272쪽 / 9,500원

자녀를 성공시키는 습관만들기 배은경 지음
대국전판 / 232쪽 / 9,500원

한자능력검정시험 1급 한자능력검정시험연구위원회 편저
4×6배판 / 568쪽 / 21,000원

한자능력검정시험 2급 한자능력검정시험연구위원회 편저
4×6배판 / 472쪽 / 18,000원

한자능력검정시험 3급(3급II) 한자능력검정시험연구위원회
편저 / 4×6배판 / 440쪽 / 17,000원

한자능력검정시험 4급(4급II) 한자능력검정시험연구위원회
편저 / 4×6배판 / 352쪽 / 15,000원

한자능력검정시험 5급 한자능력검정시험연구위원회
편저 / 4×6배판 / 264쪽 / 11,000원

한자능력검정시험 6급 한자능력검정시험연구위원회 편저
4×6배판 / 168쪽 / 8,500원

한자능력검정시험 7급 한자능력검정시험연구위원회 편저
4×6배판 / 152쪽 / 7,000원

한자능력검정시험 8급 한자능력검정시험연구위원회 편저
4×6배판 / 112쪽 / 6,000원

볼링의 이론과 실기 이택상 지음
신국판 / 192쪽 / 9,000원

고사성어로 끝내는 천자문 조준상 글 · 그림
4×6배판 / 216쪽 / 12,000원

내 아이 스타 만들기 김민성 지음
신국판 / 200쪽 / 9,000원

교육 1번지 강남 엄마들의 수험생 자녀 관리 황송주 지음
신국판 / 288쪽 / 9,500원

초등학생이 꼭 알아야 할 위대한 역사 상식 우진영 · 이양경
지음 / 4×6배판 변형 / 228쪽 / 9,500원

초등학생이 꼭 알아야 할 행복한 경제 상식 우진영 · 전선심
지음 / 4×6배판 변형 / 224쪽 / 9,500원

초등학생이 꼭 알아야 할 재미있는 과학상식 우진영 · 정경희
지음 / 4×6배판 변형 / 220쪽 / 9,500원

한자능력검정시험 3급 · 3급II 한자능력검정시험연구
위원회 편저 / 4×6배판 / 380쪽 / 7,500원

교과서 속에 꼭꼭 숨어있는 이색박물관 체험 이신화 지음
대국전판 / 248쪽 / 12,000원

초등학생 독서 논술(저학년) 책마루 독서교육연구회 지
음 / 4×6배판 변형 / 244쪽 / 14,000원

초등학생 독서 논술(고학년) 책마루 독서교육연구회 지
음 / 4×6배판 변형 / 236쪽 / 14,000원

취미 · 실용

김진국과 같이 배우는 와인의 세계
김진국 지음 / 국배판 변형양장본(올 컬러판) / 208쪽 / 30,000원

경제 · 경영

CEO가 될 수 있는 성공법칙 101가지 김승용 편역
신국판 / 320쪽 / 9,500원

정보소프트 김승용 지음 / 신국판 / 324쪽 / 6,000원

기획대사전 다카하시 겐오 지음 · 홍영의 옮김
신국판 / 552쪽 / 19,500원

맨손창업 · 맞춤창업 BEST 74 양혜숙 지음
신국판 / 416쪽 / 12,000원

무자본, 무점포 창업! FAX 한 대면 성공한다
다카시로 고시 지음 · 민병수 옮김 / 신국판 / 226쪽 / 7,500원

성공하는 기업의 인간경영 중소기업 노무 연구회 편저
홍영의 옮김 / 신국판 / 368쪽 / 11,000원

21세기 IT가 세계를 지배한다 김광희 지음
신국판 / 380쪽 / 12,000원

경제기사로 부자아빠 만들기 김기태 · 신현태 · 박근수
공저 / 신국판 / 388쪽 / 12,000원

포스트 PC의 주역 정보가전과 무선인터넷 김광희 지음
신국판 / 356쪽 / 12,000원

성공하는 사람들의 마케팅 바이블 채수명 지음
신국판 / 328쪽 / 12,000원

느린 비즈니스로 돌아가라 사카모토 게이이치 지음
정성호 옮김 / 신국판 / 276쪽 / 9,000원

적은 돈으로 큰돈 별 수 있는 부동산 재테크 이원재 지음
신국판 / 340쪽 / 12,000원

바이오혁명 이주영 지음 / 신국판 / 328쪽 / 12,000원

성공하는 사람들의 자기혁신 경영기술 채수명 지음
신국판 / 344쪽 / 12,000원

CFO 교텐 토요오 · 타하라 오키시 지음 / 민병수 옮김
신국판 / 312쪽 / 12,000원

네트워크시대 네트워크마케팅 임동학 지음
신국판 / 376쪽 / 12,000원

성공리더의 7가지 조건 다이앤 트레이시 · 윌리엄 모건
지음 / 지창영 옮김 / 신국판 / 360쪽 / 13,000원

김종결의 성공창업
김종결 지음 / 신국판 / 340쪽 / 12,000원

최적의 타이밍에 내 집 마련하는 기술 이원재 지음
신국판 / 248쪽 / 10,500원

컨설팅 세일즈 Consulting sales 임동학 지음
대국전판 / 336쪽 / 13,000원

연봉 10억 만들기 김농주 지음 / 국판 / 216쪽 / 10,000원

주5일제 근무에 따른 한국형 주말창업 최효진 지음
신국판 변형 양장본 / 216쪽 / 10,000원

돈 되는 땅 돈 안되는 땅 김영준 지음
신국판 / 320쪽 / 13,000원

돈 버는 회사로 만들 수 있는 109가지 다카하시 도시
노리 지음 / 민병수 옮김 / 신국판 / 344쪽 / 13,000원

프로는 디테일에 강하다 김미현 지음
신국판 / 248쪽 / 9,000원

머니투데이 송복규 기자의 부동산으로 주머니돈 100배 만들기
송복규 지음 / 신국판 / 328쪽 / 13,000원

성공하는 슈퍼마켓&편의점 창업 나명환 지음
4×6배판 변형 / 500쪽 / 28,000원

대한민국 성공 재테크 부동산 펀드와 리츠로 승부하라

김영준 지음 / 신국판 / 256쪽 / 12,000원

마일리지 200% 활용하기 박성희 지음
국판 변형 / 200쪽 / 8,000원

1%의 가능성에 도전. 성공 신화를 이룬 여성 CEO
김미현 지음 / 신국판 / 248쪽 / 9,500원

3천만 원으로 부동산 재벌 되기 최수길 · 이숙 · 조연희 지음
신국판 / 290쪽 / 12,000원

10년을 앞설 수 있는 재테크 노동규 지음
신국판 / 260쪽 / 10,000원

세계 최강을 추구하는 도요타 방식 나카야마 키요타카
지음 / 민병수 옮김 / 신국판 / 296쪽 / 12,000원

최고의 설득을 이끌어내는 프레젠테이션 조두환 지음
신국판 / 296쪽 / 11,000원

최고의 만족을 이끌어내는 창의적 협상 조강희 · 조원희 지음
신국판 / 248쪽 / 10,000원

New 세일즈 기법 물건을 팔지 말고 가치를 팔아라
조기선 지음 / 신국판 / 264쪽 / 9,500원

작은 회사는 전략이 달라야 산다 황문진 지음
신국판 / 312쪽 / 11,000원

돈되는 슈퍼마켓&편의점 창업전략(입지 편)
나명환 지음 / 신국판 / 352쪽 / 13,000원

25 · 35 꼼꼼 여성 재테크
정원훈 지음 / 신국판 / 224쪽 / 11,000원

주 식

개미군단 대박맞이 주식투자 홍성걸(한양증권 투자분석
팀 팀장) 지음 / 신국판 / 310쪽 / 9,500원

알고 하자! 돈 되는 주식투자 이길영 외 2명 공저
신국판 / 388쪽 / 12,500원

항상 당하기만 하는 개미들의 매도 · 매수타이밍 999% 적중 노하우
강경무 지음 / 신국판 / 336쪽 / 12,000원

부자 만들기 주식성공클리닉 이창희 지음
신국판 / 372쪽 / 11,500원

선물 · 옵션 이론과 실전매매 이창희 지음
신국판 / 372쪽 / 12,000원

너무나 쉬워 재미있는 주가차트 홍성무 지음
4×6배판 / 216쪽 / 15,000원

주식투자 직접 투자로 높은 수익을 올릴 수 있는 비결
김학균 지음 / 신국판 / 230쪽 / 11,000원

역 학

역리종합 **만세력** 정도명 편저
신국판 / 532쪽 / 10,500원

작명대전 정보국 지음
신국판 / 460쪽 / 12,000원

하락이수 해설 이천교 편저
신국판 / 620쪽 / 27,000원

현대인의 창조적 **관상과 수상** 백운산 지음
신국판 / 344쪽 / 9,000원

대운용신영부적 정재원 지음
신국판 양장본 / 750쪽 / 39,000원

사주비결활용법 이세진 지음
신국판 / 392쪽 / 12,000원

컴퓨터세대를 위한 新**성명학대전** 박용찬 지음
신국판 / 388쪽 / 11,000원

길흉화복 꿈풀이 비법 백운산 지음
신국판 / 410쪽 / 12,000원

새천년 **작명컨설팅** 정재원 지음
신국판 / 492쪽 / 13,900원

백운산의 **신세대 궁합** 백운산 지음
신국판 / 304쪽 / 9,500원

동자삼 작명학 남시모 지음 / 신국판 / 496쪽 / 15,000원

구성학의 기초 문길여 지음 / 신국판 / 412쪽 / 12,000원

소울음소리 이건우 지음 / 신국판 / 314쪽 / 10,000원

법률일반

여성을 위한 **성범죄 법률상식** 조명원(변호사) 지음
신국판 / 248쪽 / 8,000원

아파트 난방비 75% 절감방법 고영근 지음
신국판 / 238쪽 / 8,000원

일반인이 꼭 알아야 할 절세전략 173선 최성호(공인회계사) 지음 / 신국판 / 392쪽 / 12,000원

변호사와 함께하는 **부동산 경매** 최환주(변호사) 지음
신국판 / 404쪽 / 13,000원

혼자서 쉽고 빠르게 할 수 있는 **소액재판** 김재용·김종철 공저
신국판 / 312쪽 / 9,500원

"술 한 잔 사겠다"는 말에서 찾아보는 **채권·채무**
변환철(변호사) 지음 / 신국판 / 408쪽 / 13,000원

알기쉬운 **부동산 세무 길라잡이** 이건우(세무서 재산계장) 지음
신국판 / 400쪽 / 13,000원

알기쉬운 **어음, 수표 길라잡이** 변환철(변호사) 지음
신국판 / 328쪽 / 11,000원

제조물책임법 강동근(변호사)·윤종성(검사) 공저
신국판 / 368쪽 / 13,000원

알기 쉬운 **주5일근무에 따른 임금·연봉제 실무**
문강분(공인노무사) 지음 / 4×6배판 변형 / 544쪽 / 35,000원

변호사 없이 당당히 이길 수 있는 **형사소송** 김대환 지음
신국판 / 304쪽 / 13,000원

변호사 없이 당당히 이길 수 있는 **민사소송** 김대환 지음
신국판 / 412쪽 / 14,500원

혼자서 해결할 수 있는 **교통사고 Q&A** 조명원(변호사) 지음
신국판 / 336쪽 / 12,000원

알기 쉬운 **개인회생·파산 신청법** 최재구(법무사) 지음
신국판 / 352쪽 / 13,000원

생활법률

부동산 생활법률의 기본지식 대한법률연구회 지음
김원중(변호사) 감수 / 신국판 / 480쪽 / 12,000원

고소장·내용증명 생활법률의 기본지식 하태웅(변호사) 지음
신국판 / 440쪽 / 12,000원

노동 관련 생활법률의 기본지식 남동희(공인노무사) 지음
신국판 / 528쪽 / 14,000원

외국인 근로자 생활법률의 기본지식 남동희(공인노무사) 지음
신국판 / 400쪽 / 12,000원

계약작성 생활법률의 기본지식 이상도(변호사) 지음
신국판 / 560쪽 / 14,500원

지적재산 생활법률의 기본지식 이상도(변호사)·조의제(변리사) 공저 / 신국판 / 496쪽 / 14,000원

부당노동행위와 부당해고 생활법률의 기본지식
박영수(공인노무사) 지음 / 신국판 / 432쪽 / 14,000원

주택·상가임대차 생활법률의 기본지식
김운용(변호사) 지음 / 신국판 / 480쪽 / 14,000원

하도급거래 생활법률의 기본지식
김진홍(변호사) 지음 / 신국판 / 440쪽 / 14,000원

이혼소송과 재산분할 생활법률의 기본지식
박동섭(변호사) 지음 / 신국판 / 460쪽 / 14,000원

부동산등기 생활법률의 기본지식
정상태(변호사) 지음 / 신국판 / 456쪽 / 14,000원

기업경영 생활법률의 기본지식
안동섭(단국대 교수) 지음 / 신국판 / 466쪽 / 14,000원

교통사고 생활법률의 기본지식
박정무·전병찬 공저 / 신국판 / 480쪽 / 14,000원

소송서식 생활법률의 기본지식
김대환 지음 / 신국판 / 480쪽 / 14,000원

호적·가사소송 생활법률의 기본지식
정주수(법무사) 지음 / 신국판 / 516쪽 / 14,000원

상속과 세금 생활법률의 기본지식
박동섭(변호사) 지음 / 신국판 / 480쪽 / 14,000원

담보·보증 생활법률의 기본지식
류창호(법학박사) 지음 / 신국판 / 436쪽 / 14,000원

소비자보호 생활법률의 기본지식
김성천(법학박사) 지음 / 신국판 / 504쪽 / 15,000원

판결·공정증서 생활법률의 기본지식
정상태(법무사) 지음 / 신국판 / 312쪽 / 13,000원

산업재해보상보험 생활법률의 기본지식
정유석(공인노무사) 지음 / 신국판 / 384쪽 / 14,000원

처 세

성공적인 삶을 추구하는 여성들에게 **우먼파워** 조안 커너·모이라 레이너 공저 / 지창영 옮김 / 신국판 / 352쪽 / 8,800원

䀖 **이익이 되는 말** 䀖 **손해가 되는 말** 우메시마 미요 지음 / 정성호 옮김 / 신국판 / 304쪽 / 9,000원

성공하는 사람들의 **화술테크닉** 민영욱 지음
신국판 / 320쪽 / 9,500원

부자들의 생활습관 가난한 사람들의 생활습관
다케우치 야스오 지음 / 홍영의 옮김
신국판 / 320쪽 / 9,800원

코끼리 귀를 당긴 원숭이-히딩크식 창의력을 배우자
강충인 지음 / 신국판 / 208쪽 / 8,500원

성공하려면 유머와 위트로 무장하라 민영욱 지음
신국판 / 292쪽 / 9,500원

동소평의 **오뚝이전략** 조창남 편저
신국판 / 304쪽 / 9,500원

노무현 화술과 화법을 통한 이미지 변화 이현정 지음
신국판 / 320쪽 / 10,000원

성공하는 사람들의 **토론의 법칙** 민영욱 지음
신국판 / 280쪽 / 9,500원

사람은 칭찬을 먹고산다 민영욱 지음
신국판 / 268쪽 / 9,500원

사과의 기술 김농주 지음
국판 변형 양장본 / 200쪽 / 10,000원

취업 경쟁력을 높여라 김농주 지음
신국판 / 280쪽 / 12,000원

유비쿼터스시대의 블루오션 전략 최양진 지음
신국판 / 248쪽 / 10,000원

나만의 블루오션 전략-화술편 민영욱 지음
신국판 / 254쪽 / 10,000원

희망의 씨앗을 뿌리는 20대를 위하여 우광균 지음
신국판 / 172쪽 / 8,000원

끌리는 사람이 되고싶은 이미지 컨설팅 홍순아 지음
대국전판 / 194쪽 / 10,000원

글로벌 리더의 소통을 위한 스피치 민영욱 지음
신국판 / 328쪽 / 10,000원

명 상

명상으로 얻는 깨달음 달라이 라마 지음
지창영 옮김 / 국판 / 320쪽 / 9,000원

어 학

2진법 영어 이상도 지음
4×6배판 변형 / 328쪽 / 13,000원

한 방으로 끝내는 영어 고제윤 지음
신국판 / 316쪽 / 9,800원

한 방으로 끝내는 영단어 김승엽 지음 / 김수경 · 카렌
다 감수 / 4×6배판 변형 / 236쪽 / 9,800원

해도해도 안 되던 영어회화 하루에 30분씩 90일이면 끝낸다
Carrot Korea 편집부 지음 / 4×6배판 변형 / 260쪽 / 11,000원

바로 활용할 수 있는 기초생활영 김수경 지음
신국판 / 240쪽 / 10,000원

바로 활용할 수 있는 비즈니스영어 김수경 지음
신국판 / 252쪽 / 10,000원

생존영어55 홍일록 지음
신국판 / 224쪽 / 8,500원

필수 여행영어회화 한현숙 지음
4×6배판 변형 / 328쪽 / 7,000원

필수 여행일어회화 윤영자 지음
4×6배판 변형 / 264쪽 / 6,500원

필수 여행중국어회화 이은진 지음
4×6배판 변형 / 256쪽 / 7,000원

영어로 배우는 중국어 김승엽 지음
신국판 / 216쪽 / 9,000원

필수 여행스페인어회화 유연창지음
4×6판 변형 / 288쪽 / 7,000원

바로 활용할수 있는 홈스테이영어 김형주지음
신국판 / 184쪽 / 9,000원

스포츠

수열이의 브라질 축구 탐방 삼바 축구, 그들은 강하다
이수열 지음 / 신국판 / 280쪽 / 8,500원

마라톤, 그 아름다운 도전을 향하여
빌 로저스 · 프리실라 웰치 · 조 헨더슨 공저 /오인환 감수
/ 지창영 옮김 4×6배판 변형 / 320쪽 / 15,000원

퍼팅 메커닉 이근택 지음
4×6배판 변형 / 192쪽 / 18,000원

아마골프 가이드 정영호 지음
4×6배판 변형 / 216쪽 / 12,000원

인라인스케이팅 100%즐기기 임미숙 지음
4×6배판 변형 / 172쪽 / 11,000원

배스낚시 테크닉 이종건 지음
4×6배판 변형 / 440쪽 / 20,000원

나도 디지털 전문가 될 수 있다!!! 이승훈 지음
4×6배판 변형 / 320쪽 / 19,200원

스키 100% 즐기기 김동환 지음
4×6배판 변형 / 184쪽 / 12,000원

태권도 총론 하웅의 지음
4×6배판 변형 / 288쪽 / 15,000원

건강하고 아름답게 동양란 기르기 난마을 지음
4×6배판 변형 / 184쪽 / 12,000원

수영 100% 즐기기 김종만 지음
4×6배판 변형 / 248쪽 / 13,000원

애완견114 황양완 엮음

4×6배판 변형 / 228쪽 / 13,000원

건강을 위한 웰빙 걷기 이강옥 지음
대국전판 / 280쪽 / 10,000원

우리 땅 우리 문화가 살아 숨쉬는 옛터 이형권 지음
대국전판 올컬러 / 208쪽 / 9,500원

아름다운 산사 이형권 지음
대국전판 올컬러 / 208쪽 / 9,500원

골프 100타 깨기 김준모 지음
4×6배판 변형 / 136쪽 / 10,000원

쉽고 즐겁게! 신나게! 배우는 재즈댄스 최재선 지음
4×6배판 변형 / 200쪽 / 12,000원

맛과 멋이 있는 낭만의 카페 박성찬 지음
대국전판 올컬러 / 168쪽 / 9,900원

한국의 숨어 있는 아름다운 풍경 이종원 지음
대국전판 올컬러 / 208쪽 / 9,900원

사람이 있고 자연이 있는 아름다운 명산 박기성 지음
대국전판 올컬러 / 176쪽 / 12,000원

마음의 고향을 찾아가는 여행 포구 김인자 지음
대국전판 올컬러 / 224쪽 / 14,000원

골프 90타 깨기 김광섭 지음
4×6배판 변형 / 148쪽 / 11,000원

생명이 살아 숨쉬는 한국의 아름다운 강 민병준 지음
대국전판 올컬러 / 168쪽 / 12,000원

틈나는 대로 세계여행 김재관 지음
4×6배판 변형 올컬러 / 368쪽 / 20,000원

KLPGA 최여진 프로의 센스 골프 최여진 지음
4×6배판 변형 올컬러 / 192쪽 / 13,900원

해양스포츠 카이트보딩 김남용 편저
신국판 올컬러 / 152쪽 / 18,000원

KTPGA 김준모 프로의 파워 골프 김준모 지음
4×6배판 변형 올컬러 / 192쪽 / 13,900원

골프 80타 깨기 오태훈 지음
4×6배판 변형 / 132쪽 / 10,000원

신나는 골프 세상 유응열 지음
4×6배판 변형 올컬러 / 232쪽 / 16,000원

풍경 속을 걷는 즐거운 명상 산책 김인자 지음
대국전판 올컬러 / 224쪽 / 14,000원

이신 프로의 더 퍼펙트 이신 지음
국배판 / 336쪽 / 28,000원

주니어 출신 박영진 프로의 주니어 골프 박영진 지음
4×6배판 변형 올컬러 / 164쪽 / 11,000원

골프손자병법 유응열 지음
4×6배판 변형 올컬러 / 212쪽 / 16,000원

3.3.7 세계여행 김완수 지음
4×6배판 변형 올컬러 / 280쪽 / 12,900원

여성 · 실용

결혼 준비, 이제 놀이가 된다 김창규 · 김수경 · 김정철 지음
4×6배판 변형 / 230쪽 / 13,000원

세계 新 7대 불가사의를 중심으로 한 세계여행 공식

3.3.7 세계여행

2007년 8월 5일 제1판 1쇄 발행
2007년 8월 20일 제1판 3쇄 발행

지은이/김완수
펴낸이/강선희
펴낸곳/가림출판사

등록/1992. 10. 6. 제4-191호
주소/서울시 광진구 구의동 57-71 부원빌딩 4층
대표전화/458-6451   팩스/458-6450
홈페이지 http://www.galim.co.kr
e-mail galim@galim.co.kr

값 12,900원

ISBN 978-89-7895-274-3 13810